Paul Scraton. Am Rand

PAUL SCRATON

Matthes & Seitz Berlin

AM RAND
UM GANZ BERLIN

Aus dem Englischen von Ulrike Kretschmer

Für Katrin und Lotte

Inhalt

Anfänge
Von Tegel nach Lübars
23. Januar

Greenwichpromenade / Die Idee zu den Spaziergängen /
Tegeler Hafen / Die Humboldt-Brüder / Autobahnunterführung /
Gartenstädte und kommunistische Anarchisten / Zwei Seen /
Über die Felder zum Dorf

Ich stand auf der Greenwichpromenade und sah auf den Tegeler See hinaus. Die Szene schien gleichsam eingefroren, sowohl das Wasser als auch die umgebende Landschaft. Festgehalten. Für immer. Die einzige Bewegung, die mir ins Auge fiel, war die eines Kormorans, der den Hals drehte, eine schwarze Silhouette vor dem Hintergrund des weißen Eises. Ich war allein auf der Promenade. Die Bänke mit Blick auf den See waren leer, die Fensterläden des Cafépavillons geschlossen. An diesem Januarmorgen gab es weder Bier noch Eiscreme. Das Laub des vergangenen Jahres verstopfte die Grünflächen des Minigolfplatzes. Auf einem Spielplatz hing die unbenutzte Schaukel reglos in der minus zehn Grad kalten Luft. Ich ging die Promenade entlang, an Kiosk und Minigolfplatz vorbei, über mir die Fenster eines Hochhauses, die einladend leuchteten. Das letzte Mal war ich im Sommer hier gewesen. Ich kann mich nicht erinnern, in den fünfzehn Jahren seit meinem Umzug nach Berlin jemals zu einer anderen Zeit als im Sommer in Tegel gewesen zu sein. Auf der Greenwichpromenade soll man sich wohl einfach bei Sonnenschein vergnügen, dafür ist sie

7

gedacht. Doch als ich einem Stockentenpaar dabei zusah, wie es sich vorsichtig über das Eis tastete, schien der Sommer weit entfernt.

Ich verließ den See an der Stelle, an der die Sechserbrücke den Kanal quert, der den Tegeler Hafen mit dem offenen Wasser verbindet. Ihren Namen verdankt die Brücke der Tatsache, dass man zu der Zeit, in der sie erbaut wurde, fünf Pfennig zahlen musste, wenn man sie benutzen wollte – anscheinend hieß in Berlin das Fünf-Pfennig-Stück damals »Sechser«. Ich bin mir heute noch nicht sicher, was das über meine Wahlheimat oder die Menschen, die in ihr lebten, aussagt: War es das Anzeichen einer optimistischen oder doch eher pessimistischen Gesinnung? Wie dem auch sei, heute darf man die Brücke kostenlos überqueren, was ich allerdings nicht tat. Ich folgte dem Weg am Kanal entlang in Richtung Hafen, der nach rund zehn Kilometern schließlich zu dem kleinen Ort Lübars führt. Das nächste Mal sollte ich die Brücke am Ende meiner Spaziergänge am Stadtrand von Berlin wiedersehen. Dann, so hoffte ich, würde es wärmer sein, viel wärmer.

Wessen Idee war das überhaupt gewesen, diese Erkundung des Berliner Stadtrands, die dort enden sollte, wo sie begonnen hatte, an den schier unendlichen, gefrorenen Weiten des Tegeler Sees? Die Idee war jedenfalls an einem wärmeren Ort zur Welt gekommen, nämlich in einer Bar in Kreuzberg, eingehüllt in den Mief abgestandenen Zigarettenrauchs und nach mindestens einem Bier zu viel. Ein Freund und ich waren uns einig, dass jeder neue Spaziergang dort beginnen sollte, wo der vorherige geendet hatte. Das fühlte sich irgendwie ordentlicher an, wobei mein Freund nicht im Mindesten die Absicht hatte, mich zu begleiten. Wir stießen auf den unausgegorenen Plan an und hoben uns die Details für später auf. An einem der toten Tage zwischen Weihnachten und Neujahr, in denen Berlin verlassen scheint, bevor alle zu einem rauschenden, hochexplosiven Silvesterfest zurückkehren, kaufte ich mir einen Stadtplan mitsamt den Berliner Außenbezirken. Ich breitete ihn auf dem Küchentisch aus und zeichnete eine grobe Route ein. Zehn Spaziergänge. Zehn Wochen. Ein recht einfaches Konzept. Die Frage war nur, wann ich den ersten Spaziergang unternehmen sollte. Sollte ich auf den Frühling warten? Doch der Stadtplan lag *jetzt* vor mir, im Grunde wollte ich nicht warten und außerdem – obwohl ich nie ein Verfechter großartiger Neujahrsvorsätze war – schien das Ganze sich ausgezeichnet dazu zu eignen, das neue Jahr ein wenig in Schwung zu bringen.

Dass ich sofort loslegen wollte, war mehr als bloße Ungeduld. Es hing auch mit meiner Stimmung zusammen, einem undefinierbaren Gefühl der Unruhe und des Unbehagens, das mit dem Brexit-Referendum begonnen und nun schon eine halbe Ewigkeit angehalten hatte, während ich auf den fünfzehnten Jahrestag meines Umzugs von Großbritannien nach Deutschland zusteuerte. Nachdem ich mich anderthalb Jahrzehnte lang in meinem Berliner Zuhause absolut europäisch und wohl gefühlt hatte, musste ich mich auf einmal fragen, was ich jetzt tun wollte. Die deutsche Staatsangehörigkeit annehmen? Das schien mir irgendwie unangemessen. Doch als ich kurz danach wieder in England war und durch ländliche Gegenden fuhr, in denen überall noch die Plakate mit der Aufschrift »Ja zum Brexit!« herumstanden und nun höhnisch ihren Sieg erklärten, fühlte ich mich dort ebenso fehl am Platz. Die blau-goldene Europaflagge hatte einen Stern verloren und einen Stich ins Nostalgisch-Wehmütige bekommen. Ich kam mir im Land meiner Geburt genauso wie ein Außenseiter vor wie in Berlin.

Spazieren zu gehen, um Antwort auf eine Frage zu finden, ist keine besonders originelle Idee – ebenso wenig wie einen *langen* Spaziergang zu machen, um die Antwort auf eine *wichtige* Frage zu finden. Auf »jedem Spaziergang gibt es etwas zu erleben, und jeder Pfad hat etwas zu *erzählen*«,[1] schrieb Robert Macfarlane in *Alte Wege*, und als ich da am Küchentisch saß, den Stadtplan von Berlin vor mir ausgebreitet, sah ich ihn als Möglichkeit, sowohl die Geschichten der Berliner Außenbezirke zu entdecken als auch eine eigene Geschichte zu finden. Seit der Abstimmung über den Brexit waren Monate vergangen, und meine Stimmung hatte sich nicht gebessert. Allerdings hatte ich das Gefühl, mehr über Berlin, über die Stadt, in der ich lebte, wissen zu müssen, und mehr noch: Ich hatte das Gefühl, dass meine diesbezügliche Wissenslücke nicht gerade klein war.

Natürlich hatte ich die Stadt erkundet, als ich damals, zu Beginn des neuen Jahrtausends, nach Deutschland gekommen war. Die angesagten Bars, die auf den ehemaligen Schrottplätzen an der Rosenthaler Straße eröffnet worden waren. Die monumentalen Volkspaläste an der Karl-Marx-Allee. Das Kanalufer in Kreuzberg und die Cafés am Kollwitzplatz. Das Brandenburger Tor und »Erichs Lampenladen« am anderen Ende von Unter den Linden. Ich erkundete die Stadt des Einfallsreichtums – der Romane, der Geschichte, der Musik und des Films – und erschuf mir mit der Zeit meine eigene Version Berlins, mit ihrer ganz eigenen Geografie und, im Laufe der Zeit, ihrer eigenen Sammlung von Geschichten. Geschichten von mir und von anderen. Nach einer Weile begann ich, über den Tellerrand der Stadt hinauszublicken. Nach Norden zur Ostsee und zur Mecklenburgischen Seenplatte. Zu den Wäldern Brandenburgs und Thüringens. Ich bereiste den Rhein im Westen und die Alpen im Süden. Ich versuchte, mich in Deutschland zurechtzufinden.

Doch dabei, das wurde mir jetzt klar, hatte ich etwas ausgelassen. Ich hatte mich zuerst der Stadt und dann dem Land gewidmet und jedes Mal war ich durch die Außenbezirke von Berlin gefahren, ohne sie durch die schmutzigen Fenster des Autos oder des Zuges, mit dem ich durch sie hindurch eilte, auch nur eines Blickes zu würdigen. Wollte ich Berlin besser kennenlernen, so dämmerte mir allmählich, musste ich mit dem Auto anhalten, aus dem Zug aussteigen und mich an diesen Zwischenorten umsehen. Orte, die nicht mehr ganz zur Stadt gehörten, aber auch noch nicht ländlich waren. Orte, die zwar typisch Berlin sind, in Stadtführern oder gar Geschichtsbüchern jedoch kaum Erwähnung finden. Mit dem Stadtplan noch immer auf dem Küchentisch, zog ich einen siebenhundert Seiten starken Schinken über die Geschichte Berlins aus dem Regal und blätterte zum Ortsregister am Schluss des Buchs.

Anzahl der Einträge für Marzahn: 0.

Lichterfelde: 0.

Tegel: 0.

Ich wusste, dass es Geschichten zu entdecken gab – die Geschichten von Marzahn, von Lichterfelde, von Tegel. Von Spandau, Blankenfelde und Gropiusstadt. Schon bevor ich auch nur mit dem ersten Spaziergang begonnen hatte, als ich die Route auf dem Stadtplan einzeichnete und mithilfe des Computers Entfernungen und Zeitaufwand berechnete, hatte ich bereits eine vage Vorstellung davon, was ich finden würde. Die Vorstädte und Trabantensiedlungen, verbunden durch das ratternde und rüttelnde Hin und Her der Pendler-S-Bahnen. Die vergessenen Randgebiete, wo die verwahrloste Ödnis des einen die leere Leinwand für die Fantasie des anderen ist. Die seltsame Poesie dieser Nicht-Orte, die hier oder da sein konnten, irgendwo oder nirgendwo, doch immer am Rand der Stadt angesiedelt.

Während ich mich auf meine Spaziergänge vorbereitete, sprang mir eine Definition dieser Gebiete, geprägt von dem deutschen Architekten und Stadtplaner Thomas Sieverts, ins Auge: *Zwischenstadt*. Der Ort, der weder Stadt noch Land ist, aber dennoch ein Ort, ein eigenständiger Ort mit eigener Geschichte, eigener Kultur und eigenen Geschichten. Denn diese Orte sind keineswegs Leerstellen. Als Sieverts Buch *Zwischenstadt* ins Englische übersetzt wurde, erhielt es den Titel *Where We Live Now,* wo wir heute leben, und tatsächlich besteht Berlin für viele Berliner vor allem aus den Außenbezirken. Die Orte, an denen die Menschen geboren werden, wo sie aufwachsen, wo sie wohnen, arbeiten, sich verlieben, sich entlieben, essen, schlafen, trinken und tanzen. Wo sie leben, heute und morgen. Berlin – das ist Mitte, Prenzlauer Berg oder Charlottenburg. Aber auch Grünau. Um Berlin wirklich kennenzulernen, musste ich die Peripherie kennenlernen, jenseits der U-Bahn-Endhaltestellen. Je mehr ich entdeckte, desto mehr würde ich mich in dieser Stadt vielleicht heimisch fühlen. Wie die Londoner oder New Yorker, für die die Stadt, nicht das Land, Dreh- und Angelpunkt ihrer Identität ist. Ganz im Geiste des alten Venedigs oder der Backsteingotik-Stadtstaaten der Hanse.

Als Ausgangspunkt des ersten Spaziergangs schien mir Tegel der geeignete Ort. Oft handelt es sich bei den Außenbezirken um in Vergessenheit geratene oder gänzlich unbekannte Orte, von denen noch nicht einmal die Einwohner der Stadt, geschweige denn Fremde, jemals etwas gehört haben. Um eine Aufzählung von Haltestellen der Vorstadt-Bahnlinien, an die sich kaum ein Besucher verirrt. Um Orte, an denen Eltern wohnen (immer die Eltern von jemand anderem). Der Name »Tegel« jedoch ist klanghafter als die der restlichen Außenbezirke. Die meisten Berliner haben zumindest von der JVA Tegel gehört, und Reisende auf der ganzen Welt kennen den Flughafen Tegel. Von der U-Bahn-Hochstrecke aus, auf der ich an diesem Morgen zur Greenwichpromenade hinausgefahren war, hatte ich die hohen Mauern und Wachtürme der Justizvollzugsanstalt sehen können, ebenso wie die Start- und Landebahnen sowie die Terminalgebäude des Flughafens. Sie alle waren von der klassischen Außenbezirkslandschaft umgeben – freistehende Häuser und Büroparks, Altmetallhändler und Autoverkaufsräume, brachliegende Flächen und ordentliche Schrebergartenkolonien, wie sie am Rande so vieler deutscher Großstädte und kleinerer Ortschaften zu finden sind.

Von der U-Bahn aus waren jede Menge typische Wahrzeichen der Außenbezirke zu sehen – Vorstädte, Randgebiete, Nicht-Orte, das Gefängnis, der Flughafen –, doch obwohl Tegel bereits seit rund einhundert Jahren zu Berlin gehört, hat das Dorf selbst eine viel längere Geschichte, die im 13. Jahrhundert begann. Eine ganze Reihe von Dörfern im Norden Berlins sind an den Ufern des Tegeler Fließes entstanden – eines flachen Bachs, der sich etwa dreißig Kilometer vom ländlichen Brandenburg bis zum Tegeler See erstreckt, nur wenige hundert Meter vom Ausgangspunkt meines ersten Spaziergangs entfernt. Seine »Geburt« verdankt Tegel demnach dem Bach, der See aber – zum einen mit der Havel verbunden und dadurch wiederum mit der Elbe, einer der größten Wasserstraßen Europas – brachte der kleinen Siedlung, die damals noch nördlich der Berliner Stadtgrenzen lag, im 19. Jahrhundert die Industrie. Der Hafen wurde gebaut, Fabriken und Unterkünfte für die Arbeiter. Tegel wuchs so schnell, dass es im Jahr 1920 von Berlin geschluckt wurde. Und ebenso schnell, wie die Industrie entstanden war, verschwand sie auch wieder.

Ich ging vom See hinauf zum Hafen. Der einstige Ort des Bauens und Verschiffens, des Ladens und Löschens, erfand sich in den 1980er-Jahren neu – als Ort, an dem Menschen leben konnten. Die Internationale Bauausstellung (IBA) war eine Reaktion auf sowohl die postindustrielle Landschaft West-Berlins (wie sie war) als auch die anhaltende Wohnungskrise, die seit den verheerenden Zerstörungen im Zweiten Weltkrieg in der Stadt geherrscht hatte. In Tegel führte die Ausstellung zur Errichtung neuer Wohnsiedlungen am Wasser. 30 Jahre später sollte das Ensemble vollendet werden, als man den neuen Wohnblocks und Reihenhäusern am gegenüberliegenden Ufer den letzten Schliff verlieh. Vom Fischfang zu Fabriken zu neuen Wohnideen. Und jedes Mal die Kreativität, etwas Neues zu erschaffen.

Am Tegeler Hafen sah ich einer Frau dabei zu, wie sie dort, wo das Eis geschmolzen war, die Enten fütterte. Die Wohnsiedlung aus den 1980er-Jahren auf der einen Seite. Neue Apartmentblocks auf der anderen. Eine Bibliothek, erbaut, um Tegels industrielles Erbe widerzuspiegeln, ein paar Stufen hinauf, auf denen man Kies gestreut hatte.

»Wir sind so klug«, schrieb Goethe im *Faust,* »und dennoch spukt's in Tegel.«

Was stimmt. Egal wie oft wir abreißen und neu bauen, die Spuren der Vergangenheit bleiben. Manchmal durch reinen Zufall oder weil Menschen sich weigern zu vergessen. Manchmal wird die Erinnerung absichtlich bewahrt. Eine Bibliothek, die wie eine Turbinenhalle aussieht. Die beiden Statuen vor dem Haupteingang.

Zwei Statuen. Zwei Söhne Tegels. Wilhelm und Alexander von Humboldt verbrachten einen Großteil ihrer Kindheit in Tegel und kehrten am Ende ihres Lebens dorthin zurück. Dort befand sich der Familiensitz, das Familiengrab auf dem Friedhof. In der Zwischenzeit wurden die beiden zu zwei der berühmtesten Denker der deutschen Geschichte. Wilhelm, der Bildungsreformer, Philosoph und Staatsmann, und Alexander, der Entdecker, Naturhistoriker und Weltenvermesser. Das stattliche Anwesen, auf dem sie aufgewachsen sind, gibt es noch heute, ebenso wie den Wald und das Seeufer; sonst aber würden die beiden Männer wohl wenig von Tegel wiedererkennen, stünden sie heute auf den Stufen vor der Bibliothek. Ich umkreiste die Brüder auf der Suche nach dem besten Blickwinkel für ein Foto. Ich hätte sie gern gefragt, was sie denken. Vor allem Alexander ist vom Leben im stattlichen Familiensitz in Tegel nie besonders angetan gewesen. Er gab ihm sogar den Spitznamen »Schloss Langeweile« und hielt sich viel lieber in den Wäldern und auf dem Wasser des Anwesens auf, aber auch jenseits dessen. Erkundete er den Wald – entweder allein oder gemeinsam mit seinem Bruder –, tauchten ganze Welten vor seinem geistigen Auge auf. Er träumte von Großem und lernte, auf Kleines zu achten, während er sich eine Sammlung von Insekten, Steinen und anderen Dingen anzulegen begann, die er im Wald fand. Diese Sammlung sollte er für den Rest seines Lebens fortführen. In seiner Kindheit folgte er Tierfährten in Tegel, später inspirierte er Charles Darwin zu seinen Forschungen. Simón Bolívar nannte ihn »den wahren Entdecker Amerikas«[2].

Insbesondere auf den Gebieten der Naturkunde und der Bildung ist der Einfluss der Brüder heute noch evident. Ebenso im Wald. Vor einigen Jahren ging ich mit meiner Tochter im Tegeler Forst spazieren, als wir auf die »Dicke Marie« trafen. Dieser Baum ist der älteste von Berlin und wurde anscheinend von den Humboldt-Brüdern selbst so genannt: nach der Familienköchin, die wohl nicht gerade zierlich gewesen war. Wir gingen weiter und dachten uns eine Geschichte aus, in der die dicke Marie die Hauptrolle spielte. Von der Küche über eine Eiche bis zur Vorstellungskraft eines kleinen Mädchens: Die Vergangenheit hallt nach. Aus ihrem Stoff können wir neue Geschichten weben, bevölkert von dicken Marien oder goetheschen Geistern, die im Wald von Tegel auf ewig ihr Unwesen treiben.

Ich überließ die Brüder ihrer immerwährenden Kontemplation vor den Türen der Bibliothek und musste nur die Straße überqueren, um meine Umgebung in einem wieder neuen Licht zu sehen: Das hier war nicht mehr Tegel, sondern ein Ort, der offensichtlich weder dem Hier noch dem Dort angehörte. Ich befand mich in einer dieser Randzonen, die im Allgemeinen unsere Vorstellung von den Außenbezirken bestimmen. Ein Wasserwerk hinter einem hohen Zaun. Megamärkte und Outlet-Center. Landschaftlich gestaltete Flächen, kreuz und quer von inoffiziellen Trampelpfaden durchzogen, von Fußgängern, die keinen Sinn darin sehen, auf den sich schlängelnden Wegen des stadtplanerischen Reißbretts zu bleiben. Die Infrastruktur des Autokults: ein Waschplatz, ein Platz zum Ölwechsel. Eine neue Windschutzscheibe, ein neuer Satz Winterreifen, noch mehr Autosalons. Für mich, den einsamen Spaziergänger, waren die Reklametafeln nicht gedacht. Sie wandten sich marktschreierisch – *die Zeit drängt* – an die Fahrer und Beifahrer auf der Hauptstraße, dort, wo sie unter der Autobahn hindurchführt.

Hunderte von Autos, Lkw und anderen Fahrzeugen schienen an mir vorbeizurasen, während ich auf eine Ampel wartete, die partout nicht auf Grün schalten wollte. So stand ich unter der Autobahnbrücke und hörte den unbarmherzigen Lärm widerhallen. An der Wand hinter mir schrie eine dämonenhafte Maus uns allen eine Botschaft ins Gesicht, und da das grüne Männchen sich immer noch weigerte zu erscheinen, konnte ich nicht umhin, Mitgefühl mit der Kreuzung aus Mensch und Nagetier zu empfinden, die jemand auf das Mauerwerk gesprüht hatte:

FUCK SOCIETY

Dann: Grün, die Erste. Grün, die Zweite. Ich überquerte zwei Straßen gleich nacheinander, bog um eine Ecke und folgte einem halb verdeckten Schild durch eine Hecke, wie es schien. Der Autolärm ließ ein wenig nach, und ich fand mich auf einem Weg zwischen der hohen Mauer, die mich von der Autobahn trennte, und einem Friedhof wieder. Ein Pfad zwischen ewigem Lärm und ewiger Ruhe; er war rutschig, waren matschige Fußabdrücke wie Miniatur-Eislaufplätze doch schon lange in ihm festgefroren. Kurz darauf stieß der Weg auf das Tegeler Fließ. Der Bach sollte für den Rest des Spaziergangs mein Führer sein, durch Erlenbruchwälder, Röhricht sowie Feuchtwiesen auf der einen Seite und durch Vorstadtgärten mit gepflegtem Rasen, Terrassenmöbeln, Geräteschuppen, Kompostierern auf der anderen. Hier, an dieser ansonsten völlig unauffälligen Stelle, fand man Spuren der ersten menschlichen Besiedelung der Berliner Region. Vor 11 000 Jahren lag das Tegeler Fließ an der Zugroute von Rentieren, die das Gewässer auf ihren langen Reisen nach Norden und Süden zweimal im Jahr überquerten. Im Frühling hatten Jäger hier ihre Zelte aufgeschlagen, da die Tiere auf ihrer Durchreise hier leichte Beute waren. Feuersteine und andere archäologische Funde zeugen davon. Später, viel später, bildete das Land, das heute aus Marschen und Vorstadtgärten besteht, das Grenzgebiet zwischen zwei slawischen Stämmen, bevor im 13. und 14. Jahrhundert die Germanen kamen und die Siedlungen gründeten, die sich noch heute am Bach entlang erstrecken: Tegel, Hermsdorf, Lübars. Nachdem sich die Menschen hier dauerhaft niedergelassen hatten, formten sie die Landschaft auf vielfältige Weise. Sie bauten Torf ab und gewannen Lehm. Sie entwässerten das Land, um Ackerbau betreiben und Rieselfelder anlegen zu können.

Noch einmal 700 Jahre später, während meiner Wanderung, sind die Uferdämme, die Marschen und die Wiesen als Nährboden und Brutplatz zahlreicher seltener Pflanzen, Vögel und Insekten geschützt. An manchen Stellen wird der Bach noch immer von Wild überquert, und als Teil eines Artenschutzprojekts wurden auf den Feuchtwiesen sogar Büffel wiedereingeführt. Die Rentiere hingegen haben ihre Zugroute geändert. Steigende Temperaturen weltweit haben sie vor Tausenden von Jahren immer weiter nach Norden in die arktischen Länder gedrängt.

Bei Hermsdorf folgte ich dem Bach unter einer Überführung hindurch, als eine S-Bahn gerade über mich hinwegratterte. Menschen hatten die Landschaft hier über Jahrhunderte hinweg geformt, die

Erfindung der Eisenbahn jedoch hatte sie ganz plötzlichen und drastischen Änderungen unterworfen – und nicht nur die Landschaft, sondern unsere Vorstellung der Außenbezirke im Allgemeinen. Die Eisenbahn erlaubte es den Städten, sich auszubreiten, sich in die umgebende Landschaft auszudehnen, die umgebenden Kleinstädte und Ortschaften zu schlucken. Die Eisenbahn ermöglichte es Pendlern, in der Stadt zu arbeiten und jenseits der immer volleren und schmutzigeren Stadtzentren zu wohnen. Und so sind immer mehr Vororte und Trabantenstädte entlang der Gleise entstanden. In London nennt man diese Orte *Metro-Land*, da die Metropolitan Railway, die Vorgängergesellschaft der heutigen Londoner U-Bahn, nicht nur für die Anbindung der neuen Außenbezirke ans Stadtzentrum sorgte, sondern auch das Land besaß und erschloss, auf dem diese Außenbezirke entstanden. Werbebroschüren priesen die Schönheit der nahe gelegenen Buchenwälder und die schnelle Verbindung zur Stadt an. In seinem Buch *The English Landscape in the Twentieth Century* erläutert Trevor Rowley, wie die Erschließung des Metro-Lands unsere Vorstellung von den Außenbezirken als eigenständiger Ort geprägt und 1931 zu der Wortneuschöpfung *rurban* geführt hat, einer Mischung aus *rural*, ländlich, und *urban*, städtisch. Das Wort war notwendig geworden, so Rowley, um diesen neuen Ort zu definieren, der sich an den Gleisen entlang entwickelt hatte, für diese »Art von Siedlung, die weder Stadt noch Land, sondern eine Kreuzung aus beidem war«.[3]

Und was in London geschah, geschah auch in Berlin. Die Eisenbahn machte nicht nur die schlicht profitorientierte Erschließung des Landes möglich, ebenso förderte sie utopistische Ideen, wie diese *rurban* Räume denn nun zu besetzen seien. Ebenezer Howards Gartenstadt-Bewegung, die 1898 in England begonnen hatte, griff rasch auch auf Deutschland über, was die Gründung der Deutschen Gartenstadt-Gesellschaft im Jahr 1902 belegt. Villenkolonien an den Eisenbahngleisen, in denen sich die Wohlhabenden am Rande der Stadt niederlassen konnten, gab es bereits, die Gartenstädte aber verfolgten einen anderen Ansatz: eine bessere, gesündere (Vor-)Stadtplanung, meist im Zusammenhang mit den Arbeiter-

und sozialistischen Bewegungen, die zu dieser Zeit enorm an Einfluss gewannen. 1910 wurde die Gartenstadt Frohnau nördlich der alten Ortschaft Hermsdorf gegründet und über die Nordbahn-Gleise, unter denen ich entlangging, ans Zentrum von Berlin angebunden. Doch obwohl die Gartenstadt Frohnau sich am Vorbild in Großbritannien orientierte und die Ideale der Gartenstadt-Bewegung propagierte, ist ihre eigentliche Geschichte ein klein wenig profaner: Das Land, auf dem sie entstand, war der Einsatz bei einem Kartenspiel unter Adligen gewesen und sollte eine Spielschuld von einer Million Mark begleichen.

Mit der Ankunft der Eisenbahn und besonders der Stadtbahn im Jahr 1882 sowie der U-Bahn im Jahr 1896 konnte Berlin schlagartig wachsen. Bald war das Land jenseits der Stadtgrenzen, von dem Stendhal einst schrieb: »Der Sand verwandelt die Randgebiete der Stadt in eine Wüste«,[4] durch Gleise verbunden. Ebenso wie die Villenkolonien und Gartenstädte nahmen auch die alten Dörfer wie Tegel und Hermsdorf eine neue Gestalt an. Als ich durch die laubübersäten Straßen von Hermsdorf ging und zur Mittagszeit nach einem Happen zu essen Ausschau hielt, ging ich durch einen Ort, der vom Zeitalter des Bahnreisens und der Anbindung an die große Stadt im Süden geprägt war.

Unweit des Bahnhofs fand ich schließlich eine Bäckerei. Auf dem Weg zurück zum Bach und zur Straße nach Lübars erregte ein Schild vor einer Villa meine Aufmerksamkeit. Hier, so konnte ich dort lesen, hatte zwischen 1902 und 1908 einst Gustav Landauer gewohnt, ein politischer Schriftsteller und Theoretiker des kommunistischen Anarchismus. Ein Anarchist in Hermsdorf! Als ich vor dem Schild stand, näherte sich mir ein Mann. Er blieb stehen, um sich anzusehen, was ich mir da ansah. Ich fragte ihn, ob er etwas über Landauer wusste, etwas, das nicht auf dem Schild stand. Er schüttelte den Kopf und ging weiter.

Landauers Philosophie des kommunistischen Anarchismus führte dazu, dass er in den 1890er-Jahren mit der Sozialistischen Internationalen brach. Sie beeinflusste sein Leben jedoch auch in anderer Hinsicht und erklärt vielleicht, was er hier, in den baumbestandenen Vororten Berlins, verloren hatte. Vom Augenblick ihrer Gründung an fühlte sich Landauer der Deutschen Gartenstadt-Gesellschaft zutiefst verpflichtet, glaubte er doch an einen grundlegenden philosophischen Zusammenhang zwischen der Gartenstadt-Bewegung und seinen eigenen politischen Überzeugungen. Sein Umzug nach Hermsdorf im Jahr 1902 war auf ein turbulentes Jahrzehnt gefolgt, in dem er sich nicht nur von der Sozialistischen Internationalen losgesagt, sondern wegen »zivilen Ungehorsams« auch neun Monate im Gefängnis gesessen hatte. Anschließend war er nach Berlin gekommen, wo er mit künstlerischen und literarischen Kreisen verkehrte, während er gleichzeitig weiter über seine anarchokommunistischen Theorien schrieb und sprach. Danach verbrachte er einige Jahre in England, geriet auch dort in Konflikt mit dem Gesetz und ging schließlich nach Deutschland zurück.

Dieses Mal zog ihn die Gegend nördlich von Berlin an, jenseits der hellen Lichter, der lärmenden Politik und der selbstzufriedenen Gesellschaften der großen Stadt. Seine Zeit in Hermsdorf, auf den kopfsteingepflasterten Straßen und Wanderwegen in den Wald, stellte für ihn eine Zeit des Rückzugs von jeglicher politischer Aktivität dar. Eine Zeit der Selbstreflexion. Er nahm nicht mehr an Kundgebungen, Versammlungen und Kongressen teil und arbeitete stattdessen an literarischen Übersetzungen von Oscar Wilde und Walt Whitman. Erst 1906 ließ er sich von einem Verleger dazu überreden, wieder politisch-schriftstellerisch tätig zu werden: *Die Revolution* wurde eines seiner einflussreichsten Bücher, und ein Jahr nach seiner Veröffentlichung kehrte er dem verschlafenen Hermsdorf für immer den Rücken.

Ich stand an der Ecke und nippte an meinem Kaffee. Mittlerweile waren im Erdgeschoss der Villa ein Schönheitssalon, eine Steuerberatungskanzlei und ein Anwaltsbüro untergebracht. An diesem Tag war von kommunistischem Anarchismus in Hermsdorf nicht mehr viel zu erkennen. Wie es mit Landauer weiterging? 1919 wurde er zum Beauftragten für Volksaufklärung der kurzlebigen Münchner Räterepublik ernannt, doch die Gelegenheit, Theorie in Praxis umzusetzen, verging rasch. Reguläre Soldaten und Mitglieder der

Freikorps-Miliz schlugen die Räterepublik bereits Anfang Mai 1919 nieder. Landauer ereilte ein ähnliches Schicksal wie seine in Berlin ermordeten Kameraden Karl Liebknecht und Rosa Luxemburg: Er starb im damaligen Zuchthaus Stadelheim in München, nach schweren Misshandlungen und mehreren Schussverletzungen.

꙳

Am Hermsdorfer See sprachen mich zwei Frauen an, die zuvor beide selbst in ein lebhaftes Gespräch vertieft waren.

»Wissen Sie, wo der zweite See ist?«, fragte mich die eine Frau.

»Wenn ich's dir doch sage: Es gibt keinen zweiten See«, warf die andere ein.

Ich zog meinen Stadtplan aus der Tasche. Zwei Seen: Hermsdorfer See und Ziegeleisee.

»Ph!«, rief die zweite Frau, scheinbar unbeeindruckt von den vorliegenden Beweisen. »Das ist DERSELBE See! Er hat nur zwei verschiedene Namen.«

Alternative Fakten. – Ich zuckte mit den Achseln und wünschte ihnen noch einen schönen Tag. Es gibt tatsächlich zwei Seen. Der Hermsdorfer See speist sich aus dem Tegeler Fließ und entstand gegen Ende der letzten Eiszeit. Der Ziegeleisee ist künstlich angelegt und war früher die Lehmgrube, aus deren Lehm die auffälligen roten Ziegel für eines der Wahrzeichen von Berlin, das Rote Rathaus, gebrannt wurden. 1912 flutete man die Lehmgrube und schuf den See, heute ist keine Spur der alten Ziegelei mehr zu erkennen. Dort, wo der Pfad zwischen den beiden Seen verläuft, spähte ich durch den Zaun zu der Stelle, an der sich im Sommer die Badegäste am Ziegeleisee tummeln. Plötzlich eine Bewegung hinter mir: Ein Silberreiher, groß, weiß, überaus elegant, flog vom Ufer des einen Sees auf und landete wenige Augenblicke später am Ufer des anderen. Von seinem luftigen Standpunkt aus konnte der Reiher die Trennung der beiden Seen sicherlich deutlich erkennen.

Die wunderschön-geisterhafte Erscheinung des Vogels schien perfekt zur melancholischen Stimmung des kalten, bewölkten Tages zu passen. Hinter mir auf dem Pfad kam die Frau auf mich zu, die mich kurz zuvor angesprochen hatte, während ich dem Reiher zusah, wie er sich hinter dem hohen Zaun am frostigen Ufer des Ziegeleisees niederließ.

»Da ist der zweite See«, sagte ich zu ihr und zeigte durch den Zaun hinter die Tischtennisplatten, die Wasserrutschen und den mit Rollläden verschlossenen Kiosk. Sie nickte lächelnd.

»Dachte ich mir schon.«

Ich befand mich nun wirklich am Rande der Stadt: Das Tegeler Fließ zwischen Hermsdorf und Lübars markiert die Grenze zwischen Berlin und Brandenburg. Ein Bohlenweg sorgte dafür, dass der Spaziergänger auf dem sumpfigen Boden um noch mehr Vorstadtgärten herum keine nassen Füße bekam. Vor 30 Jahren hätte ich hier auf eine der am stärksten befestigten Grenzen der Welt hinabgeblickt – die Berliner Mauer trennte Lübars und Hermsdorf von der Deutschen Demokratischen Republik. Nichts davon war mehr zu sehen. Stattdessen: kahle Bäume und wogendes Schilf, die brandenburgischen Wälder dahinter. Eine Nebelkrähe rief im Hintergrund, als ich auf einen Garten traf, der von zwei Schafen, einem Hahn und ein paar Hühnern bevölkert wurde. Das eine Schaf stand neben einem abgedeckten Planschbecken und beäugte mich misstrauisch. Die Hühner pickten auf dem Boden unter der Schaukel. Auf dem Trampolin landete eine Amsel.

Der Pfad ließ die Gärten hinter sich und führte über ein Feld. Über den Wipfeln der Bäume in der Ferne machte ich die Hochhäuser des Märkischen Viertels aus; die riesige Großwohnsiedlung ist eine von sechs solcher Satellitenstädte, die am äußersten Rand von Berlin gebaut worden waren. Lübars selbst steht auf einer kleinen Anhöhe, nicht viel mehr als eine Handvoll Stein- und Ziegelbauten um eine Kirche herum. Auch dort gab es Landwirtschaftsbetriebe und Pferdeställe – der Geruch von Pferdemist sollte mich auf all meinen Spaziergängen am Rand der Stadt begleiten. Im Dorf stieß ich auf eine alte Telefonzelle und eine noch ältere Wasserpumpe. Abgesehen von den auf Hochglanz polierten Audis und Mercedes, die hin und wieder über das Kopfsteinpflaster ratterten, erweckte

Lübars den Eindruck, als seien die Außenbezirke nie zu ihm vorgedrungen. Ich war noch in Berlin, doch keine S-Bahn hatte es bis hierher geschafft, und so wirkte Lübars so wie das Dorf, das es Hunderte von Jahren lang gewesen war. Als Deutschland noch geteilt war, ist diese Ecke West-Berlins ein beliebtes Ziel für Tagesausflüge gewesen – eine ländliche Idylle für die Einwohner der Stadt, denen der Zugang zur umgebenden Landschaft durch die hohen Zäune, Wachen und Wachtürme der Berliner Mauer verwehrt war. Lübars ist auch heute noch bei Ausflüglern beliebt, bei Wanderern und anderen Besuchern, die sich nach einem ländlichen Rückzugsort innerhalb der Reichweite ihres Berlin-A B -Tickets sehnen.

Vor der Kirche stand ein Bus im Leerlauf an seiner Haltestelle und schien es nicht eilig zu haben. Das Ende der Linie war natürlich auch ihr Anfang. Der Pfad schlängelte sich weiter dahin, durch das Dorf und hinaus über die Felder auf die unsichtbare Grenze zwischen West- und Ost-Berlin zu. Gut für einen anderen Spaziergang. Ich ging zur Bushaltestelle, wo der Fahrer mir die Tür öffnete, um mich hereinzulassen, aus der Kälte ins Warme, auch wenn es noch fünf Minuten bis zur Abfahrt dauerte.

Unheimlicher Berliner Norden

Von Lübars nach Ahrensfelde
1. Februar

*Checkpoint Qualitz / Gärten und Grenzgebiete / Hobrechts Plan
/ Karow und die neue Vorstadt / Erinnerungen einer Nation /
Neu-Hohenschönhausen und die Großwohnsiedlungen /
Nach Ahrensfelde*

Es war sieben Monate her. Sieben Monate, seit der erste Checkpoint, an der Bornholmer Straße, geöffnet worden war. Sieben Monate, seit eine euphorisierte Menschenmenge die Brücke von Prenzlauer Berg zum Wedding überquert hatte. Sieben Monate, seit sie am Brandenburger Tor auf die Mauer geklettert waren und im Scheinwerferlicht der Geschichte getanzt hatten. Sieben Monate. Und hier in Lübars? Nichts. Die baumgesäumte Straße nach Blankenfelde war nach wie vor gesperrt. Stacheldraht und Beton. Wachtürme und Panzersperren. Das Land, seit August 1961 geteilt, war noch immer in zwei Hälften gerissen.

Helmut Qualitz hatte es im Fernsehen und mit eigenen Augen gesehen. Er hatte gesehen, wie die Berliner Mauer gefallen war. Wie Straßen wieder geöffnet wurden, als man mit Hammer und Meißel Souvenirs und potenzielle Verkaufsstücke aus der Mauer herausgeschlagen hatte. Doch die Menschen in Lübars hatte man anscheinend vergessen. Hier stand die Mauer noch. Und so kletterte Bauer Qualitz nach sieben Monaten des Wartens auf seinen Traktor.

Am 16. Juni 1990 ließ er den Motor seines Treckers aufheulen, fuhr damit vom Hof und rollte die paar hundert Meter die Blankenfelder Chaussee entlang bis zu der Stelle, an der die Straße durch die Mauer blockiert war. Er trat aufs Gaspedal und krachte mit ohrenbetäubendem Lärm mitten hindurch. Am nächsten Tag kehrte er zurück, um durch das Loch in der Mauer bis nach Blankenfelde zu fahren, wo er mit Mitgliedern der Freiwilligen Feuerwehr sprach. Besuch aus dem Westen! Gemeinsam fuhren sie zurück und rissen weitere Teile der Mauer ab. Nach fast 29 Jahren waren Lübars und Blankenfelde wieder vereint. Checkpoint Qualitz war offen.

Elf Jahre später, 2001, errichtete man eine Gedenktafel, um an den »Helden von Lübars« zu erinnern, der im Juni 1990 eigenhändig die Mauer durchbrochen hatte. Doch Helmut Qualitz sieht sich selbst nicht als einen Helden: »Das mit der Tafel freut mich ja. Aber ich frag mich, was an meiner Tat so mutig war«, sagte er der *Berliner Zeitung* gegenüber.[5] An diesem Tag im Juni 1990 hatte er mit seinem Frontlader einfach ein Loch in die Mauer gerissen, um die Straße frei zu machen. Am nächsten Tag war er mit der Freiwilligen Feuerwehr zurückgekehrt, um die Reste wegzuräumen. Darauf hatten sie dann mit einer Kiste Sekt angestoßen. Das war alles – nicht mehr, nicht weniger. Es ist diese Bescheidenheit in einem so schillernden Augenblick der Geschichte, die diese Episode so reizvoll macht.

Die Felder, die ich überquerte, waren verschneit. Der Weg verlief parallel zur Blankenfelder Chaussee, das Gelände stieg von den Wiesen und Marschen an den Ufern des Tegeler Fließes sanft an. Über mir, ganz in der Nähe der ehemaligen Grenze, kreiste ein Rotmilan. Auf meinem Weg vom alten Westen in den alten Osten stieß ich auf einige Hinweise aus der Vergangenheit. Der betonierte Kolonnenweg, jetzt ein Fahrradweg. Dieser Weg verlief ebenso wie andere Spuren der ehemaligen Grenzanlagen, auf denen sich die Grenzer bewegt hatten, jetzt durch einen gepflegten Obstgarten oberhalb des Köppchensees. Der See war im 19. Jahrhundert durch Torfabbau

entstanden, diente danach als Müllkippe und hatte sich als Sperrzone in den langen Jahren der Teilung zu einem wahren Paradies
für alle möglichen Tierarten entwickelt. Ein weiteres Erbe der Berliner Mauer.

Der Weg umlief eine vernachlässigt wirkende Gartenkolonie,
eine Mischung aus Schrebergärten, die ich aus dem Zugfenster vor
dem letzten Spaziergang gesehen hatte, und den etwas stabileren
Siedlungen, die meine aus dem Osten Deutschlands stammende
Frau »Datsche« nennt. Mit Datschen oder Datschas – das Wort
kommt ursprünglich aus dem Russischen – meinte man Wochenend-
häuschen, in die sich die Menschen aus dem grauen Alltag zurückzogen. Ganz klar war mir die Unterscheidung zwischen Schrebergarten und Datsche nicht – es war wohl eher eine persönliche
Definition, die der Abgrenzung gegen Rasenfaschist mit Garten-
zwergidylle oder Apokalypsenfanatiker mit Konservendosenvorrat
für mehrere Jahre kaum standhalten würde. In einem Datschen-
garten, an dem ich vorbeikam, lag so viel Müll herum – Bade-
wannen, zwei ausgeschlachtete Motorräder, eine Hüpfburg, aus der
die Luft herausgelassen worden war –, dass jedes Schrebergarten-
koloniekomitee der Stadt die Pächter sofort hinausgeworfen hätte.
Hier draußen, am Rande Berlins, war genug Platz für weitere Rand-
figuren. In der DDR – und das hat sich bis heute nicht geändert –
bot die Datsche der Nischengesellschaft Raum: ein Ort der Privatsphäre und Autonomie, der sich erfolgreich gegen die Konformität
des Alltags wehrte. Sie ist bis heute zu beiden Seiten der ehemaligen
Grenze ein Zufluchtsort geblieben. In einem der Gärten hatte man
die Konföderiertenflagge gehisst, die im Wind flatterte. Plötzlich
kam mir meine Umgebung nicht mehr wie der Stadtrand Berlins
vor, sondern wie die Südstaaten der USA. Wahrscheinlich bloß Fans
von Country-Musik. Oder von *Ein Duke kommt selten allein.*

Auf meinem Weg von Lübars nach Blankenfelde war die Landschaft gespickt mit bewirtschafteten Feldern, Datschen, Schrebergärten und dem restlichen Treibgut der Außenbezirke, das am
äußersten Rand der Stadt an Land gespült worden war. Ich überquerte eine Bahntrasse. Das elektrische Summen in den Leitungen

über mir, die sich von Strommast zu Strommast in Richtung eines Umspannwerks jenseits der Baumreihe vor mir zogen, war beinahe körperlich spürbar. Aus den Ritzen im Beton eines Gebäudes, das einst eine Art Scheune oder Fabrik gewesen sein mochte und von dem nur noch die Fundamente standen, wuchsen Wildblumen. Pferdeställe und ein Recyclinghof, auf dem sich Container an Container reihte. Im Hintergrund brausten Autos über die Überlandstraße, die von den Vororten zum Autobahnkreuz führte. Mein Weg führte nun durch ein Stück Wald mit beinahe undurchdringlichem Unterholz, in dem jemand eine ganze Sammlung von Bienenstöcken aufgestellt hatte. Schilder warnten mich, dass ich von einer Videokamera beobachtet wurde. Auf einem eingezäunten Stück Land stand ein Handymast. Nicht Stadt. Nicht Land. Randgebiete.

Die Schriftstellerin und Aktivistin Marion Shoard nannte sie *edgelands* und beschrieb damit die Grenzgebiete, die weder wirklich ländlich noch wirklich städtisch sind. Die *edgelands* – das sind Gewerbegebiete und Müllhalden, Golfplätze und Einkaufszentren. Manchmal wirken sie ungeplant und ganz sicher sind sie meist ungeliebt, und dennoch fordert Shoard uns dazu auf, sie zu zelebrieren, zu preisen und zu feiern; Kunst und Schönheit in den Lagerhallen und Logistikzentren, den Autobahnkreuzen und Kleingärten zu entdecken. Paul Farley und Michael Symmons Roberts hörten Shoards Schlachtruf und machten sich auf zu den *Randgebieten*, um nach der Poesie der Kieshalden und Gewerbegebiete, der Deponien und Handymasten zu suchen. Ihnen würde der Weg von Lübars nach Blankenfelde bestimmt gefallen.

Nach meinem Spaziergang zog ich zu Hause meine eselsohrige Ausgabe ihres Buchs *Edgelands* aus dem Regal. Die Kapitelüberschriften, die alle nur aus einem Wort bestehen, schienen eine Menge dessen zu beschreiben, was ich allein auf meinen ersten beiden Spaziergängen am Stadtrand von Berlin bisher gesehen hatte:

Autos / Pfade / Container / Abwasser / Wasser / Brücken / Brachland / Wälder / Strom / Einkaufen / Lichter …

Außerdem ist in den *edgelands* eine ganz erstaunliche Vielfalt an Tieren heimisch. Richard Mabey bezeichnete Orte wie Kleingärten,

Bahndämme oder die Gräben jenseits von Gartenzäunen in den 1970er-Jahren als »unofficial countryside«, inoffizielle Landschaft, und betitelte 1973 auch eines seiner Bücher so. Zwischen Brombeergestrüpp und jungen Bäumen finden sich Igel und Füchse sowie alle möglichen Arten von Vögeln. In Berlin kommt es nicht selten vor, dass Wildschweine über die umgebenden Wälder in die Stadt eindringen und in Vorgärten oder eben jenen »Grenzgebieten« herumwühlen. Das Unterholz teilen sich diese Tiere mit etwas anderem, das auch ich auf meinen Spaziergängen schon gesehen hatte: mit dem Ausrangierten und Weggeworfenen. Mit einem kaputten Fußball und den übrig gebliebenen Hülsen von Silvesterknallern. Mit einer leeren Schnapsflasche und den Zigarettenkippen, die ein Im-hintersten-Winkel-des-Gartens-Raucher achtlos über den Zaun geschnipst hatte.

Kurz vor Blankenfelde hielt mich ein Mann auf dem Weg an und fragte mich, ob ich seinen Hund gesehen hätte. Nur wenige Schritte später fiel mein Blick auf einen Zettel, den jemand an einen Telefonmast geheftet hatte: Ein weiterer vermisster Hund. Schon an der Bushaltestelle in Lübars hatte ich ein Zettel mit ähnlicher Botschaft gesehen. Warum gehen hier im Norden Berlins nur so viele Tiere verloren? Auf meinem Weg aus Blankenfelde hinaus, an anderen Reitställen vorbei und in Richtung einer weiteren Datschenkolonie, drängten sich hinter einem schmalen Graben Nebelkrähen in einer geraden Reihe aneinander und hüpften gemeinsam über die verschneiten Felder. In der Ferne bellte ein Hund. Das abhanden gekommene Rudel? Angesichts der deplatzierten Flagge von vorhin, der Abgeschiedenheit der leeren Landschaft und des Gedankens an umherstreunende wilde Hunde war mir ein wenig unheimlich zumute, als ich über die schneebedeckten Felder stapfte. Ich passierte eine brandneue Wohnsiedlung, die eigentlich gar nicht hätte da sein dürfen – auf meiner Karte war die Stelle noch als unbebautes Feld verzeichnet –, und allmählich steigerte sich das Geräusch der Autobahn von einem fernen Rauschen zu einem donnernden Dröhnen.

Ich versuchte, dem alten Pfad zwischen den Dörfern hindurch zu folgen, demjenigen, der jahrhundertelang Blankenfelde mit dem benachbarten Karow verbunden hatte, wurde aber durch die gegenwärtige Infrastruktur daran gehindert, die mich zu einem Umweg in ein keilförmiges Stück Land zwischen zwei Autobahnen zwang. Zeitweilig musste ich auf einem schmalen Streifen Bürgersteig an einer der Hauptverkehrsstraßen aus Berlin heraus entlanggehen. In dieser unmittelbaren Nähe zu Lkw und Autos, die an mir vorbeirasten, und mit diesem plötzlichen Ansturm menschlicher Lebenszeichen hatte sich mein mulmiges Gefühl eher noch verstärkt. Das hier war ganz gewiss kein Ort für Menschen, die sich zu Fuß fortbewegten. Wohin auch? Zur Baustelle der neuen Eisenbahnbrücke? Zum Gewerbegebiet und seinem Vertriebsdepot der Berliner Billig-Supermärkte? Zum alten Fußweg nach Karow? Sonst gab es hier nichts – und doch hatte jemand Schnee geräumt und gestreut, anscheinend nur für mich.

Schließlich konnte ich der Straße den Rücken kehren und bog nochmals auf den alten Pfad ab. Der traditionelle Verbindungsweg zwischen den beiden Dörfern verlief ein Stück parallel zur Autobahn des Berliner Rings, der A10, mit annähernd zweihundert Kilometern der längste Autobahnring Europas. Über mir rauschte der Güter- und Personenverkehr eines ganzen Kontinents vorbei. Streckenweise umfasst die A10 Abschnitte vier großer europäischer Fernstraßen, darunter die E30, die von Cork in Irland bis nach Omsk in Russland führt – fast 6 000 Kilometer über London, Amsterdam, Berlin, Warschau und Moskau.

Auf der anderen Seite des Pfads: 250 Tonnen Sprengstoff. Ich ging zwischen der Autobahn und dem Feuerwerklager einer der größten Pyrotechnikfirmen Europas spazieren. Die Route mochten Reisende schon seit Jahrhunderten genutzt haben, heute jedoch hatte der zwischen Autobahn und – hoffentlich – gut bewachter Lagerhalle eingekeilte Fußweg seinen mystischen Reiz endgültig verloren. Irgendjemand war ans Ende der Straße gefahren und hatte dort sechs volle Säcke Haushaltsmüll entsorgt. Alte Kleider und Vorhänge. Plastikspielzeug und eine peruanische Umhängetasche. Ganz oben auf dem Haufen lag ein Teppich, verkehrt herum. Über mir zu meiner Linken donnerten noch mehr Lkw vorüber, aus Polen und Tschechien, den Niederlanden und Russland. Aus den Augenwinkeln sah ich eine Gestalt am Zaun des Feuerwerklagers. Eben noch da, in der nächsten Sekunde schon wieder verschwunden. Wahrscheinlich nur jemand, der dringend pinkeln musste. Oder nach seinem Hund suchte. Wie dem auch sei: Die dumpfe, schneebedeckte Landschaft des äußersten Nordens von Berlin machte insgesamt einen ziemlich düsteren Eindruck auf mich.

Kein Wunder, denn die Landschaft hatte in den vergangenen paar hundert Jahren viel Scheiße aushalten müssen. Und das im wahrsten Sinne des Wortes. Ein Großteil des Gebiets zwischen Lübars und meinem Zielort an diesem Tag, Ahrensfelde im Nordosten Berlins, war ab Mitte des 19. Jahrhunderts Teil des Netzwerks an sogenannten Rieselfeldern gewesen, Anlagen zur Reinigung von Abwässern, die nötig geworden waren, als die Stadt im Zuge der industriellen Revolution aus allen Nähten zu platzen drohte. Die umgebenden Rieselfelder waren einer der Gründe, warum die Dörfer nördlich von Berlin überwiegend unter sich geblieben waren. Außerdem erinnerten sie daran, dass es meist die Außenbezirke größerer Städte sind, an denen sich Dinge finden, die einerseits viel Platz brauchen und an die wir andererseits nicht denken wollen: Gefängnisse und Schrottplätze, Müllhalden und Kläranlagen.

1848 betrug die Bevölkerung Berlins knapp über 400 000 Einwohner. Mit anderen Worten: Die von einer Zollmauer umschlossene Stadt – einziges Überbleibsel dieser Mauer ist das Brandenburger Tor – war zum Brechen voll. Deshalb beauftragte man den Stadtplaner James Hobrecht damit, Pläne für eine Erweiterung Berlins über die Stadtgrenzen hinaus vorzulegen. Der Hobrecht-Plan aus dem Jahr 1862 sah nicht nur völlig neue Stadtviertel vor, darunter den Wedding, Prenzlauer Berg und Friedrichshain, sondern auch Entsorgungsplätze für den Müll all der neuen Einwohner, die in die preußische Hauptstadt strömen würden. Wie in vielen der rasant wachsenden Städte in ganz Europa wurde auch in Berlin die

Notwendigkeit sauberen Wassers und eines effizienten Abwassersystems durch regelmäßig wiederkehrende Ausbrüche der Cholera nur allzu deutlich. Hobrechts Plan bestand darin, die Stadt in zwölf Bezirke einzuteilen. Am tiefsten Punkt jedes dieser Bezirke sollte ein Pumpwerk gebaut werden, das das Abwasser auf die Rieselfelder und über diese in den Boden leitete. Der Plan kam keine Minute zu früh. 1877 hatte die Bevölkerungszahl die Millionenmarke geknackt. 1905 gab es in Berlin bereits über zwei Millionen Einwohner. In grob gerechnet fünfzig Jahren hatte sich die Bevölkerung Berlins sage und schreibe mehr als vervierfacht.

Das Abwassersystem, das 1873 in Betrieb genommen wurde, lief bis in die 1960er-Jahre hinein mehr oder weniger, die letzten Rieselfelder wurden erst 1984 abgeschafft. Viele davon werden heute schlicht landwirtschaftlich genutzt oder wurden – wie die Karower Teiche, denen ich mich nun auf dem Weg von Blankenfelde aus näherte – zu Naturschutzgebieten erklärt. Die Teiche gehören zu den friedvollsten, ruhigsten und schönsten Orten innerhalb der Stadtgrenzen von Berlin und bieten zahlreichen Vögeln, Schmetterlingen und Pflanzenarten ein Zuhause. Obwohl auch sie ein Produkt der industriellen Revolution sind, ebenso wie die Eisenbahnlinien und die Fabrikgebäude aus rotem Backstein, die ich von meiner Wohnung im Stadtzentrum aus sehen kann.

Mit dem Hobrecht-Plan und der Ankunft der Eisenbahn entfernten sich die Außenbezirke von Berlin noch weiter vom Zentrum. Die Villenkolonien und Gartenstädte wuchsen an den Verkehrswegen entlang, die älteren Ortschaften und Dörfer wurden entweder von den Vorstädten geschluckt oder von Rieselfeldern umgeben. Bald schon verband man historische Siedlungen wie Spandau und Köpenick – einst slawische Festungen, auf Inseln im Fluss erbaut und älter als Berlin selbst – mit der Stadt; die Grenzen zwischen ihnen verschwammen immer mehr. 1920, im Zuge des Ersten Weltkriegs, erweiterte die Entstehung Groß-Berlins das Stadtgebiet noch einmal. Nun war Spandau eingemeindet, ebenso wie Charlottenburg und Zehlendorf, Köpenick und Karow. Und abgesehen von kleineren Verschiebungen bilden sie noch die Stadtgrenzen, innerhalb derer ich mich fast einhundert Jahre später bewege. Das Land zwischen Blankenfelde und Karow: offene Felder, von Bahntrassen, Autobahnen und alten Pfaden durchzogen, doch immer noch Berlin.

In Karow durchquerte ich einen jungen Wald am nördlichen Rand der Teiche. Die Teiche selbst stammen aus der Zeit der Torfgewinnung und der Kiesgruben zum Bau der Eisenbahnstrecke Berlin–Stettin. Doch die aufblühende Fischzucht, die entstand, als die Gruben mit Wasser gefüllt worden waren, näherte sich mit dem Hobrecht-Plan und dem Anlegen der Rieselfelder auch schon wieder ihrem Ende. Heute sind die Teiche geschützt und einer der beliebtesten Beobachtungsposten für Berliner Vogelliebhaber. Durch die Bäume hindurch erhaschte ich einen Blick auf einen Silberreiher – derselbe wie vorige Woche? Folgte er mir? Mir gefiel die Vorstellung, der Vogel begleitete mich auf meiner Reise und erkundete die Peripherie Berlins aus der Luft so wie ich von Land aus. Leider war es das letzte Mal, dass ich ihn auf meinen Spaziergängen am Rande der Stadt sehen sollte.

Jenseits der Panke fand ich mich auf einmal und allzu unvermittelt in der Vorstadt wieder. Am Ende einer kleinen Straße, die an Einfamilienhäusern hinter hohen, gepflegten Hecken vorbeiführte, saßen ein paar Straßenarbeiter im Führerhäuschen ihres Schneepflugs und machten Mittagspause. Zwei Aufkleber an der Windschutzscheibe bewarben zwei verschiedene Fußballvereine und zeugten von geteilter Loyalität: Bayern München und 1. FC Union Berlin. Beide hatten an diesem Wochenende gewonnen, beide steuerten ihre jeweilige Meisterschaft an. Die Arbeiter würden sich einig sein beim Verzehr ihrer Pausenbrote, die Siege ihrer Mannschaften feiern und sich gemeinsam über Hertha BSC lustig machen.

1920, als Karow Groß-Berlin eingemeindet wurde, betrug die Anzahl der Einwohner des Dorfes rund 1 000 – und dabei blieb es fast das gesamte 20. Jahrhundert hindurch, auch in den 40 Jahren, in denen Karow in Ost-Berlin lag und Teil der Deutschen Demokratischen Republik war. Im Gegensatz zu Hermsdorf und anderen alten Ortschaften am Rand der Stadt, die durch die Eisenbahn mit Berlin verbunden waren, wurde Karows Ausbreitung durch die umgebenden Rieselfelder eingedämmt. Mit der Außerbetriebnahme der Felder und der Wiedervereinigung änderte sich etwas. Karow bot Platz zum Bauen, und den brauchte man, stieg die Nachfrage nach neuem Wohnraum doch enorm, während sich die Stadt dem neuen Jahrtausend näherte. Heute verzeichnet Karow 20 000 Einwohner und umfasst ein ganz neues Viertel, Neu-Karow, das sich an Alt-Karow mit seinem immer noch dörflichen Charakter anschmiegt. Neu-Karow ist ebenso wie der Hobrecht-Plan ein Kind der Wohnungskrise beziehungsweise des Versuchs des Berliner Senats, das Wohnungsproblem zu lösen und neuen Wohnraum zu schaffen. In den 1990er-Jahren plante man in den Außenbezirken der Stadt rund 100 000 neue Wohnungen. In Karow wollte man möglichst viele Schlagworte der Stadtplanung zusammenbringen – Fußgängerfreundlichkeit, Anbindung und Vernetzung, Mischnutzung und Vielfalt, Grünflächen und Wohnqualität – und so das deutsche Dorf am Rande der Stadt gewissermaßen neu erfinden.

Ich fragte mich, wie erfolgreich das wohl gewesen war, als ich durch die hübschen, gut erhaltenen Straßen von Karow schlenderte. Dem Anschein nach handelte es sich hier immer noch um eine vom Automobil beherrschte Variante der Vorstadt. Hier verfügte jeder Haushalt über einen Zweitwagen, trotz der guten Anbindung an öffentliche Verkehrsmittel. Innerhalb der Ortschaft konnte man den Weg zum Supermarkt, zur Schule, zur Bäckerei und zum Nagelstudio bequem zu Fuß zurücklegen. Eine absolut ansprechende autarke Gemeinde. Ich beschloss, hier mein Mittagessen einzunehmen, und überflog die Aushänge im Fenster eines Immobilienmaklers. Wie es wohl wäre, hier zu wohnen?

Gegen Ende der 1990er-Jahre hatte sich der Schwerpunkt der Stadtplanung erneut verlagert: Nun richteten die Machthaber und Bauunternehmer ihr Augenmerk auf leer stehende Flächen und postindustrielle Standorte im Zentrum der Stadt, auf denen sie neue Wohnkomplexe und schlanke Reihenhäuser errichten konnten.

Rund zehn Jahre später – die Grundstückspreise explodierten, doch immer mehr Menschen sehnten sich nach einem eigenen Haus – wandten sich die Bauunternehmer wieder dem Stadtrand zu. Daher die neue Wohnsiedlung, durch die ich vorhin gekommen und die auf dem Stadtplan noch nicht einmal eingezeichnet war; eine Ansammlung bescheidener Einfamilienhäuser neben bereits vorbereiteten Feldern und Reklameschildern, die schon den nächsten Schwung neuer Häuser anpriesen. Es sollte nicht die letzte Siedlung dieser Art sein, durch die ich kommen würde.

Trotz der ausufernden neuen Vorstadt, die auf diese Dörfer im Norden vorrückte, die lange durch das umgebende Abwasser abgeschirmt gewesen waren, hatten Teile dieses speziellen Spaziergangs durch den Schnee, der das nördliche Berlin bedeckte, etwas Zeitloses. Vor allem in den Augenblicken zwischen den Siedlungen, wenn ich die Felder querte, allein, abgesehen von der einen oder anderen Nebelkrähe oder der Wildfamilie, die ich kurz hinter Karow aufschreckte. Riesige Strommasten beherrschten den Himmel, in der Ferne zeichneten sich Windparks ab; und dennoch konnte man sich diese Landschaft als Mosaik aus Bauernhöfen und kleinen Dörfern vorstellen, die sich um schlichte Steinkirchen drängten, wie sie es seit der germanischen Besiedlung der Region im 12. und 13. Jahrhundert getan hatten.

Drei dieser Dörfer – Wartenberg, Falkenberg und Malchow – lagen nun unmittelbar vor mir. Die sogenannten Straßendörfer waren reihenförmig an einer Straße entlang und nicht um einen Marktplatz oder eine zentrale Grünfläche herum entstanden; diese Siedlungsform ist im Umland Berlins ausgesprochen weitverbreitet. Im 19. Jahrhundert ist auch der Schriftsteller Theodor Fontane auf einer seiner *Wanderungen durch die Mark Brandenburg* hier vorbeigekommen. Das fünfbändige Werk war und ist auch heute noch außerordentlich beliebt: Es wird immer noch nachgedruckt und inspiriert nach wie vor viele dazu, das ländliche Brandenburg, das mittlerweile teilweise zu den Außenbezirken Berlins gehört, zu Fuß zu erkunden. Zu Fontanes Zeit war die Landschaft, durch die er wanderte, schon fast, aber eben nur fast, von der Moderne gestreift. Die Eisenbahn kündigte sich an, die Rieselfelder ebenfalls, doch alles in allem hatten sich die Dörfer seit ihrem Wiederaufbau nach dem Dreißigjährigen Krieg im 17. Jahrhundert kaum verändert.

Neben vielen anderen Gemeinden in Brandenburg hatte dieser Krieg auch Wartenberg, Falkenberg und Malchow hart getroffen und derart brutale Spuren hinterlassen, dass er sich weit über die persönliche Erfahrung hinaus auswirkte und im kulturellen Gedächtnis einer ganzen Nation weiterlebte. Kurz vor meinem Spaziergang über die Felder im Norden Berlins hatte ich die Ausstellung *Deutschland – Erinnerungen einer Nation* im Martin-Gropius-Bau besucht. In dem Buch, das Neil MacGregor begleitend zur in London eröffneten Ausstellung verfasst hat, beschreibt er den Dreißigjährigen Krieg als das erste der »vier großen Traumata, die im Gedächtnis der Nation fortbestehen«.[6] Was nicht verwunderlich ist. Der Krieg, der mit dem Prager Fenstersturz am 23. Mai 1618 begann und dem erst der Westfälische Frieden von 1648 ein Ende setzte, war verheerend gewesen. Ganze Städte und Dörfer waren von den Kämpfen oder marodierenden Truppen hungernder, desertierender Soldaten zerstört worden. Mehr Opfer als der Krieg selbst forderte jedoch die Pest, und die Massenhysterie, die in den Dörfern um sich griff, führte zu einer Welle von Hexenverfolgungen, wie es sie nie zuvor gegeben hatte. Mehr als die Hälfte der brandenburgischen Bevölkerung fand den Tod, die Bevölkerung Berlins wurde um ein Drittel dezimiert. Und in Malchow, hier, am nördlichen Rand Berlins, handelten die Geschichten, die von Generation zu Generation weitergegeben wurden, von plündernden Truppen, einer Hungersnot, die die Menschen zwang, Unkraut, Asche und Eicheln zu essen, von Heuschreckenplagen, dem Schwarzen Tod, zerstörerischen Unwettern und nächtlichen Wolfsangriffen ...

Unter dem grauen Himmel und im Schnee hatte ich das Gefühl, mich in diese Zeit zurückversetzen zu können, mir die Szene aus dem 17. Jahrhundert vorstellen zu können, auch im zweiten Jahrzehnt des

21. Jahrhunderts noch. Eine Illusion, natürlich, die Frucht der überreifen Einbildungskraft des einsamen Wanderers, der verzweifelt an etwas anderes denken will als an seine schmerzenden Beine und Füße. Als ich zur Stadt abbog und einem Pfad folgte, auf dem nur wenige hundert Meter vor mir ein Fuchs vorüberschnürte, steuerte ich auf Neu-Hohenschönhausen mit seinen Wohn-Hochhäusern zu, wie man sie an den Stadtgrenzen Berlins häufig findet. Eine Woche zuvor hatte ich über den Baumwipfeln im ehemaligen West-Berlin das Märkische Viertel erspäht – jetzt lag der Plattenbau des ehemaligen Ost-Berlins vor mir. Das Interessante an diesen Großwohnsiedlungen waren nicht unbedingt die Unterschiede zwischen denen diesseits und denen jenseits der politischen Trennlinie, sondern ihre Gemeinsamkeiten und was sie über die Geschichte Berlins verrieten.

Zu Beginn von Peter Schneiders essayistischer Erzählung *Der Mauerspringer* fliegt der Protagonist irgendwann in den 1990er-Jahren auf seinem Weg zum Flughafen Berlin-Schönefeld über die geteilte Stadt. Von so hoch oben, schreibt der Erzähler, sei es unmöglich, die Trennlinien auszumachen. Weder im Stadtzentrum noch am Stadtrand. Beim Blick auf die Großwohnsiedlungen in den Außenbezirken lässt sich ein Hochhaus nicht vom anderen unterscheiden. »Sie wirken«, schreibt er, »wie Zementblöcke, die von einem amerikanischen oder sowjetischen Militärhubschrauber abgeworfen wurden [...].«[7] Erst unten am Boden beginnt die Unterscheidung zwischen Ost und West Bedeutung anzunehmen.

Neben den Gartenstädten und den neuen Vorstadtsiedlungen, den alten Dörfern und den Flussböschungen, den *edgelands* und den Autobahnen findet man in den Außenbezirken einige der am dichtesten besiedelten Hochhäuser Berlins. Die Wohnsilos West-Berlins – Gropiusstadt, Falkenhagener Feld, Märkisches Viertel – und Ost-Berlins – Marzahn, Hellersdorf, Neu-Hohenschönhausen – entstanden in den Jahren der Teilung, wurden also *nicht* von Militärhubschraubern abgeworfen, am äußersten Rand der

Stadt. Die Hochhäuser blicken auf die ländliche Gegend hinter Berlin hinab und dienen alle einem ganz ähnlichen Zweck: der Bevölkerung hüben wie drüben neuen, modernen und hygienisch einwandfreien Wohnraum zu bieten.

Das Märkische Viertel, das ich eine Woche zuvor aus der Ferne gesehen hatte, wurde Ende der 1960er-Jahre zur Lösung eines ganz spezifischen Problems gebaut. Seit der galoppierenden Inflation in den 1920er-Jahren und den verheerenden Zerstörungen im Zweiten Weltkrieg wohnten die Menschen in den Schrebergartenkolonien im Norden der Stadt. Das war zwar verboten, wurde lange Zeit aber toleriert; in den 1950er-Jahren lebten rund 12 000 Menschen unter diesen recht schwierigen und manchmal gesundheitlich bedenklichen Bedingungen. In West-Berlin löste man das Problem, indem man die Schrebergartenkolonien räumte und ein neues Wohnsilo errichtete, was trotz massiven Widerstands funktionierte. Neu-Hohenschönhausen, dem ich mich nun näherte, war eine der letzten der sechs Großwohnsiedlungen, die man in Berlin baute. Der Grundstein dafür wurde 1984 gelegt, am Ende des Jahres 1985 waren die ersten 9 000 Wohnungen bezugsfertig. 1988 war Erich Honecker persönlich anwesend, um an der Vincent-van-Gogh-Straße die dreimillionste Wohnung zu feiern, die in der DDR als Teil eines gewaltigen Bauprojekts entstanden war. Im Zuge dieses Bauvorhabens wollte man in Ostdeutschland die bröckelnden Mietskasernen aus dem 19. Jahrhundert ersetzen, in denen viele Menschen in den Städten und insbesondere in Berlin noch immer wohnten.

Doch nicht nur die Ursprünge der Wohnsiedlungen zu beiden Seiten der Berliner Mauer waren ähnlich, sie genossen in der Zeit nach der Wiedervereinigung auch einen ganz ähnlichen Ruf – einen bis in die 1990er-Jahre und darüber hinaus eher zweifelhaften Ruf, der teils auf der Realität fußte und teils auf der Ignoranz von Außenseitern, die keine Ahnung hatten, wie das Leben in solchen Siedlungen wirklich war. In jüngerer Zeit hat man die Bewohner aus allen Teilen der Wohnsilos in Veranstaltungen und Aktionen der Gemeinde eingebunden, um sowohl die gesellschaftliche Akzeptanz der Großwohnsiedlungen zu erhöhen als dadurch auch ihren Ruf zu verbessern. Trotz aller Bemühungen karikaturhafter Möchte-gern-Gangsta-Rapper schien diese Maßnahme tatsächlich Erfolg zu haben. Und dennoch: Als ich erzählte, dass ich vorhatte, durch Neu-Hohenschönhausen zu gehen, die Geschichten Marzahns zu entdecken und Gropiusstadt zu erkunden, traf ich größtenteils auf skeptische Gesichter. Einen schlechten Ruf wird man nur schwer wieder los. Mir aber war es wichtig, mir diese Orte anzusehen, ein Gespür für sie zu entwickeln, und sei es auch nur aus dem Grund, dass dort annähernd jeder zehnte Berliner wohnt. Zehn Prozent der Einwohner von Berlin nennen diese sechs Siedlungen am äußersten Rand der Stadt ihr Zuhause, hier ist Berlin also mindestens ebenso authentisch wie im Stadtzentrum.

Nach der Steinkirche und den Fachwerkscheunen, die mich in Wartenberg willkommen geheißen hatten, war ich in Neu-Hohen-schönhausen bald von Hochhäusern umgeben. Auf jemanden, der in einem Dorf in der West Lancashire Plain aufgewachsen ist, wir-ken die riesigen Wohnblocks und die offenen Flächen dazwischen ein wenig unpersönlich und einschüchternd. Doch das war allein mein Problem. Die Häuser selbst schienen gut gewartet und ge-pflegt. Die davor geparkten Autos und Motorräder blank poliert und teuer. Das hier war keineswegs ein Stadtrandghetto. Abgesehen von der verlassenen Schule, die auf den Abriss wartete (und durch einen schicken Hightech-Neubau nur wenige Straßen weiter ersetzt werden sollte), erweckte diese Ecke von Neu-Hohenschönhausen immer noch den Eindruck, als wollte sie den Wohnungstraum der DDR-Stadtplaner erfüllen: ein wohlgeordneter Ort, der einer bunten Mischung von Menschen eine Heimstatt bot, Menschen mit allen möglichen Berufen, die sich Verkehrsverbindungen, Geschäfte und andere Dienstleistungen teilten.

An der Ecke gegenüber einem Supermarkt blieb ich stehen, um etwas in mein Notizbuch zu schreiben. Ein paar Jungs schlenderten vorbei und kauten an Fruchtgummischlangen, die sie im Laden über die Straße gekauft hatten, während sich eine modisch gekleidete Frau durch uns hindurchquetschte und auf Russisch in das Handy sprach, das sie sich zwischen Ohr und Schulter geklemmt hatte. Auf der anderen Straßenseite schob ein älterer Mann einen Einkaufs-trolley mit leeren Plastikflaschen vor sich her, um sie am Pfandauto-maten abzugeben. Mehr Menschen auf einmal hatte ich seit Stunden nicht zu Gesicht bekommen; trotzdem waren die von jungen Bäu-men gesäumten Straßen im Allgemeinen ruhig, auch wenn über mir mehr als tausend Wohnzimmerfenster auf die Stelle hinabblickten, an der ich gerade stand. Ich mäanderte durch die Straßen und ver-lor kurz die Orientierung, gewann sie aber ohne Rückversicherung durch den Stadtplan wieder zurück. Am Ende der Siedlung trat ich in einen winzig kleinen Park hinter einem Coca-Cola-Abfüllungs-betrieb. Das Logo dieses amerikanischsten aller Softdrinks schien im trüben Nachmittagslicht den DDR-Wohnblocks mit ihren heh-ren sozialistischen Idealen jenseits des Parks zuzuzwinkern.

Auf dem letzten Stück Weg nach Ahrensfelde kam ich durch eine ge-mischte Landschaft aus alten und neuen Wohnsiedlungen, »Grenz-gebieten« und hin und wieder einem Acker, den ich von der Straße aus in der Ferne ausmachen konnte. Es war ein langer Spaziergang von Lübars aus gewesen, beinahe eine Zeitreise, von der geteilten Stadt zum Hobrecht-Plan über die im Dreißigjährigen Krieg verwüs-teten Dörfer und wieder zurück. Vielleicht lag es am Schnee, unter dem eine Landschaft wie die andere aussieht, dass ich mir die ein-zelnen Epochen so gut vorstellen konnte. Bewusst geworden war mir unterwegs auch, wie sehr die Außenbezirke von den Bedürfnissen der Stadt ganz in der Nähe, knapp hinter dem Horizont geformt werden, von den Rieselfeldern bis zum neuen vorstädtischen Wohnraum. An einem klareren Tag kann man von Lübars, Blankenfelde, Karow oder Wartenberg aus vielleicht den Fernsehturm auf dem Alexanderplatz sehen. An diesem Tag konnte man das nicht, auch wenn Einfluss und Auswirkungen der großen Stadt auf die Entwicklung des Stadtrands überall um mich herum nur allzu offensichtlich waren.

In den Gärten hinter den Datschen und auf den vergessenen Pfaden um die alten Rieselfelder war mir noch etwas anderes klar geworden. Die Außenbezirke und ihre sogenannten »Grenzgebiete« waren noch etwas anderes: ein Ort, an den man aus der Stadt fliehen konnte, ohne dabei die Stadtgrenzen Berlins verlassen zu müssen. Ein Ort, an dem man sich seine eigene kleine Welt erschaffen konnte. Ein Ort für Subkulturen und Randinteressen.

Am S-Bahnhof Ahrensfelde erwartete mich der erste Hochhaus-Wohnblock von Marzahn, als ich die Gleise über eine vollgesprayte und nach Urin stinkende Brücke überquerte. Nach dem Geruch der Pferdeställe in allen Dörfern nördlich von Berlin und den ehemaligen Rieselfeldern ein passender Abschluss meines heutigen Spaziergangs. Am Kiosk auf dem Bahnsteig kaufte ich mir ein Bier und teilte mir einen Stehtisch mit einem alten Mann, dem ein kleiner Finger fehlte. Ich hoffte darauf, gefragt zu werden, woher ich gekommen war, damit wir ins Gespräch kamen und ich ihn meinerseits fragen konnte, wie er seines Fingers verlustig gegangen war. Doch er stand einfach da und trank sein Bier, und ich war zu müde, um weitere Anstrengungen zu unternehmen. Und so schwiegen wir und warteten gemeinsam auf die S-Bahn, während es ganz sachte zu schneien begann.

Dunkelheit am Rand der Stadt

Von Ahrensfelde nach Köpenick
7. Februar

Wie Marzahn entstand / Die Internierung der Sinti und Roma /
Parkfriedhof / Die Schlacht um Berlin / Ein Gespräch am Fluss /
Geschichte eines Krankenhauses / Der Hauptmann /
Elf Männer und ein Ball

Vom S-Bahnhof Ahrensfelde aus ging ich zunächst ein Stück an den
Gleisen und dann an der breiten Märkischen Allee zwischen Plattenbau-Wohnblocks und riesigen Parkplätzen entlang. Die dort abge-
stellten Wohnwagen, Lkw und anderen Fahrzeuge machten sich nicht
nur den vorhandenen Platz, sondern auch die Tatsache zunutze, dass
im nördlich gelegenen Marzahn keine Parkgebühren erhoben werden.
Die Märkische Allee ist zu DDR-Zeiten aus einer Reihe von Betonplatten gebaut worden, die ein seltsames und ganz typisches Geräusch
erzeugen – das Geräusch von aufeinanderklatschendem Gummi –,
wenn Autoreifen über die Fugen zwischen ihnen rollen. Das sollte
in der ersten Stunde, in der ich der Straße und den S-Bahn-Gleisen
nach Süden folgte, die Begleitmusik zu meinem Spaziergang werden.
  Marzahn ist Berlin bereits 1920 eingemeindet worden, veränderte sich zu Beginn jedoch kaum. Es blieb ein Dorf, umgeben
von Feldern und einzelnen industriell genutzten Flächen an den
Bahngleisen, die sich seit den 1890er-Jahren vom Stadtzentrum aus
in Richtung Werneuchen und Oderbruch erstreckten. 50 Jahre lang

war die Eingemeindung für die Einwohner Marzahns im Grunde nur eine Verwaltungsangelegenheit, doch das änderte sich in den 1970er-Jahren mit der Umsetzung des zweifelsohne ambitioniertesten Berliner Großwohnsiedlungsprojekts der DDR. In dieser sozialistischen Utopie aus Beton sollten 100 000 Menschen am Stadtrand von Ost-Berlin ein neues Zuhause finden. Aus dem Dorf sollte eine Stadt werden, mit allem, was dazugehört: Strom, Kanalisation, Straßen, Brücken, Hochhäuser, Arztpraxen, Schulen, Läden und Büchereien. Das Ausmaß des Bauvorhabens und die Geschwindigkeit, mit der es in die Tat umgesetzt werden sollte, waren so immens, dass man in Berlin selbst nicht genug Leute fand, die den Job übernehmen konnten. Und so verfrachtete man Bautrupps aus der ganzen DDR auf die Baustelle Marzahn und stellte ihnen idealistische junge Mitglieder der FDJ, der Freien Deutschen Jugend, der Jugendorganisation der Sozialistischen Einheitspartei Deutschlands, zur Seite. Sie leisteten diesen freiwilligen Dienst im Rahmen ihrer Ausbildung zur nächsten Führungsriege des Arbeiter-und-Bauern-Staats.

Tatsächlich ist es dieses schiere Ausmaß der Großwohnsiedlung – sowohl in ihrem Ehrgeiz als auch in ihrem Ergebnis –, das so verblüfft. Die Märkische Allee schien sich endlos hinzuziehen: Wohnblock folgte auf Wohnblock folgte auf Wohnblock, begleitet vom Rhythmus der Autoreifen auf der Straße neben mir. Ta-dam. Ta-dam. Ta-dam. Noch mehr als in Neu-Hohenschönhausen fühlt sich der Fußgänger zwischen den gewaltigen Häusern, den weiten offenen Flächen dazwischen und den Betonkreuzungen sowie den mäandernden Wegen, die beim Überqueren helfen sollen, klein und verloren. Das alles erinnerte mich an die New Towns in England, die Planstädte, deren Pfade und Wege sich auf dem Reißbrett elegant zwischen Anwesen und gestalteten Grünflächen dahinschlängeln, am Ende aber als von Pisse und Regen beflecktes Niemandsland unter bedrohlich wirkenden Straßenüberführungen enden.

An diesem Vormittag waren auf der Märkischen Allee außer mir kaum Spaziergänger unterwegs. Menschen sah ich nur an den Bahnhöfen und in den Eingängen eines Gewerbegebiets auf der anderen Seite eines hohen Zauns versammelt, um in der Kälte rasch eine Zigarette zu rauchen – ansonsten hatte ich die Straße für mich. Möglicherweise war das Problem dieses Teils von Marzahn *zu viel* Platz, ging es mir durch den Kopf. Bei einer so riesigen Baufläche hatte man die Dinge einfach zu weit voneinander entfernt gebaut. Hier die Wohnungen, dort die S-Bahn-Station. Hier der Supermarkt, dort das Gewerbegebiet. Und dazwischen Quadratmeter um Quadratmeter schmutziger Grünfläche, kreuz und quer von Trampelpfaden und Parkplätzen aus noch mehr Betonplatten durchzogen.

Auf der Erschließungskarte, so schien es, hatte alles mit einem weißen Fleck angefangen. Einer *SimCity*-Version der Stadtplanung, bevor das Computerspiel erfunden worden war. Natürlich hatte es das historische Dorf mit seiner Windmühle, seinen Natursteinhäuschen und seinen paar Hundert Einwohnern gegeben, sonst aber hatten die 1977 anrückenden Bautrupps nichts als Felder vorgefunden. Ein Jahr später waren die ersten 4000 Wohnungen fertig. Die Hälfte der ursprünglich in Marzahn ansässigen Familien war gezwungen umzuziehen, die meisten von ihnen nahmen das Angebot von Wohnungen in den aus dem Boden gestampften Hochhäusern an. Manche wohnten anschließend sogar über dem Land, auf dem sie vorher gelebt hatten; geografisch an Ort und Stelle, auch wenn alle Spuren ihres bisherigen Lebens getilgt worden waren.

Also doch kein weißer Fleck auf der Landkarte. Nein, der Boden, auf dem sich die futuristische sozialistische Stadt erhob, war mit Erinnerungen und Geschichten getränkt. Beim Ausheben der Fundamente, der Abwasserkanäle und anderer unterirdischer Infrastruktur stießen die Bautrupps auf zahlreiche Überbleibsel alter slawischer und germanischer Siedlungen – und auf eine nicht unerhebliche Anzahl undetonierter Bomben aus dem Zweiten Weltkrieg. Im Zentrum von Marzahn, ganz in der Nähe der Bahntrasse und knapp nördlich des alten Armenfriedhofs, befand sich der Schauplatz eines der dunkleren Augenblicke der Bezirksgeschichte aus vorplattenbaulicher Zeit.

1936 – in einem Deutschland, das seit drei Jahren unter nationalsozialistischer Herrschaft stand, die Olympischen Spiele rückten immer näher – errichtete man ein Internierungslager für die Sinti und Roma, die vorher andernorts in Berlin gelebt hatten. Man entfernte sie aus der Stadt, während Besucher aus aller Welt zu den Spielen strömten, und verfrachtete sie in das Zwangslager Berlin-Marzahn, wo sie unter grauenvollen Bedingungen umgeben von Rieselfeldern zusammengepfercht waren. Sie sollten nie nach Hause zurückkehren: Ab 1942 deportierte man alle Sinti und Roma auf deutschem Boden in die Vernichtungslager im Osten. Insgesamt wurde eine halbe Million Sinti und Roma von den Nazis ermordet, überwiegend in Auschwitz-Birkenau. Das Zwangslager befand sich in unmittelbarer Nähe des S-Bahnhofs Raoul-Wallenberg-Straße, eine kleine Gedenkstätte erinnert daran. Auf den Informationstafeln ist die Geschichte der Internierung, eine Beschreibung der Lebensbedingungen im Zwangslager und der anschließenden Deportation zu lesen, daneben finden sich persönliche Erinnerungen derjenigen, die sie miterlebt und irgendwie überlebt haben:

Wir wurden dann eines Morgens, es kann früh um vier, fünf Uhr gewesen sein, durch die SA und die Polizei aufgeschreckt. [...] Wir wurden auf Lastwagen geladen. Unser Planwagen wurde ebenfalls mitgenommen. [...] Wir wurden nach Berlin-Marzahn verfrachtet. Offiziell hieß der Ort: Berlin-Marzahn Rastplatz. [...] Es hieß, keiner darf den Platz verlassen. Überall waren Gräben. Die Wiesen um uns her waren Rieselfelder. Und ständig kamen Wagen, die Jauche in diese Gräben pumpten. Es hat furchtbar gestunken.
(Otto Rosenberg, Das Brennglas, Berlin 1998)

Wir haben dort unter den unwürdigsten Umständen gelebt und gelitten. Es fehlte an allem. [...] Unter den erbärmlichsten Umständen habe ich meine Kinder im Lager Marzahn zur Welt gebracht. Für meine Kleinkinder bekam ich täglich nur ⅛ Liter Magermilch. Zwei meiner Kinder sind mir im Alter von sechs und sieben Monaten an Unterernährung gestorben.
(Camba Franzen)

Wir sind damals, 1936, mit der ganzen Familie von der Müller-
straße nach Marzahn gebracht worden. Wir durften nichts mit-
nehmen. Nur das, was wir am Körper hatten. Unter fürchterlichen
Verhältnissen mussten wir dort leben. Wir hatten kaum Wasser.
Ein Brunnen wurde erst gebaut.   (Peter Böhmer)

Auf meinem Weg zum S-Bahnhof Raoul-Wallenberg-Straße – der
Fußweg war nun durch die Bahngleise von der Straße getrennt – war
ich vor einem leer stehenden Bürogebäude stehen geblieben, um ein
kleines Schild unter drei jungen Hänge-Birken zu lesen. Die Bäume
stammten aus Auschwitz und gehörten neben 317 weiterer Bäumen
zu einer Sammlung, die der Künstler Łukasz Surowiec 2011 aus
Polen nach Berlin geholt hatte. Sie waren an verschiedenen Stellen
rund um die Stadt gepflanzt worden. Von hier nach da und wieder
zurück. Vom Stadtzentrum nach Marzahn nach Auschwitz. Die
meisten kehrten nicht zurück. Die Bäume neben den Bahngleisen
sollen uns daran erinnern, ebenso wie die Gedenkstätte.

Vom ehemaligen Internierungslager aus ging ich um ein Jugendzen-
trum herum und betrat den alten Armenfriedhof. Den Parkfriedhof Marzahn hatte man 1909 neben den Gleisen angelegt, seine
Grab- und Gedenksteine erzählen viele Geschichten des Dorfes, des
Bezirks und der Umgebung. Ich gelangte an eine Rasenfläche, die
akkurat mit kleinen, scheinbar im Gras ruhenden Grabsteinen gesäumt war – Hunderte von ihnen, eine Reihe nach der anderen, und
alle trugen sie die gleiche Inschrift:

UNBEKANNTER
SOLDAT
1945
1939–45

Neben den Grabsteinen für die unbekannten Soldaten, die im Zweiten Weltkrieg gefallen waren, gab es Gedenksteine für alle Opfer dieses Kriegs. Für die Opfer des Faschismus und für die Opfer der Zwangsarbeit. Es gab einen Gedenkstein für die Sinti und Roma, die man erst nach Marzahn gebracht und dann deportiert hatte. Ein sowjetisches Ehrenmal und ein Denkmal für die Opfer des Stalinismus. Und es gab die Grabsteine der in jüngerer Zeit Verstorbenen, der Familienmitglieder und Freunde, deren Gesichter auf poliertem Granit zu sehen waren, da man nicht nur ihre Namen, sondern auch Fotos dort eingraviert hatte.

Im Großen und Ganzen war es auf dem Friedhof sehr ruhig. Von meinem Weg aus konnte ich ein älteres Ehepaar sehen, das sich um eine Grabbepflanzung kümmerte; ihre grüne Gießkanne glich denen, die mit einem Vorhängeschloss gesichert über den Wasserbehältern aufgehängt waren, wie ein Ei dem anderen. Auf den drahtumzäunten Komposthaufen verrotteten alte Blumensträuße und Heckenverschnitte langsam vor sich hin. Schneereste schmolzen und tropften vom polierten Granit und Marmor der Grabsteine. Orte wie dieser wirken mit all ihren Erinnerungen irgendwie beruhigend und tröstend auf mich, auch wenn einige der Geschichten Tragödien sind und keine einen persönlichen Bezug zu mir hat. Doch wenn die größte Gefahr in jeder Gesellschaft im Vergessen besteht, dann sind Orte wie dieser Teil des Widerstands gegen das Vergessen. Ich hätte länger bleiben, die vereisten Wege entlanggehen und versuchen können, mir den Inhalt der Tausenden von Leben vorzustellen, die gelebt worden waren und derer man sich hier erinnerte. Doch durch die Bäume konnte ich acht rote Buchstaben leuchten sehen, die bislang hellste Botschaft an diesem trüben Tag. Sie winkten mir von der anderen Seite der Straße und der Bahngleise her und erinnerten mich daran, dass ich noch ein langes Stück Weg vor mir hatte.

EASTGATE

32000 Quadratmeter Läden, Cafés und andere Zerstreuungsmöglichkeiten, alle unter einem Dach, dem Dach des größten Einkaufszentrums Marzahns. Außen waren die Namen der Geschäfte angeschlagen und lockten die Kunden nach drinnen. C&A. H&M.

Peek & Cloppenburg. Ein wahrer Konsumtempel – mitten im Herzen der sozialistischen Utopie der DDR, erbaut an der Stelle der alten Kaufhalle. Eigentlich hatte ich vorgehabt hineinzugehen. Der Gedenkstätte und dem Friedhof auf der anderen Straßenseite die auf Hochglanz polierten Böden, die grellen Lichter und die Verkaufsschilder gegenüberzustellen. Kluge und tiefsinnige Kommentare zur Natur der Gesellschaft in diesem zweiten Jahrzehnt des 21. Jahrhunderts abzugeben. Doch ich konnte nicht. In sicherer Entfernung steckte ich die Hände in die Jackentaschen, zog die Schultern hoch und eilte vorbei, auf die sechs verstopften Spuren der Landsberger Allee jenseits der Straßenbahnhaltestelle und einer buschigen Hecke zu.

Selbst wenn sich Marzahn in den 1970er- und 1980er-Jahren nicht so ganz und gar verändert hätte, wäre es immer noch unmöglich, sich die Szene vorzustellen, die die Dorfbewohner 1945 in den letzten Monaten des Zweiten Weltkriegs erlebten, als die Rote Armee von Osten heranmarschiert kam. Sowjetische Streitkräfte hatten die Oder überquert und die Seelower Höhen eingenommen – das letzte physische Hindernis auf ihrem Weg nach Berlin. Im Laufe ihres Vorrückens hatte man überall den Warnruf »Der Iwan kommt!« hören können, während Geschichten von Tod, Vergewaltigung und Plünderung durchdrangen, begangen von Soldaten, die die DDR später als Befreier feierte.

Die Soldaten, die auf Berlin vorrückten, hatten ihre eigenen Erinnerungen und sie hatten ihre eigenen Geschichten gehört: von der deutschen Invasion der Sowjetunion und davon, was in den Städten und Dörfern und überall auf dem Land geschehen war. Ihnen ging es nicht nur darum, den Krieg zu gewinnen, ihnen ging es auch um Rache. Und so ritzten sie Botschaften in die Geschosse, die bald erst in den Außenbezirken und dann im Zentrum von Berlin einschlugen, wo Hitler in seinem Bunker saß und seinen letzten Geburtstag feierte, bevor er sich das Hirn rauspustete. Die Botschaften ließen an Deutlichkeit nichts zu wünschen übrig:

Für Goebbels, die Ratte.
Für Stalingrad.
Für die Witwen und Waisen.[8]

Während die russischen Soldaten Marzahn allmählich immer näher kamen, gab es auf den Überlandstraßen fast kein Durchkommen mehr: überall deutsche Soldaten auf dem Rückzug und Zivilisten auf der Flucht, die mit ihren Bollerwagen und Pferden an Leichen in den Straßengräben und an Bäumen aufgeknüpften »Verrätern« vorbeizogen. Wenn wir uns solcherlei Bilder des Krieges vor Augen führen, kommt uns dabei kaum das Wetter in den Sinn, doch sind sich alle Berichte aus diesen Apriltagen des Jahres 1945 einig, dass es für die Jahreszeit ungewöhnlich schön war. Wassili Grossman, Kriegskorrespondent und späterer Autor des epischen und erschütternden Romans *Leben und Schicksal,* reiste mit den Soldaten und schrieb über die Datschen und Schrebergärten, die sie in den Außenbezirken von Berlin passierten. In diesen milden und sonnigen Apriltagen, in denen die ersten Blumen sprossen und die Vögel in den Zweigen zwitscherten, in denen die Panzer brüllten und die Granaten heulten, »empfand die Natur kein Mitleid für die letzten Tage des Faschismus«.[9]

Die erste Ortschaft, die die Rote Armee in Berlin einnahm, war der alte Ortskern von Marzahn, den es auch heute noch gibt, umgeben vom Hochhaus-Plattenbau der DDR: kopfsteingepflasterte Straßen, ein Dorfanger, Backstein- und Fachwerkhäuschen, die berühmte Windmühle. Vom Dorf aus ein wenig weiter die Landsberger Allee hinab stieß ich gegenüber einem riesigen Straßenbahndepot auf einen anderen Bau aus Vor-DDR-Zeiten, der noch stand: auf ein rotes Haus am Straßenrand. Mutmaßlich das erste Haus, das die russischen Soldaten erreichten, als sie am 21. April 1945 schließlich die Berliner Stadtgrenze überschritten. Das erste Haus in Berlin, das die Rote Armee vom Faschismus befreite. Das zumindest steht in großen Buchstaben auf der einen Seite des Hauses geschrieben – und aus den leicht verschiedenen Nuancen roter Farbe um die Buchstaben herum ging eindeutig hervor, dass jeder Widerspruch zwecklos, da rasch übermalt war. Wer weiß schon, ob das wirklich das erste Haus in Berlin oder schlicht das aus Kriegszeiten stammende Gebäude war, das der Stadtgrenze am nächsten lag? Irgendwie war das auch nicht von Bedeutung. Inmitten dieser typischen Ost-Berliner Randzonenszene aus Post-DDR-Zeiten – Wohnsilos aus Beton, Tankstellen, Abholgroßmärkte, Billig-Klamottenoutlets – bot das alte rote Haus noch immer eine Geschichte aus der Vergangenheit, wie wahrheitsgetreu oder eben nicht sie auch erzählt sein mochte.

Danach durchquerte ich ein Wohngebiet, wo sich ein paar Jungs auf dem Nachhauseweg mit einem an ein Trafohäuschen gepflasterten Werbeplakat für Vibratoren amüsierten und dabei gleichzeitig ihr Englisch übten – I LOVE BIG COCKS –, und ging dann in Richtung Wuhle. Das Flüsschen sollte mein Begleiter für den Rest des Spaziergangs werden. Neben dem Fluss verlief ein Rohr, ob ein Abwasser-, Wasser- oder Gasrohr wusste ich nicht, das mit Aufklebern und anderen Botschaften übersät war. Insbesondere zwei Verfasser hatten am Ufer der Wuhle ungeheuer viel Zeit mit ihren Permanentmarkern verbracht, befleißigten sich aber ganz unterschiedlicher Schreibstile. Mir kam es so vor, als begleiteten mich zwei Stimmen, eine rechts, die andere links, die eine laut, die andere leise. Und beide waren wild entschlossen, ihre Botschaft zu übermitteln:

We need to escape from the terror of work and consumerism that dictates all our lives ... FUCK THE POLICE ... Take hold of your frustration and channel your energy and cynicism to positive ends, to save the planet for our children and their children ... NAZIS FUCK OFF ... Stop animal cruelty, stop poisoning the seas, stop listening to the lies of the capitalist media ... JOIN YOUR LOCAL ANTIFA![10]

Der Dialog setzte sich noch eine ganze Weile fort. Ein paar weitere Jugendliche – dieses Mal war die Gruppe gemischt – hingen auf der anderen Seite des Rohrs herum, ihre Fahrräder lagen verstreut auf dem Weg, auf dem ich durch eine Wolke süßlichen Marihuanarauchs schwebte. Wiederum eine klassische *edgelands*-Szene, wo die Kids Höhlen bauen konnten, wenn sie noch jünger waren, wo sie Bier trinken und Hasch rauchen konnten, wenn sie älter wurden. Kanäle und Flussufer sind ebenso wie leer stehende Gebäude und Brachland der perfekte Tummelplatz für die Jugend. Orte, die die Kids für sich erobern können. In *Edgelands* bezeichnen Farley und Symmons Roberts sie als »Ort, an dem sie aus den wachsamen Augen der Erwachsenen entlassen sind«,[11] einen Ort, an dem sie ihre eigenen Geschichten schreiben können. In meiner Jugend war es das Ufer des Leeds and Liverpool Canal in Lancashire, nördlich der Hafenstadt, der er seinen Namen verdankt. In Hellersdorf, am Rande Berlins, war es das Ufer der Wuhle. Eine andere Stadt in einem anderen Land und einem anderen Jahrhundert – doch die leeren Bierflaschen und die ungeschickt gerollten Joints waren immer noch die gleichen.

Die beiden Verfasser setzten ihr Gespräch fort, während ich weiterging, um die Gärten der Welt und die bewaldeten Hänge des Kienbergs herum. Der einhundert Meter hohe Berg wurde aus Kriegstrümmern und dem Bauschutt der Hellersdorfer Hochhaussiedlungen aufgetürmt, die von der anderen Seite der Rohrleitung und einer schmuddeligen Grünfläche auf mich hinabsahen. Über mir baumelten Seilbahnwagen und warteten auf die zigtausend Besucher, die zu Deutschlands größter Pflanzen- und Blumenschau strömen würden, sobald es Frühling geworden war.

We risk the death of trees, the death of bees and our entire future, if we do not act fast, if we do not act soon ... GOOD NIGHT WHITE PRIDE[12]

Hier war die Wuhle kaum mehr als ein schlammiges Bächlein in unebenem, sandigem Terrain, das zu einem gefrorenen, schilfbewachsenen Sumpfgebiet am Rand des Wassers abfiel. Die Wuhle mag auf ihrer Reise nach Süden, wo sie bei Köpenick in die Spree mündet, nicht viel hermachen, doch wie das Tegeler Fließ im Norden

Berlins verbindet auch sie alle Dörfer miteinander, die sich einst weit außerhalb der Stadtgrenzen befanden: Marzahn, Hellersdorf, Biesdorf, Kaulsdorf, Köpenick. Der Bau der gewaltigen Wohnsilos in Marzahn und Hellersdorf hatte katastrophale Folgen für den Fluss gehabt; trotz jüngerer Anstrengungen, die einstigen Uferverstärkungen aus Beton abzureißen und das Ufer zu renaturieren, war es schwer, sich den Fluss als Hauptverbindung zwischen den Dörfern vorzustellen, als das verbindende, kommunikative Element, das das Leben in diesem Teil der Welt jahrhundertelang geprägt hatte.

Auf meinem Weg nach Süden rückte die Landschaft des Ost-Berliner Stadtrands aus Vor-DDR-Zeiten kurz vor Biesdorf etwas mehr in den Fokus, auch wenn es zahlreiche Zeugnisse neu gebauter Einfamilienhäuser gab, die auf jedem Quadratzentimeter freier Baufläche aus dem Boden schossen. Gegen Ende des 19. Jahrhunderts lag Biesdorf kurioserweise gleichzeitig abgeschieden und – dank der Eisenbahn – in unmittelbarer Nähe zu Berlin und war damit der perfekte Ort, um die Ansammlung von düsteren und abschreckenden, von Efeu überwucherten Krankenhausgebäuden aus rotem Backstein zu errichten, die nun jenseits eines matschigen Felds auf einem kleinen Hügelkamm in Sicht kam. Ob in Deutschland oder in England – solche Gebäude aus dieser Zeit kann man meist schon aus größerer Entfernung ausmachen. Und mehr noch: Als ich da auf dem Pfad neben dem Fluss stand, hatte ich beinahe das Gefühl, die Korridore und Krankensäle, die Treppenhäuser und Wartezimmer *riechen* zu können. Ich hörte das Klirren der alten Heizungsrohre, hallende Schritte im Flur und das Geräusch einer auf- und zugehenden Schwingtür.

Heute ist die ehemalige »Anstalt für Epileptische Wuhlgarten bei Biesdorf« von moderneren Krankenhausgebäuden und vorstädtischen Einfamilienhäusern umgeben, doch als sie 1893 erbaut wurde, hatte man die Lage der psychiatrischen Klinik aus zwei Gründen gewählt: einerseits aufgrund ihrer Abgeschiedenheit und Entfernung von der Stadt, andererseits aber auch wegen ihrer Nähe zum Bahnhof, der nur wenige hundert Meter entfernt war. 1933 verzeichnete das Krankenhaus in Biesdorf 1 400 Patienten, der Großteil davon an Epilepsie Erkrankte. In den darauf folgenden zehn Jahren erließen die Nationalsozialisten eine Reihe von Gesetzen zur Erhaltung der »Rassenhygiene« des deutschen Volkes. Darunter befanden sich auch die Nürnberger Gesetze, die juristische Grundlage zum Schutz der »Rassenreinheit«, und, etwas später, ein »Euthanasie«-Programm – der euphemistische Ausdruck für die systematische Ermordung geistig und körperlich behinderter Menschen, die in Einrichtungen wie der psychiatrischen Klinik in Biesdorf untergebracht waren. Diejenigen, die ermordet werden sollten, führten laut Ansicht der Nazis ein »lebensunwürdiges Leben«.

Mit aller Macht durchzusetzen begann man das »Euthanasie«-Programm 1939, wobei es auch vorher schon Zwangssterilisationen von Patienten gegeben hatte. Die Patienten aus Biesdorf wurden zu Euthanasiezentren innerhalb Deutschlands verlegt und in Vernichtungslager in den besetzten Gebieten deportiert. In nur zwei Jahren fanden rund 70 000 psychisch kranke Menschen den Tod, bevor der Aufschrei der Öffentlichkeit der sogenannten Aktion T4 ein Ende setzte. Heute steht auf dem Krankenhausgelände in Biesdorf, das fast vollständig von den Gebäuden des großflächigeren Unfallkrankenhauses Berlin eingenommen wird, ein Gedenkstein aus Granit. Er erinnert an die Opfer der Nazis, die hier, am Ufer der Wuhle, Patienten gewesen waren.

Und so zeigte sich auch bei den Krankenhausgebäuden in Biesdorf, dass es oft die Randbezirke der Stadt sind, in die wir Dinge verfrachten, über die wir nicht nachdenken wollen. Die Rieselfelder und Lagerhallen. Die Schrottplätze und Gefängnisse. Die psychiatrischen Kliniken und Internierungslager. Aus den Augen und – vermutlich – auch aus dem Sinn. Doch es gibt oder gab sie, und ihre Geschichten, *diese* Geschichten der Randbezirke, sind für die Geschichte der Stadt ebenso wichtig wie die bekannteren Geschichten über das Stadtzentrum.

Die Außenbezirke verwandelten sich weiter. Von den Hochhäusern zu weiteren Schrebergartenkolonien. Vorstadtgärten und brandneue Wohngebiete. Eines war noch nicht einmal bebaut, auch wenn das Land von riesigen gelben Baggern, die im sandigen Boden tiefe Furchen hinterlassen hatten, bereits gerodet war. Die Baufläche war nur in etwa so groß wie ein Fußballplatz, wenngleich die Werbetafel eine eher unwahrscheinliche Anzahl an Wohnungen versprach, die dort entstehen sollten. Es überraschte mich immer wieder, wie viel am Rand der Stadt gebaut wurde. Besucher äußern sich oft über die Unmenge an Kränen im Stadtbild, als sei Berlin dazu verdammt, bis ans Ende der Zeit Karl Schefflers Sentenz des »ewig Werdenden und nie Seienden« nachzueifern – doch in den Außenbezirken hatte ich eine solche rege Bautätigkeit nicht erwartet. Und einige der Wohngebiete, die bereits fertig waren, tauchten auf keiner Karte auf, weder auf den digitalen noch auf den gedruckten, zumindest auf keiner, die sich in meinem Besitz befand. Ganze Straßen gab es hier, die Google völlig unbekannt waren, die Häuser mit Hausnummern versehen, die Gärten mit ihren Schaukeln und Schuppen gepflegt und schon zugewachsen. Ein verstohlener Blick über einen Gartenzaun offenbarte mir Wohnzimmer, in denen gewohnt, und Küchen, in denen gekocht wurde; doch als ich auf der Karte nachsah, prangte mir an der entsprechenden Stelle ein grüner oder weißer Fleck entgegen. Die Kartografen hatten mit der Wirklichkeit einfach noch nicht Schritt halten können, und so *wurde* der Stadtrand von Berlin noch, anstatt zu *sein*.

Auch die Wuhle veränderte sich: Sie füllte sich und ähnelte mehr einem Fluss. Das Wasser war jetzt tiefer und zeigte eine sichtbare Strömung schmutzigen Blaus. An manchen Stellen hatte man Dämme errichtet, dort bildete der Fluss Teiche und sogar einen See. Die Anzahl der Vögel wuchs. Stockenten und Blässhühner. Ein Graureiher und Kormorane. Eine Mandarinente stolzierte durch eine Schar Teichhühner, die jedoch unbeeindruckt von deren neuem Prachtkleid schienen. Die Renaturierung der Wuhle kam und ging – hier hatte man ein paar neue Bäume gepflanzt, dort war der Fluss noch immer ins alte Betonbett gezwängt, wo die Vorstadtgärten bis direkt ans Ufer heranreichten.

Ich verfolgte all diese Veränderungen – im Fluss ebenso wie in seiner Umgebung –, während ich mich von einer Zone in die nächste begab. Manchmal waren diese Veränderungen der Örtlichkeit geschuldet: In Biesdorf etwa waren die meisten Gebäude viel niedriger und standen viel näher am Fluss als die Wohnblocks von Hellersdorf. Manchmal hatten sie aber auch mit der Geschichte und der Industrie beziehungsweise dem Fehlen derselben zu tun. Wie hübsch auch immer die Szene sein mochte, die sich da vor mir ausbreitete – während der matte winterliche Sonnenschein die grauen Wolken zu durchbrechen versuchte, war die düstere Vergangenheit, die unversehens zum Leitmotiv dieses Spaziergangs geworden war, immer nur einen Schritt entfernt. In Kaulsdorf noch ein Denkmal, dieses Mal für die Opfer eines Zwangsarbeitslagers. Die ehemaligen Unterkunftsbaracken auf der anderen Seite des Flusses standen noch, die einzigen Überbleibsel des Lagers. Die Fenster waren mit Holzbrettern vernagelt, das Tor war verschlossen. Ein Schild warnte vor unbefugtem Betreten und verscheuchte so auch Möchtegern-Stadtentdecker. Die Geschichten konnte man auf Informationstafeln nachlesen. Noch mehr Dunkelheit am Rand der Stadt.

Irgendwann überquerte ich die unsichtbare Ortsgrenze und betrat Köpenick, in dem nicht nur mein Lieblingsfußballverein der Stadt – der 1. FC Union – ansässig ist, sondern auch eine meiner Lieblingsgeschichten von Berlin spielt. Der Hauptmann von Köpenick hatte sich dem Ort, zu dieser Zeit noch unabhängig von der großen Stadt, 1906 von Berlin aus mit dem Zug genähert und Geschichte geschrieben. Ich für meinen Teil humpelte zu Fuß in den Ort hinein, meine Uniform die eines etwas mitgenommenen Randgebiet-Wanderers statt die irgendeiner Autoritätsperson. Beim Gedanken an die Geschichte des Hauptmanns musste ich lächeln: über Friedrich Wilhelm Voigt, der sich als Hauptmann verkleidete und ausgab und als solcher mehr als 4 000 Mark aus dem Köpenicker Rathaus stahl. Nach seiner Verhaftung schaffte es seine Geschichte sogar über den

Ärmelkanal bis nach England, wo das Magazin *Illustrated London News* keinen Hehl daraus machte, wie es dem Opportunisten hatte gelingen können, dieses Kunststück zu vollbringen:

Seit Jahren bläut der Kaiser seinem Volk Ehrfurcht vor der Allgewalt des Militarismus ein, dessen heiligstes Symbol die deutsche Uniform ist. Verstöße gegen diesen Fetisch ziehen eine entsprechende Bestrafung nach sich. So ist es schon vorgekommen, dass Offiziere, vor denen man – laut Meinung der Offiziere – nicht angemessen salutierte, ihren Säbel gegen solcherart respektlose Soldaten zogen und damit ihrerseits ungestraft davonkamen.[13]

Die Geschichte des Hauptmanns von Köpenick sagte sicherlich etwas über den blinden Gehorsam des deutschen Volkes aus. Allerdings schien der Kaiser durch sie nicht übermäßig beunruhigt – nein, Gerüchten zufolge soll sie ihn gar amüsiert haben: Er begnadigte Voigt, nachdem er nur zwei Jahre seiner Haftstrafe abgesessen hatte. Selbst gehorsame Gesellschaften haben eine Schwäche für Rebellen, insbesondere für Rebellen, die niemanden haben zu Schaden kommen lassen, und so lebte Voigt nach seiner Entlassung eine ganze Zeit lang von seiner Geschichte. Er trat in Theaterstücken auf, posierte auf Fotos als Hauptmann von Köpenick, signierte sie und ging in den Vereinigten Staaten und Kanada auf Tournee, denn sogar bis dahin hatte sich seine Legende verbreitet.

Uniformen. Die Leichtigkeit dieser Geschichte bildete einen krassen Kontrast zu den Geschichten der Internierungs- und Zwangsarbeitslager – die Brutalitäten des Krieges. Und dennoch war es nicht schwer, eine Verbindung herzustellen: wie eine Situation, die zu Ersterem führte, schließlich in Letzterem münden konnte. Ich war inzwischen an den Gleisen angekommen, die Voigt und die Soldaten, die nichtsahnend unter seinem Kommando standen, nach Köpenick gebracht hatten, und fand mich plötzlich auf einer vertrauten Straße wieder. Auf ihr war ich bei den wenigen Gelegenheiten, bei denen ich dem 1. FC Union in der Alten Försterei zugesehen hatte – dem im Wald gelegenen Heimstadion des Vereins –, den Menschenmassen gefolgt. Unter den Gleisen führt ein Pfad die Fans durch die Bäume ins Stadion. Immer wenn ich sonst hier entlanggegangen war, war es inmitten Tausender anderer Menschen gewesen. Jetzt hatte ich die Straße fast für mich allein, nur eine junge Mutter mit Kinderwagen war auch unterwegs. Ich steuerte auf die Fankneipe direkt unter der Eisenbahnbrücke zu. Als ich an der Mutter mit ihrer Tochter vorbeiging, schnappte ich einige Wörter eines Liedes auf, eines Kinderliedes, in dem es um irgendwelche kleine Entchen geht. Sie vermischten sich mit den Gesängen auf der Fantribüne, die mir die ganze Zeit schon durch den Kopf gegangen waren.

Die Geschichte, die Geschichten einer Stadt und ihrer Randgebiete sind meist nicht nur interessant, sondern auch wichtig. Wir dürfen nicht vergessen. Doch manchmal wiegen diese Geschichten schwer, wie meine Beine am Ende dieses Spaziergangs, der sich als einer meiner längsten herausstellen sollte. Nicht alle Leute können verstehen, warum ich Fußball so sehr liebe, warum ich Liverpool und seine Sammlung millionenteurer Söldner aus der Ferne anfeure. Inzwischen glaube ich, dass ich das tue, weil mir klar geworden ist, dass es keine Rolle spielt. Fußball ist Drama, voller unvorhersehbarer Ereignisse – aber letztlich nur Eskapismus. Und das ist auch gut so. In diesem Augenblick, als sich mein Spaziergang seinem Ende näherte, war ich froh, dass ich das, was ich heute gesehen hatte, eine Zeit lang vergessen konnte. Stattdessen dachte ich an die kleinen Entchen und den Jubel, wenn ein Tor gefallen ist. An Nina Hagen, die die Mannschaft auf das Spielfeld singt, wo die einzigen Uniformen weit und breit mit Sponsorenwerbung geschmückt sind. Wo es – da mag Bill Shankly anderer Meinung gewesen sein – im Spiel um alles Mögliche geht, nur nicht um Leben oder Tod.

Wälder und Gewässer

Von Köpenick nach Waltersdorf
13. Februar

Morgendliche Rushhour / Blutige Wochen in Köpenick / Berliner Geister / Friedrichshagen, die Spree und Fontane / Müggelberge / Von Türmen und den Ruderern auf dem Fluss / Weil Bäume keine Ohren haben / Zu einem Brandenburger Einkaufszentrum

Die Straße vor dem Gerichtsgebäude lag verlassen da, als ich in der eisigen Morgenluft stand und durch ein verschlossenes Tor auf die Rückseite des Gebäudes blickte. Hier kam man anscheinend nicht hinein. Ich sah mich um und zog kurz in Erwägung, über den Zaun zu klettern. Es war niemand in Sicht. Allerdings war die Straße mit sechsstöckigen Wohnhäusern gesäumt, und obwohl ich es nicht sehen konnte, konnte ich förmlich spüren, wie sich die Gardinen bewegten. In ein Gerichtsgebäude einzubrechen schien ein wenig ratsamer Start in den Tag, und so blieb ich, wo ich war.

Ein paar Minuten zuvor war ich mit dem Rest der Rushhour-Menschenmenge die Bahnhofstraße in Köpenick entlanggegangen. Einige waren gerade in Köpenick angekommen, um zur Arbeit zu gehen, andere waren auf dem Weg zum Bahnhof, um in die Stadt zu fahren. Die Menschen bewegten sich zielgerichtet, einen Tick schneller als die sonntäglichen Spaziergänger oder die Vormittagseinkäufer, die Zeit hatten. Busse seufzten, und Straßenbahnen kreischten. Ich hatte zwar 40 Minuten gebraucht, um nach Köpenick, zum Ausgangspunkt meines heutigen Spaziergangs, hinauszufahren, doch fühlte es sich hier nicht wie am Stadtrand an. Köpenick war ein eigenständiger Ort, kein bloßer Vorort und auch keine bloße Schlafstadt. Und das war vielleicht auch nicht überraschend. Schon im Jahr 1209 wurde Köpenick erstmals urkundlich erwähnt, und zwar als *Kopanica*. Die Siedlung, offenbar die Hauptstadt eines slawischen Herzogtums, befand sich an der Stelle, an der sich die Flüsse Dahme und Spree treffen. Damit ist Köpenick älter als das weiter flussabwärts gelegene Berlin, das den Ort im Zuge der großen Eingemeindung von 1920 schluckte und von einer Stadt in einen Ortsteil verwandelte. Und doch wirkte Köpenick immer noch eigenständig. Ein Ort mit eigener Identität, mit eigener Anziehungskraft. Als ich die Bahnhofstraße entlangging, hatte ich den Eindruck, dass an diesem Morgen ebenso viele Menschen in Köpenick ankamen wie wegfuhren.

Ich bog um eine Ecke und folgte einer hastig hingeworfenen Wegskizze zum Gericht. Der Verkehrslärm ließ nach. Noch war die Sonne im Himmel nicht hoch genug gestiegen, um den Boden des Hofs jenseits des verschlossenen Tors zu erreichen, und so lag das Kopfsteinpflaster im Schatten und Dunkeln. Ich rüttelte noch einmal am Tor, als könnte es sich wie durch Zauberhand geöffnet haben, während ich vor ihm stand. Inzwischen war auf der anderen Straßenseite ein älterer Mann erschienen, wahrscheinlich auf dem Weg zum Bäcker, um Schrippen und die Zeitung zu kaufen. Er blieb stehen und beobachtete mich. Ich hörte auf, an dem Tor zu rütteln, und ließ die Hand sinken.

Im frühen 20. Jahrhundert wurde Köpenick durch die Heldentaten Friedrich Wilhelm Voigts, des Hauptmanns von Köpenick, der nun in Bronze gegossen und in seiner gemopsten Uniform vor dem Rathaus steht, weit über die Ufer der Dahme und der Spree hinaus berühmt. In den 1930er-Jahren geriet der Name der Stadt, die nun nur noch ein Ortsteil war, in Verruf – als Austragungsort der sogenannten Köpenicker Blutwoche, eine der ersten der unzähligen Gräueltaten nach Hitlers Machtergreifung im Januar 1933. Nach dem Ermächtigungsgesetz im März desselben Jahres wurde die Etablierung einer Diktatur in Deutschland durch die gewaltsame Unterdrückung der – realen und imaginären – Gegner des neuen Regimes vorangetrieben. Dabei war die Woche vom 21. bis zum 26. Juni 1933 eine der blutigsten dieser Zeit, als das Köpenicker Gericht zum Schauplatz von Verhören, Folter, Inhaftierungen und sogar Morden an Sozialdemokraten, Juden, Gewerkschaftlern und jedem anderen wurde, der in den Verdacht geriet, eine Bedrohung für die neue Ordnung zu sein. Einige der Opfer der Köpenicker Blutwoche starben im Gefängnis des Gerichtsgebäudes an den Folgen ihrer »Befragung«. Andere fand man tot in den Wäldern um die Stadt, die Leichen wieder anderer hatte man in den Fluss geworfen, von dem sie in den darauffolgenden Tagen wieder an Land gespült wurden.

Dabei versuchte man nicht einmal, die Terrortaten geheim zu halten, im Gegenteil: Man machte sie beinahe öffentlich, um die Menschen einzuschüchtern und ihnen klarzumachen, was sie erwartete, sollten sie es wagen, sich dem nationalsozialistischen Regime zu widersetzen. Insgesamt wurden in der Köpenicker Blutwoche über 500 Menschen verhaftet, mindestens 24 von ihnen starben. So lange waren die Nazis da noch gar nicht an der Macht, doch zeigten die Ereignisse dieser Juniwoche im Jahr 1933 mehr als deutlich, dass NSDAP und staatliche sowie zivile Institutionen bereits an einem Strang zogen. Hinten im Hof, in den Räumlichkeiten des ehemaligen Gefängnisses, in denen die Verhöre und Folterungen stattgefunden haben, erzählt heute eine Ausstellung von den Geschehnissen in der Köpenicker Blutwoche. Die Ausstellung macht auch deutlich, dass solcherlei Gräueltaten nicht nur dazu dienten, politische Gegner und als Bedrohung empfundene Individuen auszuschalten, sondern auch – in den Worten der Ausstellungskuratoren – als »Experiment der Gewaltetablierung im Nationalsozialismus«.

Von Köpenick zu Auschwitz-Birkenau. Als ich da am Tor stand und die Sonne schließlich doch noch auf die Straße fiel, war ich wieder einmal verblüfft von der Tatsache, dass unser Vorstellungsvermögen nicht ausreicht, solche Ereignisse zu begreifen, noch nicht einmal, wenn man direkt vor dem Kopfsteinpflaster steht, über das die SA ihre Opfer geschleift hatte. Viele von denen, die man verhaftet und getötet hat, hatten in den Straßen rund um das Gericht gelebt und gearbeitet; auch sie waren an einem sonnigen Februarmorgen die Bahnhofstraße entlanggegangen und waren den Massen ausgewichen. Und während die Nazis ihren Griff nach der Macht immer mehr verstärkten, breitete sich das, was in Köpenick geschehen war, aus und geschah bald auch andernorts. Noch nicht einmal die, die sich für sie die Hände schmutzig gemacht hatten, blieben verschont. Fast auf den Tag genau ein Jahr später wendete sich die Gewalt, die die SA gegen Juden, Kommunisten, Sozialdemokraten und Gewerkschaftler ausgeübt hatte, gegen sie selbst: In der sogenannten »Nacht der langen Messer«, auch bekannt als »Röhm-Putsch«, ließ Hitler die gesamte Führungsriege der SA ermorden. Sie war Hitler nicht mehr nützlich, hatte ihre Schuldigkeit getan und konnte gehen. Schon bald sollte Hitlers Macht absolut sein, geschmiedet vom Terror.

Ich kehrte dem Gerichtsgebäude den Rücken und ging weiter, aus dem Zentrum von Köpenick hinaus und in eine Randgebietslandschaft voller Supermärkte und winterlich verwahrloster Wälder hinein. Am Flussufer noch mehr Datschenkolonien und Bootshäuser. Wild plakatierte Poster bewarben Livemusik und eine Lady's Night, ausschließlich Ü30. Eine nach Salvador Allende benannte Straße. Sturmtruppen der SA, die ihre Opfer zum Gerichtsgebäude in Köpenick schleifen. Pinochets Schläger, die den Palast La Moneda umstellen.

Das Wissen um vergangene Ereignisse hat zwangsläufig Einfluss auf unsere Wahrnehmung von Orten, ob wir uns nun in Berlin oder Santiago de Chile, in Kapstadt oder London befinden. Als ich neben der Straße herging, die Köpenick mit dem am See gelegenen Viertel von Friedrichshagen verbindet, dachte ich nicht nur über das Gerichtsgebäude, sondern auch über die Orte nach, die ich auf meinen vorherigen Spaziergängen gesehen hatte. Es hätte mich nicht überraschen sollen, dass in dieser Stadt der Städte die Außenbezirke mit Gedenkstätten übersät sind, vom Internierungslager der Sinti und Roma bis hin zu Spuren der Berliner Mauer und ihrer Opfer. Diese Orte sind wichtig, und selbst die banalste Örtlichkeit kann eine eindringliche Botschaft in sich tragen. In den Außenbezirken oder auf dem Land eine vielleicht noch eindringlichere Botschaft, gelten sie doch gemeinhin nicht als Orte, an denen Geschichte gemacht wird. Ein baufälliges Gebäude oder ein offenes Feld, gesprenkelt mit Mohnblumen. Ein Stück Strand oder der Rand einer verkehrs-reichen Straße. Gerade in ihrer Gewöhnlichkeit wirken die Ge-schichten dieser Orte umso stärker nach.

In seinem Buch *The Ghosts of Berlin* schreibt der Historiker Brian Ladd, dass »die realen Schauplätze von Ereignissen oft mit Erinnerungen behaftet sind«,[14] und dass sich Berlin in seiner Ge-samtheit – im Zentrum ebenso wie in den Außenbezirken – deshalb manchmal selbst wie eine Gedenkstätte anfühlt: eine Gedenkstätte für das Schlimmste (und manchmal auch das Beste) der europäi-schen Geschichte im 20. Jahrhundert. Sie wird von den Gebäuden und freien Flächen, den Parks und den öffentlichen Plätzen erzählt. Sie existiert in dem, was bleibt, und dem, was entfernt wurde. In der Lenin-Statue, die man von dem Platz entfernt hatte, der bald darauf nach den Vereinten Nationen benannt werden sollte. Im Gegensatz dazu durfte Ernst Thälmann sowohl seine Statue als auch seinen Park behalten. In Köpenick durfte Salvador Allendes Name bleiben. Andere Orte erhielten neue Namen oder ihre alten zurück. Und die Debatte über die Namen von Straßen, Bibliotheken, Schulen und Plätzen hält noch immer an. Das Olympiastadion wird für die Fuß-ball-Weltmeisterschaft renoviert. Der Palast der Republik wird ab-gerissen, das alte preußische Schloss hingegen originalgetreu wieder aufgebaut. Ein ehemaliges Verhörzentrum der Gestapo, im Zweiten Weltkrieg in Grund und Boden gebombt, wird Teil der Ausstellung *Topographie des Terrors*, direkt daneben die Berliner Mauer.

Hier schichtet sich Geschichte auf Geschichte. Wir sollten uns von diesen Geistern Berlins nicht gerade heimgesucht und verfolgt füh-len, aber versuchen, uns ihrer Anwesenheit immer bewusst zu sein.

Ich war in Friedrichshagen im Schatten der alten Brauerei nun an der Stelle angekommen, an der die Spree in den Müggelsee mündet. Kurz bevor sich der Fluss zum See hin verbreitert, wird er vom Spreetunnel unterquert; dieser wurde 1910 gebaut, um die Fähre zu ersetzen, die bis dahin die Tagesausflügler von Friedrichshagen über das Wasser in die umgebenden Hügel und den Wald auf der anderen Seite gebracht hatte. Ich hätte von Köpenick aus auch am Südufer der Spree entlang in den Wald gelangen können, doch mir gefällt Friedrichshagen und ich gehe gerne durch den Tunnel. Am Abend zuvor hatte ich Theodor Fontanes *Spreeland* aus dem Regal geholt, das 1882 als vierter Band der *Wanderungen durch die Mark Brandenburg* erschienen ist. Vermutlich war er von Köpenick aus gekommen und am Südufer des Flusses entlanggegangen. Als Fontane damals in der Gegend spazieren war, traf er auf viele, denen der Wald gleichermaßen als Zuhause und Lebensgrundlage diente – ich aber hatte den Weg für mich allein, als ich auf der anderen Seite des Flusses aus dem Spreetunnel auftauchte. In der Ferne konnte ich das Brummen einer Motorsäge hören, das von Zeit zu Zeit durch die Bäume drang, ansonsten wurde ich – abgesehen von meinen Gedanken und von Fontane – nur vom Knirschen meiner Schuhe in dem rund sieben Tage alten Schnee und den Finken in den Zweigen über mir begleitet.

Als wir gemeinsam durch den Wald auf die Müggelberge zugingen – der bewaldete Hügelzug entstand in der letzten Eiszeit und trennt an Berlins höchstem natürlichem Punkt die Dahme von der Spree –, wünschte ich, ich hätte Fontane über seine Spaziergänge rund um die Stadt ausfragen können. Sicherlich kann man es alles in den fünf Bänden nachlesen: die gesellschaftlichen und historischen Beobachtungen, die literarischen Beschreibungen. Wie jeder andere gute Wanderer-Schriftsteller pickt auch Fontane sich das heraus, was ihn interessiert, und verwirft den Rest. Und auch mehr als 100 Jahre später versuchen wir, wortwörtlich in seine Fußstapfen zu treten. In *Spreeland* schildert Fontane einen Weihnachtsspaziergang, auf dem er sich von der Elektromoderne der Stadt – Siemens wurde 1879 gegründet und der Potsdamer Platz erhielt im Erscheinungsjahr des Buches elektrisches Licht – auf das Land flüchtet, das sich seit Jahrhunderten kaum verändert zu haben schien. Mit jedem einzelnen Schritt der Reise wird die Beförderung rudimentärer. Mit dem Zug und dem Omnibus zum Alexanderplatz. Mit der Pferdebahn zum Rand der Stadt. Dann zu Fuß weiter zum gewählten Zielpunkt. Manchmal denke ich, dass wir, Fontanes Pendants im 21. Jahrhundert, etwas ganz Ähnliches tun, wenn wir uns auf den Weg zu einem Spaziergang machen. Nur dass wir die Moderne nie wirklich hinter uns lassen können. Tablets und Smartphones weisen uns den Weg zu den sanften Erhebungen der Müggelberge.

Das Müggel, dem nicht nur die Berge und der See, sondern auch die Siedlung zwischen den Bäumen – Müggelheim – ihren Namen verdanken, soll von einem alten, indogermanischen Wort abstammen, das *Nebel* oder *Niesel* bedeutet. Der Himmel war wolkenlos und die Luft klar, als ich zum Wasser hinunterging, um einen Blick auf die Hügel am anderen Ufer zu erhaschen, die sich aber dennoch im weichen Dunst der Wintersonne verbargen. Lange Zeit hatten die Müggelberge den germanischen Stammesoberhäuptern als natürliche Festung gedient; Schutz bot nicht nur die relative Höhe der Hügel, sondern auch das morastige Wasser der Sümpfe, die übrig blieben, als sich die Gletscher zurückzogen. Hier hatten schon Menschen gesiedelt lange bevor es ein Köpenick oder ein Berlin gegeben hatte. Dieser Ort verfügte über seine eigenen Sagen und Legenden, die den wachsamen Wanderer auf seinem Weg zu den Hügeln warnten und informierten.

Dass sich an diese niedrigen Hügel so viele Geschichten geheftet hatten, lag möglicherweise daran, dass sich eine solche Landschaft in diesen Breiten mehr als ungewöhnlich ausnahm. Das scheint auch Fontane so gesehen zu haben: Er mochte diese »Berge« – »wenn man uns diese stolze Bezeichnung statten will«[15] –, weil sie mit ihren Gipfeln und Schluchten, ihren Bergseen und gewundenen Pfaden tatsächlich wie eine Gebirgskette *en miniature* aussehen – ganz im Gegensatz zu den anderen Beispielen bescheidener Erhebungen, die man im sandigen Tiefland Brandenburgs antrifft. Die

Müggelberge wirken wie die Impression eines Künstlers, das Modell eines Architekten, ein Experiment der Natur. Ein Prototyp für spätere größere Versionen.

Vom Ufer des Sees führte ein vereister Pfad in die Arme der Fontaneschen Berge. Ich war auf der Suche nach dem Teufelssee, dessen schwarze Gewässer der Ursprung vieler der Legenden dieser Wälder waren. Bald darauf hatte ich ihn gefunden, am Ende eines beschilderten Weges bei einem Holzsteg, der das schilfbewachsene Marschland voller Hänge-Birken überquerte. Der See liegt vor geradezu spektakulärer Kulisse in einer Art natürlichem Amphitheater aus Bäumen, doch in seine dunklen Tiefen hinabsehen und dort nach seinen Geheimnissen suchen konnte ich nicht. Er war zugefroren. Der Teufel hielt Winterschlaf.

Ich setzte mich auf eine eisige Bank und aß meine mitgebrachten Brote. Irgendwo ganz in der Nähe meiner Bank hatte im Schilf direkt am Rand des Sees einst ein großer Stein gestanden. Prinzessinnenstein nannte man ihn, da sich an seiner Stelle früher ein Schloss befunden haben soll. Irgendwann war das Schloss dann verflucht worden und mitsamt der armen alten Prinzessin im Sumpf versunken. Doch, so die Legende, taucht sie jedes Jahr am 24. Juni – zur Sommersonnenwende – aus dem See auf, setzt sich eine Weile an sein Ufer und beweint ihr tragisches Schicksal.

In einer Nacht vor Mittsommer traf ein junges Mädchen auf einem Spaziergang die am See sitzende Prinzessin. Die Prinzessin führte das Mädchen ins Wasser, in die tiefsten Tiefen des Sees bis hin zum Schloss, und überreichte ihm unzählige Geschenke. Anschließend führte sie es wieder an das Seeufer zurück, wo man sie später fand, gleichermaßen wohlauf wie wohlhabend. Am nächsten Tag sah ein Mann die Prinzessin die Hügel hinabkommen. Bei sich trug sie eine Truhe voller Gold und sie versprach ihm eine Belohnung, sollte es ihm gelingen, sie auf seinem Rücken bis nach Köpenick und dort dreimal um die Kirche zu tragen – ohne sich dabei auch nur ein einziges Mal umzusehen. Gelang ihm das nicht, so sagte sie ihm, sei sie für immer verdammt.

Und so nahm er sie auf seine Schultern und machte sich auf den Weg. Am Anfang war sie federleicht, doch je näher sie der Stadt kamen, desto schwerer wurde sie. Nichtsdestotrotz erreichte er die Kirche und begann die erste Umrundung. Plötzlich tauchten überall Schlangen und Frösche mit funkensprühenden Augen auf, und Zwerge bewarfen ihn mit Stöcken und Steinen. Der Mann aber ließ sich von ihnen nicht aufhalten und ging unermüdlich weiter, wenngleich er die Prinzessin auf seinem Rücken kaum mehr tragen konnte. Bei seiner dritten Runde stand er plötzlich vor einem roten Stein, der so hell strahlte, als stünde ganz Köpenick in Flammen. Unwillkürlich wandte er sich ab und vergaß dabei, dass er sich nicht umsehen durfte. Er blickte umher – und in diesem Moment verschwand alles um ihn herum, als sein Leben mit einem einzigen gewaltigen Schlag beendet war.

Ich zitterte vor Kälte. An diesem See und in diesen Hügeln gab es noch mehr Geschichten. Etwa die vom Wassermann, der ebenfalls auf ein kleines Mädchen traf und es mit sich in die Tiefen des Sees nahm. Wie bei der Geschichte von der Prinzessin kehrte auch dieses Mädchen gesund und glücklich zurück, verzehrte sich danach aber so sehr vor Sehnsucht nach dem Wassermann, dass es krank wurde und starb. Oder die Sage vom Teufelsaltar in den Hügeln, sieben Fuß lang und sechs Fuß breit. Kamen Wanderer nachts an ihm vorbei, jagte er ihnen mit allen möglichen furchtbaren Erscheinungen und Geistern Angst ein. Ein Einheimischer beschloss, dem ein für alle Mal ein Ende zu bereiten: Er zerschlug den Stein und baute aus seinen Überresten in ganz Köpenick Brunnen. Doch noch lange Zeit danach munkelte man, es erschiene nachts ein strahlend helles Licht an der Stelle, an der der Stein gestanden hatte ...

Ich wollte um keinen Preis lang genug bleiben, um herauszufinden, ob all das stimmte. Als ich einem Pfad zwischen den Bäumen hindurch den Hügel hinauf folgte, konnte ich mir gut vorstellen, warum Orte wie dieser so leicht zum Schauplatz von Mythen und Legenden werden können. Die Tatsache, dass der Wald in Deutschland eine Art Bibliothek für Märchen und Sagen darstellt – als würden sie sich im Gewirr seiner Zweige und Äste verfangen –, hat mich seit meinem Umzug aus England hierher schon immer fasziniert. Der Wald ist ein Schlüsselelement der deutschen Mythologie, Kultur und Identität, und auch meine Kindheit weist viele Bezugspunkte auf, die ich mit deutschen Kindern gemein habe: die Brüder Grimm, schrullige tschechische Trickfilme zur Weihnachtszeit, der Weihnachtsbaum (danke, Prinz Albert), die Vorstellung, der Wald sei die Heimat rauer Köhlerburschen, runzliger Hexen und philosophischer Einsiedler. Allerdings ist der Wald für mich weniger ein Aufbewahrungsort der Kultur als vielmehr ein Ort, den man zu fürchten hat – und das ist schon lange so, nicht erst seit *Blair Witch Project*.

Was mir gefehlt hatte und was ich erst verstand, nachdem ich nach Berlin gezogen war und meine eigenen Erkundungen durch den Wald der deutschen Vorstellungskraft angestellt hatte, war, wie sehr der Wald mit der Zeit zum Ausgangspunkt einer nationalen Identität geworden war. Er war der Ort, an dem Arminius die Römer so vernichtend geschlagen hatte, dass er als Hermann der Cherusker in die deutsche Kultur und Geschichte einging. An dem Goethe, Heine, ja Fontane noch immer herumgeistern. An dem preußische Soldaten das Land von Napoleon befreiten – dessen *Chasseur im Walde* sich einsam und wachsam dem dunklen Inneren des Baumdickichts gegenübersieht. Auf meinem Weg durch die bewaldeten Hügel der Müggelberge erkannte ich plötzlich, dass der Wald für mich immer noch kein Zufluchtsort war, wie sehr ich ihn auch erkundete. Ich fühlte mich eher wie der Chasseur als wie Goethe. Jedes Knacken eines Astes, jedes Trommeln eines Spechts schreckte mich auf, ließ mein Herz ein wenig schneller schlagen. Der Wald mag dem einsamen Wanderer alles bieten, was er fürs Überleben braucht – Nahrung, Wasser, Schutz –, doch ich habe meine Kindheitsangst vor ihm noch nicht abgeschüttelt. Jedenfalls noch nicht ganz.

Oben wurden die Bäume spärlicher, und auf der Lichtung, die sie nun bildeten, befanden sich ein matschiger, vereister Parkplatz und eine Baustelle um den Müggelturm herum. Hier oben hatte auch Fontane auf einem der Gipfel gestanden und angemerkt, dass sich ihm in der einen Richtung die Aussicht auf Gebäude, Schornsteine und andere Anzeichen des menschlichen Einflusses auf die Landschaft bot, während er in der anderen nichts als »Wasser und Wald« sah, als sei das Land unberührt von der »Hand der Kultur«. Die Müggelberge stellten – für Fontane nach einem schweißtreibenden Aufstieg in der Sommerhitze – die Trennlinie zwischen der menschlichen und der natürlichen Welt dar. Das ultimative *edgeland*.

Ich konnte nicht nachprüfen, ob das, was Fontane damals gesehen hatte, heute noch zutrifft: Die Bäume waren zu hoch, und der Müggelturm war geschlossen. Dabei war er der Aussicht wegen gebaut worden – um den Berlinern und Köpenickern hier oben einen unverstellten Panoramablick auf die umgebende Landschaft zu ermöglichen. Der erste Aussichtsturm entstand 1880, zwei Jahre bevor *Spreeland* veröffentlicht wurde. Der Bau wurde ab 1920 erweitert und in diesen Zwischenkriegsjahren mit Treppen, einer Aussichtsplattform sowie einem Restaurant versehen, um ihn zu dem beliebten Sommerausflugsziel zu machen, das er dann auch wurde.

Während des Zweiten Weltkriegs wurde er als Funkstation genutzt und später als Krähennest, von dem aus deutsche Soldaten nervös nach der vorrückenden Roten Armee Ausschau hielten. Eine weitere Legende, die sich um die Müggelberge rankt, ist mit diesem finalen Vorrücken der sowjetischen Truppen verbunden: Die Deutschen hatten Befehl, den Turm aufzugeben und zu zerstören. Irgendwie erfuhr der ehemalige Besitzer jedoch von dem Plan, das in die Luft zu sprengen, was vor dem Krieg einmal sein Turm gewesen war. Er machte sich auf den Weg durch den Wald, wich Patrouillen und Soldaten auf der Flucht vor der Roten Armee aus und schaffte es tatsächlich – im Schutz der Dunkelheit und inmitten des Chaos um die Schlacht um Berlin –, in letzter Minute die Zünddrähte zu kappen. Eine wahrlich hollywoodreife Szene, wenn auch wahrscheinlich eher für einen Low-Budget-Film.

Leider schob seine heroische Tat das Unvermeidliche nur auf. 1958 brannte der Turm, nun im Staatsbesitz der DDR, bis auf die Grundmauern nieder, und das als die Renovierungsarbeiten, die den Turm wieder zugänglich machen sollten, gerade begonnen hatten. An seiner Stelle wurde 1961 ein neuer Turm gebaut – derjenige, zu dem ich nun aufsah –, doch wiederum finden derzeit Renovierungsarbeiten im Rahmen einer Generalüberholung des gesamten Geländes statt. Als ich vor dem Turm stand, war auf der Baustelle niemand zu sehen. Es war einfach zu kalt, die Straße den Berg hinauf völlig vereist. Ich hatte den Parkplatz unnötigerweise ganz für mich allein, sah hinauf zu dem klassisch sozialistischen Bauwerk, das sich hoch über die Baumwipfel erhob, und stellte mir die Aussicht von dort oben vor.

Allerdings war ich nicht lang allein. Die Nordseite der Müggelberge und das Ufer des Müggelsees waren im Großen und Ganzen ruhig und verlassen gewesen, doch auf der Südseite und am Ufer des Langen Sees konnte man durchaus erahnen, wie es hier im Sommer zugehen mochte: Wanderer und Spaziergänger, Nordic Walker und Radfahrer, Badende und Läufer. Auf meinem Weg nach unten zur Fähre nach Grünau am anderen Ufer begegnete ich zahlreichen Fußgängern und Radfahrern, die in beide Richtungen unterwegs waren. Obwohl der Lange See, durch den die Dahme fließt, größtenteils zugefroren war, zog sich ein freier Kanal mitten durch ihn hindurch. In ihm schipperte ein Lastkahn fort von Köpenick und der Stadt, während auf dem Wasser treibende Eisklumpen mit einem dumpfen, metallischen Geräusch rhythmisch an seinen Rumpf schlugen, einer nach dem anderen. Auf der gegenüberliegenden Seite konnte ich die Haupttribüne der Regattastrecke ausmachen, auf der die Ruder- und Kajakwettbewerbe der Olympischen Spiele 1936 ausgetragen worden waren.

In den Achtern der Männer hatte ein Team aus amerikanischen Arbeiterklasseruderern den als Favoriten gehandelten deutschen und italienischen Mannschaften gezeigt, was eine Harke ist. Sein Sieg im Finale war eines der spektakuläreren Ereignisse der olympischen Regatta und wurde, wie bei Jesse Owens im olympischen

Stadion, als Triumph über das Naziregime gewertet – wenngleich die deutschen Ruderer trotzdem fünf der sieben zur Verfügung stehenden Medaillen gewannen. Doch zur wahren Überraschung hinsichtlich dieser amerikanischen Mannschaft war es vorher schon gekommen, zu Hause, auf der anderen Seite des Atlantiks. Denn die acht Männer aus dem Staate Washington hatten sich in der Qualifikation gegen die favorisierten Ivy-League-Mannschaften von der Ostküste durchgesetzt. Mit anderen Worten: Die Studenten aus Arbeiterfamilien hatten ihre privilegierten Gegenstücke in einer der elitärsten Sportarten der gesamten Olympischen Spiele geschlagen. Dass man sie vor ihrem Qualifikationsrennen so leichtfertig als unbedeutend abgetan hatte, kam ihnen im Finale vermutlich mehr als zugute: Sie gaben nicht auf, obwohl um sie herum unablässig »DEUTSCHLAND! DEUTSCHLAND!« gebrüllt wurde und Hitler und seine Kumpane sie von der Haupttribüne aus beobachteten.

Jetzt gab es weder Flaggen noch Zuschauer noch Ruderer hier. Und auch keine Fähre. Trotz der freien Bahn in der Mitte des Sees konnte die Fähre nicht übersetzen. Und so wurde aus einer nur wenige Minuten langen Bootsüberfahrt ein 45 Minuten langer Umweg via Straßenbahn zurück nach Köpenick – lediglich ein paar hundert Meter vom Ausgangspunkt meines bisherigen, dreistündigen Spaziergangs entfernt –, und dann mit einer anderen Straßenbahn auf der anderen Seite wieder hinunter zum Anlegesteg in Grünau, wo die Fähre mich an einem wärmeren Tag abgesetzt hätte. Als ich dort angekommen war, hatte die Sonne ihren Zenit bereits überschritten und ich noch ein ganzes Stück Weg vor mir. Ich wollte nach Waltersdorf jenseits der Stadtgrenzen in Brandenburg. Davor aber hatte ich mir vorgenommen, Grünau zu erkunden, in dem einst einer der interessantesten Schriftsteller Deutschlands gelebt hatte, hier, am Rande Berlins.

Stefan Heym kam als Sohn jüdischer Eltern 1913 zur Welt und floh aus Nazideutschland – viele Mitglieder seiner Familie starben in

Vernichtungslagern – zunächst in die Tschechoslowakei und dann in die USA, wo er schließlich seine Karriere als Schriftsteller begann. Wie zahlreiche seiner Mit-Exilanten, die ähnliche politische Neigungen hegten, erregte auch Heym bald die Aufmerksamkeit des Komitees für unamerikanische Umtriebe und zog 1952 angesichts des zunehmenden McCarthyismus zurück nach Deutschland, genauer gesagt in die DDR.

Dort versuchte auch er es mit dem Drahtseilakt vieler linker Intellektueller in der DDR: einerseits die Idee des Sozialismus im Allgemeinen unterstützen und andererseits die negativeren Aspekte des ostdeutschen Systems möglichst positiv beeinflussen. Trotz der immer offensichtlicher werdenden Unmenschlichkeit des DDR-Regimes glaubte Heym weiterhin an den »Sozialismus mit menschlichem Antlitz« und befasste sich in vielen seiner Werke mit der Lücke zwischen dem ideologischen Versprechen des Sozialismus und den politischen Erfahrungen in der Realität. Zahlreiche seiner Bücher waren in der DDR verboten, und dennoch blieb Heym in seinem Haus in Grünau – Teil der Wohnsiedlung mit ihren ordentlichen Einfamilienhäusern und Doppelhaushälften, durch die ich auf meinem Weg nach Waltersdorf kam. Dies war die »Intelligenzsiedlung«, die in den 1950er-Jahren für führende Schriftsteller, bildende Künstler, Akademiker und andere Mitglieder der kulturellen und intellektuellen Elite der DDR erbaut worden war. Heym blieb, obwohl sein Werk bei den Behörden zunehmend in Kritik geriet.

In seinem im *Spiegel* erschienenen Nachruf auf Stefan Heym vertrat der Schriftsteller Günter Kunert die These, die Idee hinter der »Intelligenzsiedlung« habe darin bestanden, die potenziell lästige kulturelle Elite des Landes an einem Ort zu versammeln, um sie leichter unter Beobachtung halten zu können.[16] Über Weihnachten hatte ich *Die Architekten* gelesen, das Heym in den 1960er-Jahren ursprünglich auf Englisch verfasst hatte, das jedoch im Jahr 2000, ein Jahr vor seinem Tod, zunächst auf Deutsch und erst 2005 in englischer Sprache veröffentlicht wurde. Der Roman erzählt die Geschichte einer Gruppe von Architekten in der DDR und erkundet die notwendigen Kompromisse sowie das allmähliche Verfallen in Kollaboration und Orthodoxie, dem sich kreative Menschen in einem solchen System oft nicht entziehen können. Beim Lesen hatte ich mich mehrmals gefragt, wie viel wohl von Heym selbst in dem Roman steckte, wie viel davon wohl eine Form der Selbstkritik war. In Grünau, umgeben von Schriftstellerkollegen und alten Kommunisten, ging er mit seinem Pudel oft im Wald spazieren, »weil Bäume keine Ohren hatten«. Dort fühlte er sich sicherer. Und wieder: der Wald als Zufluchtsort.

Der leidenschaftliche Sozialist, vom ostdeutschen Regime desillusioniert, kehrte der DDR nie endgültig den Rücken, auch dann nicht, als er gekonnt hätte, so zum Beispiel während seiner Reisen in die USA in den 1970er-Jahren. »Was soll ich denn im Westen schreiben? Boy loves girl?!«[17] – Das hatte ich schon einmal gehört, und nicht nur im Zusammenhang mit Ostdeutschland. Auch Václav Havel hat von seinen schriftstellerischen Landsmännern im Exil in den USA und Frankreich berichtet, sie hätten große Schwierigkeiten, über ein passendes Thema zu schreiben. Ohne die Reibung des Sozialismus mit dem Regime, ohne etwas, *gegen* das sie hätten schreiben können, taten sich viele von ihnen – zumindest in Havels Augen – schwer, eine Stimme zu finden.

Ich ließ Heyms altes Zuhause hinter mir und folgte seinen Spuren in den Wald. Nach dem Fall der Mauer und nachdem der Kommunismus in ganz Mittel- und Osteuropa zu bröckeln begonnen hatte, taten sich viele Dichter und Schriftsteller tatsächlich sehr schwer, eine eigene Stimme zu finden. Manche von ihnen, darunter auch Havel und Heym, gingen in die Politik, wo sie sich mehr oder weniger engagierten. Als ich neben alten, stillgelegten Eisenbahngleisen herging, die mich gerade noch innerhalb der Stadtgrenzen durch den Wald führten, schoss mir durch den Kopf, dass wir den guten alten Havel und Heym heute wieder gut gebrauchen könnten – um uns ein anderes Modell zu liefern, weder das überholte kommunistische, gegen das sie rebelliert hatten, noch das neoliberale, das sich trotz ihrer Warnungen und besten Bemühungen unterdes etabliert hatte. Ich blieb zwischen den Bäumen, die keine Ohren hatten, stehen, weil ich mir plötzlich nicht mehr sicher war, wie ich zu meinem Ziel an diesem Tag kommen sollte: einem Einkaufszentrum neben der Autobahn, in dem es nichts anderes zu tun gab, als die Brieftasche zu öffnen, Geld auszugeben und irgendetwas zu konsumieren, um hier darüber zu schreiben.

Als ich auf meiner Karte nachsah, kam mir ein Mann entgegen.

»Wohin wollen Sie denn?«

»Waltersdorf«, antwortete ich.

Er runzelte die Stirn.

»Kennen Sie dort jemanden?«

Ich schüttelte den Kopf. Er war immer noch skeptisch.

»Wollen Sie ein Sofa kaufen?«

Er mag verwirrt gewesen sein, doch er zeigte mir die richtige Richtung. Bis zum Einkaufszentrum und dem Hotel, in dem ich übernachten wollte, waren es noch vier Kilometer, beides lag nicht weit von dem neuen und bislang unvollendeten Flughafen Berlin-Brandenburg entfernt. Ich verabschiedete mich von dem Mann und überquerte ein Paar betriebsbereite Eisenbahngleise neben einem Schild, auf dem das Wort »BERLIN« rot durchgestrichen war. Anschließend kam ich an einer kleinen Ansammlung von Häusern vor einem Kiefernwäldchen vorbei. In jedem zweiten Garten schien ein Fahnenmast zu stehen, der irgendjemandem oder irgendetwas die Treue schwor: Brandenburg, Deutschland, dem 1. FC Union, Elvis Presley. Von da an öffnete sich die Landschaft: flache Felder, über die man bis zu den riesigen, kastenförmigen Gebäuden des Waltersdorfer Einkaufszentrums blicken konnte. Nicht weit dahinter hob ein Flugzeug vom Flughafen Schönefeld ab. Zwischen hier und dort: nichts. Nur eine schnurgerade Straße, von jungen Bäumen gesäumt.

Ich spürte den Blick jedes einzelnen Autofahrers, der an mir vorbeifuhr, im Nacken. Neben der Landstraße verlief zwar ein separater Fahrradweg, doch es kam offensichtlich nicht besonders häufig vor, dass Spaziergänger ihn benutzten. Ich vermisste die Wälder und Gewässer, die mich fast den ganzen Tag lang begleitet hatten.

Ich vermisste die Zuflucht des Waldes und seine Geschichten, die die Fantasie befeuerten. Langsam kroch Waltersdorf näher an mich heran. Was sollte ich mit dem Rest des Tages anfangen? Der Plan war, hier zu übernachten, damit ich wenigstens ein Mal während meiner Spaziergänge am Rand der Stadt schlief. Nicht nachgedacht hatte ich darüber, wie ich mich zwischen dem Ende des Spaziergangs und dem Zubettgehen beschäftigen sollte. Vielleicht mit dem Kauf eines Sofas?

Am Rand des Einkaufszentrums führte der Weg von der Straße weg, vorbei an einigen künstlichen Teichen und über ein matschiges Feld auf einen Supermarkt, ein Fast-Food-Restaurant und mein Hotel zu. Dahinter lag eine kleine, moderne Wohnsiedlung. Irgendwie konnte ich mir den Alltag in Waltersdorf nicht so recht vorstellen. Vielleicht war ich zu müde. Ich checkte über einen Automaten in mein Hotel ein und war auf meinem Zimmer, ohne vorher auch nur einer einzigen anderen Menschenseele begegnet zu sein. Mit den heruntergelassenen Jalousien hätte ich mich genauso gut in einer Kabine auf einem Schiff befinden können, die komplett aus Plastik bestehende und aus einem Stück gefertigte Nasszelle erinnerte jedenfalls sehr daran. Also doch zum Einkaufszentrum? Nein, das brachte ich auch nicht über mich. Noch nicht. Erst brauchte ich eine Pause. Ich legte mich aufs Bett. Ich war nur wenige Kilometer außerhalb der Stadtgrenzen, fühlte mich aber weit, sehr weit von zu Hause entfernt.

Das, was wir Fortschritt nennen

Von Waltersdorf nach Gropiusstadt
14. Februar

*Valentinsmorgen / Nicht-Orte und ein Abend in Waltersdorf
/ Zu Fuß am Stadtrand / Auf der Suche nach einem Flughafen /
Es war einmal ein Dorf, das hieß Diepensee / Kosmosviertel
/ Tod an der Grenze / Von der Gropiusstadt zum Bahnhof Zoo /
Hohe Gebäude, grüne Flächen*

Am Valentinstag wurde ich um fünf Uhr morgens von den Geräuschen meiner Mitgäste in dem Billighotel am Rande des Einkaufszentrums geweckt, die durch die dünnen Wände und die Decke in mein Zimmer drangen. Bislang hatte ich noch keinen anderen Menschen in diesem Hotel zu Gesicht bekommen. Keinen einzigen. Ich hatte am Nachmittag zuvor via Automat eingecheckt und ein Nickerchen gemacht, bevor ich mich im schwindenden Licht auf einen Erkundungstrip zum Einkaufszentrum begeben hatte. Als ich wiedergekommen war, war der Hotelparkplatz zwar halb voll gewesen, doch noch immer keine Spur anderer Menschen. Weder an der Rezeption noch in den Fluren. Hören konnte ich sie allerdings. Das Geräusch von Fernsehern. Von Gesprächen. Was sonst sollte man am Vorabend des Valentinstags in Waltersdorf auch tun? Warum waren wir überhaupt hier?

Um fünf Uhr morgens bekam ich die Antwort auf diese Frage. Kostet das Hotelzimmer weniger als die Fahrt mit dem Taxi vom

73

Stadtzentrum aus und geht der Billigflug vom Flughafen Berlin-Schönefeld zwischen sechs und sieben Uhr früh, ist es durchaus sinnvoll, am Abend vorher anzureisen. Ich erwachte zum Geräusch rauschenden Wassers und weniger gedämpfter Konversationen. Koffer wurden auf Betten und wieder herunter gestemmt. Über den Flur über mir gerollt. Ich hatte in diesem Hotel noch niemanden gesehen und trotzdem war ich vom geschäftigen Treiben meiner Mitbewohner umgeben. Gegen halb sieben herrschte wieder Ruhe. Einen Nachtportier gab es nicht, um diese Uhrzeit hatte hier niemand Dienst. War ich jetzt also ganz allein in dieser Schachtel von einem Gebäude, auf dieser Insel in einem Meer von Asphalt und struppigem Gras? Ich ließ mich für ein paar weitere Stunden in einen unruhigen Schlaf treiben.

Am Abend zuvor hatte ich Asphalt und struppiges Gras überquert, um herauszufinden, welche Art von Zerstreuung ein Einkaufszentrum neben der Autobahn am Stadtrand von Berlin bereithielt. Als ich an der Ampel stand und darauf wartete, dass sie den stetigen Strom des Verkehrs in die und aus der Stadt teilte, wurden mir meine Optionen von den riesigen Schildern, die einen gewaltigen grauen Kasten von seinem Nachbarn trennten, angepriesen. Möbel. Elektronische Geräte. Spielzeug. Lebensmittel. Haustiere. Mehr Möbel. Noch mehr Möbel, im schwedischen Design … und mit Fleischbällchen. Ich konnte diese Konsumtempel des 21. Jahrhunderts erkunden. Mit null Prozent Zinsen einkaufen. Mir etwas liefern lassen. Auch wenn ich Hunger hatte, gab es zahlreiche Optionen. Burger und Pommes. Geräucherter Lachs und Rührei. Ein Happy Meal, eine Mahlzeit, die glücklich macht … Noch mehr Fleischbällchen.

Die Ampel schaltete auf Grün, ich ging über die Straße. Die Megamärkte umstanden einen nicht minder riesigen Parkplatz, der fast vollständig besetzt war: Die Feierabendeinkäufer gingen mit leeren Händen hinein und kamen mit Säcken voller Katzenfutter, einem neuen Fernseher oder einem Bücherregal zum Selbstaufbauen beladen wieder heraus. Die Einkaufswagen ratterten über den Asphalt. Autotüren schlugen zu. Allesamt fühlten wir uns klein und namenlos. Denn wer waren wir schon, hier in Waltersdorf? Kunden, oder zumindest doch potenzielle Kunden. Wandelnde Brieftaschen. Nicht mehr und nicht weniger.

Der französische Anthropologe Marc Augé schrieb, dass ein Ort eine Bedeutung haben müsse, um als Ort gelten zu können. Er müsse einen Bezug haben, beispielsweise einen historischen, und auf irgendeine Art und Weise mit einer Identität befasst oder verbunden sein. Und ein Ort, der diese Bedeutung eben nicht hat, der die Dimension des Bezugs oder der Wechselwirkung, die unsere Identität jenseits einer spezifischen Funktion oder eines Zwecks formt, nicht besitzt, ist für Augé ein *Nicht-Ort*. Diese Nicht-Orte sind ein Produkt der Ultramoderne und in der Mehrzahl der Fälle vergänglich. Sie bieten weder die Möglichkeit zum gemeinschaftlichen Handeln noch fördern sie unsere Identität. An ihnen sind wir anonym, an ihnen werden unsere Rollen durch ein bestimmtes Ergebnis definiert. An einem Flughafen sind wir Passagiere. Im Hotel sind wir Gäste. Und in Waltersdorf, wo ich an Werbeplakaten für Sonderangebote und Finanzierungsvorschläge vorbeiging, war ich ein Kunde. An solchen Nicht-Orten haben wir keine Identität außer dieser vorübergehenden und eingeschränkten Funktion, und sie bieten uns auch keine Möglichkeit, eine zu entwickeln. Am nächsten kommen wir der Individualität in dem Augenblick, in dem wir uns in unserer Funktion ausweisen müssen. Bei der Passkontrolle. Beim Vorzeigen der Bordkarte. Beim Eintippen der Pin unserer Kreditkarte. Danach kehren wir umgehend zu unserer bloßen Funktion zurück und werden wieder Teil der anonymen Masse.

Der Stadtrand ist voller Augéscher *Nicht-Orte*. Als ich über den Asphalt in Waltersdorf vage in die Richtung eines Supermarkts ging, obwohl ich immer noch nicht so recht wusste, was ich kaufen sollte, fragte ich mich, ob so wohl die Zukunft aussah. Ich schlenderte ziellos durch ein paar Geschäfte, womit ich bei dem Mann hinter den Überwachungskameras sicherlich Verdacht erregte. Da ich allmählich Hunger bekam, warf ich hinsichtlich meiner Auswahlmöglichkeiten fürs Abendessen eine Münze. Nachdem sie gesprochen hatte, ging ich über die Straße zurück; der golden leuchtende Doppelbogen über den frisch gewischten Tischen und Stühlen erschien mir nun beinahe wie das gelobte Land. Und kurz vor Ladenschluss in Waltersdorf war er das vielleicht auch.

Augé war sich der Tatsache wohl bewusst, dass die Definition eines Nicht-Ortes immer eine subjektive ist. Ich saß da in diesem Fast-Food-Restaurant, aß meinen Burger, stocherte in schlaffen Pommes herum und beobachtete die Angestellten hinter dem Tresen dabei, wie sie in den ruhigeren Momenten miteinander plauderten und scherzten. Für sie war das hier durchaus ein *Ort*. Ein Ort, an dem Freundschaften geschlossen wurden, an dem Beziehungen entstanden und sich wieder auflösten. Ein Ort der Zigarettenpausen und der Gespräche. Das würde auch auf mich zutreffen, sollte ich mich dazu entschließen, genügend oft nach Waltersdorf zurückzukehren. Dann würde das Ganze eine Struktur bekommen. Ich würde kleine, aber dennoch reale Beziehungen aufbauen. Bekannte Gesichter an der Bushaltestelle, im Restaurant. Ein Nicken. Ein Plausch. So würde aus dem Nicht-Ort ein Ort werden.

Ich ging zurück auf mein Hotelzimmer, das denen in 540 weiteren Hotels in insgesamt 17 Ländern bis aufs i-Tüpfelchen glich, und sah mir auf YouTube englische Comedy-Shows an. Die empfohlenen Videos erinnerten mich daran, dass ich selbst als Gast dieses Hotels – dieses Nicht-Ortes an einem Nicht-Ort – nicht völlig anonym war. Wenn das Hotel befremdlich auf mich wirkte, lag das vielleicht schlicht daran, dass ich allein hier war. Wäre jemand bei mir gewesen, hätte es sich vielleicht in etwas anderes verwandelt. In einen Ort für Gespräche, in einen Ort der Interaktion. Der geteilten Erinnerung. Wo ein Teil der Geschichte geschrieben werden konnte, die unsere Identität prägt. Vielleicht hatte ich aber auch nur zu viel Zeit allein in Waltersdorf verbracht und zu viel über all das nachgedacht.

Am nächsten Morgen hüllte sich Waltersdorf in Nebel. Der Spaziergang, den ich für heute geplant hatte, war kurz: rasch beim neuen Flughafen vorbeischauen, am alten einen Kaffee trinken und dann auf dem Berliner Mauerweg nach Gropiusstadt, wo ich um die Mittagszeit hatte eintreffen wollen. Doch während ich am Abend zuvor noch über die Befremdlichkeit des Waltersdorfer Einkaufszentrums philosophiert hatte, war der Versuch, einen Blick auf das neue Flughafengebäude zu erhaschen, um meine Neugier zu befriedigen, wieder etwas anderes. Ich wanderte durch eine Landschaft, in die man anscheinend jede nur erdenkliche Form von Stadtrandbeförderung und anderer Infrastruktur geworfen hatte. Autobahnen und Autobahnzubringer. Bahngleise und Rohrleitungen. Der Flughafen selbst war von hohen Zäunen mit Stacheldraht umgeben. Ein neuer Wegweiser wies einen Fahrradweg nach Schönefeld aus, dem ich zu folgen versuchte. Zunächst schien er in die richtige Richtung zu führen, bis er unter der Autobahn eine Schleife bildete und dann auf einem offenen Stück Land zwischen der Straße und dem Begrenzungszaun des Flughafens einfach aufhörte. Erst ein gepflasterter Weg, dann ein Feldweg und dann … nichts.

Durch den Nebel war die Sicht stark eingeschränkt. Ich versuchte, mich mittels Smartphone und Stadtplan aus Papier irgendwie zurechtzufinden, doch Straßen, die auf der Karte nicht existierten, schnitten den Pfaden, die auf dem Papier eingezeichnet waren, den Weg ab. Ich blieb stehen und dachte kurz über meine weiteren Möglichkeiten nach. Ein Streifenwagen, der die Flughafenumzäunung abfuhr, nahm Schrittgeschwindigkeit an, als er an mir vorbeikam. Ob ich wohl wie ein verirrter Spaziergänger aussah? Oder doch eher wie jemand, der hier, am Rande einer Sperrzone, nichts Gutes im Schilde führte? Außerhalb meines Blickfeldes muss der Wagen gewendet haben, denn kurz darauf fuhr er noch einmal an mir vorbei. Halb hoffte ich schon, die Polizisten würden anhalten und mich fragen, was ich da tat. Vielleicht würden sie mich sogar ein Stück mitnehmen. Doch dafür sah ich anscheinend zu harmlos aus, denn sie fuhren weiter. Mir blieb keine Wahl: Ich musste umkehren. Das hier war definitiv kein Ort für Fußgänger.

Es hätte mich eigentlich nicht überraschen sollen, dass der Weg zum neuen Flughafen nicht – zumindest noch nicht – einladend auf diejenigen wirkte, die sich ihm zu Fuß nähern wollten. Die Städte auf der ganzen Welt werden zunehmend immer weniger fußgängerfreundlich. Da bildet Berlin sogar noch eine ausgesprochen rühmliche Ausnahme. In Dubai wollte ich vor Jahren zu Fuß die Sheikh Zayed Road überqueren. Ich konnte das Gebäude, zu dem ich wollte, über die beinahe unzähligen Spuren der Straße hinweg auf der anderen Seite sehen. Allerdings war die nächste Fußgängerbrücke rund drei Kilometer entfernt, und einen anderen Weg gab es nicht. Man empfahl mir damals, mir ein Taxi zu nehmen. Der Schriftsteller Will Self schrieb einmal, diese Entwicklungen hätten dazu geführt, dass immer weniger Menschen zu Fuß unterwegs seien. Das wiederum macht aus dem Spaziergänger ein Politikum, vor allem an Orten wie den Zufahrtsstraßen zu Flughäfen, an denen es keine Fußwege gibt, oder an ehemals öffentlichen Orten, die privatisiert wurden. Der Spaziergänger will »gleichberechtigten Zugang« und »freie Fortbewegung« – Dinge, die mir auf meinem Weg zum Flughafen verwehrt wurden. Nun ist Berlin nicht Dubai, noch lange nicht, doch habe auch ich auf meinen Spaziergängen am Stadtrand festgestellt, dass man bei vielen Neubaugebieten nicht im Mindesten an Fußgänger gedacht hat. Niemand erwartet sie dort. Man muss an diesen Orten aber zwangsläufig zu Fuß unterwegs sein – an Orten wie dem, wo ich jetzt stand, zwischen Autobahn und Anliegerstraße, wo der Streifenwagen ganz langsam im Nebel an mir vorbeirollte –, will man verstehen, wie gebaut wird, zu welchem Zweck und mit welchen Mitteln. Denn das wird vom Fenster des Autos, des Busses oder des Zugs aus wahrscheinlich nicht deutlich.

Ich hegte auf meinen Spaziergängen um Berlin herum allmählich den Verdacht, dass die Menschen, die die Entwicklungen am Stadtrand am besten verstehen, diejenigen sind, die mit ihren Hunden Gassi gehen. Sie sind dort, jeden Tag, und nehmen Veränderungen viel schneller und genauer wahr. Neue Gebäude. Neue Straßen. Sie verzeichnen den Fortschritt, sei er nun zum Guten oder zum Schlechten. Hin und wieder ist vielleicht der übliche Weg blockiert.

Das alte Brachland, auf dem die Hunde immer frei herumtollen durften, ist auf einmal Baugelände für eine Wohnsiedlung. Oder ein neues Gewerbegebiet. Also müssen sie neue Wege gehen. Ich bin nicht unbedingt ein Hundefreund, begann aber zu verstehen, dass Hundebesitzer diese Orte möglicherweise besser kennen, als es die meisten anderen Menschen von sich behaupten können.

Ich kehrte um und machte mich zu einem Feldweg auf, der mich zur Stadtgrenze von Berlin zurück, auf einem längeren Umweg zum Berliner Mauerweg und schließlich nach Gropiusstadt führen sollte. So viel zum kurzen Spaziergang von heute. Einen Augenblick lang dachte ich, durch den Nebel hindurch das neue Flughafengebäude erspähen zu können, doch sicher war ich mir nicht. Wie dem auch sei – näher heran kam ich auch so nicht. Angesichts seines Rufs – als ich dieses Buch schrieb, war der Bau des Flughafens schon viele Jahre in Verzug, und noch war kein Ende in Sicht – fand ich die Tatsache, dass er auch für mich nur theoretisch vorhanden war, ja beinahe etwas Mythisches atmete, jedoch ziemlich passend. Zwei Tage vor diesem Spaziergang hatte der *Tagesspiegel* über einen neu angesetzten Eröffnungstermin spekuliert:

»Im Sommer nächsten Jahres soll der Berliner Flughafen eröffnen – vielleicht.«[18]

Sommer. Nächstes Jahr. Vielleicht.

Ein paar Tage nach meinem Spaziergang traf ich einen alten Freund, der bei der Gepäckabfertigung am Flughafen Tegel arbeitet. Ich sprach ihn auf den neuen Termin an, an dem auch er von Tegel an den neuen Flughafen umziehen sollte. Er lachte. »Uns nannten sie 2020. Aber auch das glaube ich erst, wenn ich es sehe.«

Der neue Flughafen würde vielleicht nie eröffnet, aber er hatte die Landschaft südlich der Stadt bereits umgeformt. Da waren die neuen Straßen und Autobahnen, die Bahntrassen und die – angeblichen – Radwege, die ihn mit dem Stadtzentrum verbinden sollten. Und da war das Dorf Diepensee, eine erstmals im 13. Jahrhundert erwähnte

Siedlung, die sich, als die Pläne vorgelegt wurden, plötzlich den neuen Abfertigungshallen im Weg fand. Diepensee war ein traditionelles brandenburgisches Angerdorf, bei dem zwei Straßen zu beiden Seiten eines zentralen Platzes – des Angers – und eines tiefen Sees verliefen. Heute stehen dort, wo die Backstein-Bauernhäuser und die anderen Häuschen des Dorfes einst gestanden haben, die geisterhaften Flughafengebäude, in dem kein Passagier je abgefertigt wurde. Berlin-Brandenburg ist eines der größten Bauvorhaben Deutschlands und machte den Umzug zweier vollständiger Dörfer notwendig, von denen Diepensee das größere war. In Selchow, einem Dörflein von rund 35 Einwohnern, befindet sich heute die neue Startbahn.

Viele Einwohner von Diepensee – oder zumindest ihre Familien – hatten Erfahrung mit dem zwangsweisen Umzug. Gegen Ende des Zweiten Weltkriegs war die alte Siedlung im Herzen des Dorfes für über 500 Flüchtlinge aus den Gebieten im Osten, die nach der Neuziehung der europäischen Grenzen zu Polen oder der Sowjetunion gehörten, zur Heimat geworden. Viele von ihnen blieben, um weiterhin in Diepensee zu wohnen und in dem dortigen VEG, dem volkseigenen Gut, einem Landwirtschaftsbetrieb in staatlichem Besitz, zu arbeiten. In der DDR gab es verschiedene Formen der verstaatlichten Landwirtschaft. Die häufigeren LPGs, landwirtschaftliche Produktionsgenossenschaften, befanden sich zumindest theoretisch in Privatbesitz und wurden kollektiv unabhängig geführt, natürlich immer innerhalb der Zwänge der Planwirtschaft. Die VEGs, Betriebe wie der in Diepensee, hatten solche Freiheiten nicht, und insbesondere die Mitarbeiter hatten keinerlei Mitspracherecht bei der Organisation des Betriebs.

Mit der Gründung des VEG in Diepensee wurde das Dorf erweitert, die neuen Mitarbeiter des Betriebs wurden in Plattenbau-Wohnblocks untergebracht. Der Fall der Berliner Mauer und die deutsche Wiedervereinigung bedeutete das Ende der verstaatlichten Landwirtschaft; die Betriebe gingen zunächst in Regierungsbesitz über und wurden dann verkauft. Nicht lange danach wurden die Pläne für den neuen Flughafen vorgelegt, und Diepensee war am

Ende seiner siebenhundertjährigen Geschichte angelangt. Damit verschwanden nicht nur die Plattenbau-Wohnblocks, sondern auch die Höfe und Scheunen, die Häuser und der »Konsum«, die zu DDR-Zeiten übliche Bezeichnung für ein Lebensmittelgeschäft. Sie alle mussten für den BER aus dem Weg.

Im Jahr 2004 zogen die Einwohner des mittlerweile als Alt-Diepensee bezeichneten Dorfes sieben Kilometer nach Süden, nach »Neu-Diepensee« am Rande von Königs Wusterhausen. Um ihnen den Umzug zu erleichtern, bot man ihnen preiswerte Mieten und andere Vergünstigungen an. Die Häuser, in die sie zogen, waren brandneu. Einige ließen sich noch einen Swimmingpool dazu bauen. Manche versuchten, die Verbindung zur Vergangenheit aufrechtzuerhalten: Sie sammelten alte Fotografien und Geschichten, damit nicht alles dem Vergessen anheimfiel. Als der Ort geräumt und gerodet war und bevor die Bagger anrückten, beauftragte man Archäologen damit, sich einmal genauer anzusehen, was unter dem Dorf verborgen lag. Sie fanden Grabsteine und den Nachweis, dass die gesamte Bevölkerung von Diepensee im Mittelalter ausgelöscht worden war, höchstwahrscheinlich aufgrund der Pest. Sie fanden Bierflaschen lange stillgelegter Brauereien und Tassen aus der Sowjetunion. Pfeilspitzen aus der Steinzeit und preußisches Porzellan. So erfuhr man durch die Zerstörung eines Dorfes mehr über seine Geschichte, als möglich gewesen wäre, würde der Ort heute noch existieren.

Der lange Umweg führte mich über die Felder zu einer kleinen Ansammlung von Gärten, Datschen und Bungalows direkt an der Stadtgrenze. Man hatte riesige Flächen durch Zäune abgesperrt: Das Eigentum der Flughafenbehörde soll in ein Gewerbegebiet umgewandelt werden, dessen Schicksal allerdings an das des neuen Flughafens gebunden ist. Und so ist auch diese Fläche zwar gerodet, aber noch nicht bebaut. Immerhin hatte man hier einen öffentlich zugänglichen Pfad angelegt, auf dem ich nun die riesige leere Fläche überquerte. Der Nebel hatte sich ein wenig verzogen, und die

Sonne kam durch. Vor mir tauchte der Berliner Ortsteil Altglienicke auf, eine Mischung aus Plattenbau und Einfamilienhäusern,
aus Unternehmen, die sich des neuen Flughafens wegen hier angesiedelt hatten, und Hotels, aus Lufthansa-Berufsfachschule und
Langzeitparkplatz.

Ich näherte mich dem Kosmosviertel, einer Hochhauswohnsied-
lung aus DDR-Zeiten, die in den 1980er-Jahren gebaut worden war,
um die Angestellten der ostdeutschen Fluggesellschaft Interflug
unterzubringen. Heute hat das Viertel von allen Hochhauswohn-
silos am Stadtrand den denkbar schlechtesten Ruf. Vor ein paar
Jahren ist im *Spiegel* ein Artikel erschienen, der vor den Gefahren
der sozialen Segregation des Kosmosviertels warnte. Ein Ort der
sozialen Benachteiligung. Der hohen Kriminalitätsraten und des
Drogenmissbrauchs. Ein Problemviertel direkt am Rand der Stadt.
Ein Berliner *banlieue*. Wir nähern uns allen Orten mit der Last
dessen, was wir über sie wissen, und mir war der Ruf des Kosmosviertels wohl bewusst. Aber da war noch etwas anderes: Durch
diese Siedlung zu gehen fühlte sich tatsächlich anders an als meine
Spaziergänge durch vorherige ähnliche Siedlungen. Mir war unbe-
haglich zumute, mir war nur allzu klar, dass ich allein unterwegs
war und eine Kamera um den Hals hängen hatte. Hier war ich ein
Außenseiter, der die Regeln nicht kannte und der nicht wusste, wie
die Dinge zu laufen hatten.

Das Hauptproblem des Kosmosviertels fällt sofort ins Auge
und ist ganz offensichtlich die zunehmende Armut. Das ist in diesem Winkel der Außenbezirke nichts Neues und wird zunehmend
schlimmer, da Familien mit niedrigem Einkommen von den ständig
höheren Mieten immer mehr aus den Vierteln im Stadtzentrum vertrieben werden. Die Entwicklungen in einer Ecke der Stadt – sieht
man sie nun als Fortschritt an oder nicht – haben anderswo immer
einen Dominoeffekt. Ohnehin schon an den äußersten Rand der
Stadt gedrängt, ist das Kosmosviertel leicht zu ignorieren. Was aber
das Problem nicht löst. Die auf der Webseite des entsprechenden
Quartiersmanagements veröffentlichten Statistiken sprechen eine
deutliche Sprache:

Arbeitslosigkeit: 14,9 Prozent
(Berliner Durchschnitt: 7,4 Prozent)
Langzeitarbeitslosigkeit: 6 Prozent (2,4 Prozent)
Unterstützungsempfänger: 23,3 Prozent (12,2 Prozent)
Kinderarmutsrate: 56,16 Prozent (28,37 Prozent)

Die Häuser im Kosmosviertel waren abgewohnt, die freien Flächen zwischen ihnen eine Müllhalde für Glasscherben und anderen Abfall, der sich um die Überreste des alten Einkaufszentrums auftürmte. Hier trieben sich überwiegend junge Männer herum, Nichtsnutze, deren Körpersprache eine klare Botschaft aussandte: *Komm mir besser nicht zu nah.* Doch wieder war ich es, der den Ruf des Viertels mit sich schleppte, die Geschichten von Straßengangs, die um Reviere kämpfen, von Teenager-Schwangerschaften und rassistischer Gewalt, von körperlicher Einschüchterung und einem hohen Prozentsatz bei der Wahl extrem rechtsgerichteter Parteien. Ich beschleunigte meine Schritte und war erleichtert, als ich die Schönefelder Chaussee überquert hatte und im Landschaftspark Rudow-Altglienicke war.

An abrupte Wechsel war ich auf meinen Spaziergängen in den Außenbezirken von Berlin inzwischen gewöhnt: von der Vorstadt zu Hochhaussiedlungen, von landwirtschaftlich genutzten Feldern zu Randgebietsindustriekomplexen. Doch dieser Wechsel kam *sehr* abrupt. Der Park war über der neuen Autobahn gebaut worden, die man zum Flughafen hin verlängert hatte, und bildete so eine landschaftlich gestaltete Brücke vom Plattenbau des Kosmosviertels zum früheren Verlauf der Berliner Mauer, wo sie Ost- und West-Berlin voneinander trennte. Er erstreckt sich über das Gebiet des ehemaligen Todesstreifens und darüber hinaus und ist mit dürren Hänge-Birken bepflanzt; an einem ebenfalls neu angelegten Feuchtgebiet grasen seit einiger Zeit Wasserbüffel. Als mir plötzlich klar wurde, dass ich nun viel langsamer ging, wurde ich wütend. Ich hatte zugelassen, dass der Ruf des Viertels mich eingeschüchtert hatte, war hindurch geeilt, befangen und mir meines Status als Außenseiter nur allzu deutlich bewusst. Eine wirkliche Chance hatte ich dem Viertel nicht gegeben. Ich hatte es so schnell wie möglich wieder verlassen wollen – und an einem Ort Zuflucht gesucht, der einst als Todesstreifen bekannt war.

In den Jahren der Teilung verloren laut Dokumentationszentrum Berliner Mauer an der Bernauer Straße mindestens 140 Menschen ihr Leben an der innerdeutschen Grenze. Mindestens. Über die genaue Zahl wurde in den vergangenen Jahren viel diskutiert und gestritten. Was sich jedoch mit Sicherheit sagen lässt, ist, dass diese 140 Personen, deren Geschichten man im Dokumentationszentrum lesen und hören kann, alle aufgrund des Regimes zwischen 1961 und 1989 starben.

Auf Informationstafeln am Verlauf der früheren Grenze entlang ist neben allgemeineren Hinweisen jedes einzelne dieser Menschenleben dokumentiert – und die Schicksale bewegen mich jedes Mal, egal wie viele dieser Schilder ich lese. Die größte Gruppe ist die der 101 Menschen, die auf der Flucht erschossen wurden oder sich selbst das Leben nahmen. Weitere 30 Menschen wurden erschossen, ohne dass sie auch nur im Geringsten die Absicht gehabt hätten zu fliehen – sie waren nur zur falschen Zeit am falschen Ort. Acht weitere waren Grenzwachen; sie starben, als sie Dienst an der Mauer taten.

Der Berliner Mauerweg, der sich über rund 160 Kilometer durch die Stadt und entlang der alten Grenze zwischen West-Berlin und dem umgebenden Land erstreckt, ist einerseits eine dauerhafte Gedenkstätte, die an die Teilung der Stadt und an die Teilung Deutschlands erinnert, andererseits aber auch ein neuer öffentlicher Raum. Dort, wo Menschen auf ihrem Fluchtversuch aus der DDR einst erschossen wurden, trifft man sich heute zum gemeinsamen Grillen und für Karaoke-Partys. Es wird gelaufen, Rad gefahren oder geskatet, im August genießt man dort die Sommer-, im Februar die Wintersonne. Die Gründung des Berliner Mauerwegs als Treffpunkt für die Gemeinschaft ist nicht nur ein starkes Mahnmal an eine schmerzliche Vergangenheit, sondern durch das, was anstelle der

Mauer entstanden ist, auch ein sehr positives, zukunftsgerichtetes Statement. Während der meisten meiner restlichen Spaziergänge sollte ich immer wieder auf den Berliner Mauerweg treffen, von dem aus ich Abstecher zu den Stadtrandvierteln in seiner Nähe machte.

Im Augenblick folgte ich dem alten Kolonnenweg in Richtung Gropiusstadt. Einige der ehemaligen Grenzanlagen standen noch, etwa die Flutlichtmasten, die das Niemandsland zwischen innerer und äußerer Mauer in gleißendes Licht getaucht hatten, oder das Stück Land, das in den 1960er-Jahren für den Checkpoint Waltersdorfer Chaussee freigemacht worden war und auf dem sich nun ein Familienbauernhof, ein Blumenladen und ein von Gestrüpp überwuchertes Feld befanden. Das West-Berlin, an dem ich entlangging, hatte zum Zeitpunkt des Mauerbaus nicht viel anders ausgesehen. Der Teil von Rudow, der sich an die Mauer geschmiegt hatte, war damals ein Viertel voller Einfamilienhäuser und Schrebergärten gewesen und ist es heute noch. Nur etwas angebaut hatte man in der Zwischenzeit. Früher hatten die Gärten an der befestigten Grenze geendet, heute endeten sie an einem beliebten Wander- und Radweg. Was hier in den wärmeren Monaten des Jahres los war, konnte man unter anderem an der Anzahl der kleinen, privaten Unternehmen erkennen, die in den Gärten an diesem Teil des Berliner Mauerwegs entlang überall aus dem Boden geschossen waren. Honig und Holzscheite waren im Angebot. Eine Würstchenbude und ein improvisierter Biergarten. Frische Eier und hausgemachte Marmelade. Die meisten von ihnen waren an diesem Februarmorgen zwar geschlossen, doch hatte ich auf dem Weg reichlich Gesellschaft: Radfahrer, mittägliche Spaziergänger und – natürlich – Leute, die mit ihren Hunden Gassi gingen.

An einer Stelle war der Weg durch einen Metallzaun versperrt, der mich zu einem Umweg durch eine Gartenkolonie und Vorstadtstraßen zwang. Wie bei Waltersdorf am Tag zuvor war auch heute mein Ziel bereits sichtbar, lange bevor ich es erreicht hatte: Am Horizont türmten sich die Hochhäuser der Gropiusstadt immer eindrucksvoller auf. Und wie schon dem Kosmosviertel näherte ich mich auch dieser Siedlung – einer der West-Berliner Hochhaussiedlungen am Rand der Stadt – mit bestimmten Erwartungen, um nicht zu sagen Vorurteilen. Dieses Mal allerdings nicht aufgrund von Zeitschriftenartikeln oder offiziellen Statistiken, sondern aufgrund eines Buchs und eines Films, die beide etwa so alt sind wie ich und die fast vierzig Jahre nach ihrem Erscheinen den Ruf des Viertels immer noch prägen:

»Überall nur Pisse und Kacke.«

Wahrscheinlich würde der lokale Tourismusverband das als Werbeslogan ablehnen, doch haben die meisten Außenstehenden diese fünf Worte von Christiane F., mit denen sie das Viertel zusammenfasst, in dem sie aufgewachsen ist, gleich im Kopf, wenn sie an die Gropiusstadt denken. Ihr Buch, *Wir Kinder vom Bahnhof Zoo*, kam 1978 heraus und wurde 1981 für die Kinoleinwand adaptiert; es erzählt die Geschichte von Christianes Abstieg in die Drogenabhängigkeit und Prostitution. Mit dem Soundtrack von David Bowie, der auch selbst im Film mitspielt, wurde es zum Kultklassiker, zur wahren Geschichte der Schattenseite West-Berlins, dieses von einer Mauer umgebenen Leuchtturms des Kapitalismus.

Die Gropiusstadt ist fast genauso alt wie Christiane F. Die ersten Pläne lagen in den frühen 1960er-Jahren vor, der Grundstein wurde 1962, in Christianes Geburtsjahr, gelegt. Und ebenso wie Erich Honecker im Osten symbolisch den Bau der DDR-Großwohnsiedlungen begonnen hatte, war es auch der West-Berliner Bürgermeister Willy Brandt, der an diesem Novembertag im Jahr 1962 gemeinsam mit dem Architekten Walter Gropius die Dinge ins Rollen brachte. Die Siedlung ist zwar nach Gropius benannt – Willy Brandt bekommt den neuen Flughafen, sollte er denn je fertig werden –, wich aber bereits 1962 mit Beginn der Bauarbeiten von seinen Plänen ab.

Als Gropius vor der Aufgabe stand, eine Siedlung zu entwerfen, die der Wohnungsnot im Westen der Stadt entgegenwirken sollte, orientierte er sich an Arbeiten von Architekten wie Bruno Taut, der eine der großen modernen Wohnsiedlungen der 1920er-Jahre, die Hufeisensiedlung unweit der heutigen Gropiusstadt im Süden von Berlin, erbaut hatte. Gropius wollte diese Idee weiterentwickeln; so sollte beispielsweise kein Gebäude höher als fünf Stockwerke sein. Doch dann durchkreuzte die normative Kraft des Faktischen seinen Plan. Im August 1961 wurde die Mauer gebaut, die West-Berlin fortan auf allen Seiten umschloss. Es gab also keinerlei Platz mehr um auszuweichen. Und die Lösung für dieses Problem lag auf der Hand: Kannst du nicht in die Breite bauen, bau in die Höhe.

Als ich mich auf dem Berliner Mauerweg der Gropiusstadt näherte, ragten die Folgen dieser Planänderung mit jedem Schritt immer höher vor mir auf. Die Ansammlung von Hochhäusern bietet 37 000 Menschen ein Zuhause – ein urbanes Spektakel, innerstädtisches Wohnen direkt neben den offenen Feldern Brandenburgs. Als die ersten Wohnungen der Gropiusstadt zur Verfügung standen, ähnelte die Reaktion der Anwohner der der anderen Menschen, die in die übrigen Großwohnsiedlungen am Rand der Stadt zogen, sei es nun in Ost- oder West-Berlin. Die meisten kamen aus Mietskasernen aus dem 19. Jahrhundert; für sie stellten die neuen Häuser mit ihrer Nähe zum Stadtzentrum, der Zentralheizung, dem eigenen Badezimmer, den Aufzügen und den Grünflächen zwischen den Wohnblocks eine eindeutige Verbesserung dar. Wohnte man im 31. Stock des höchsten Wohnturms, wurde man mitsamt seinen Einkäufen von einem Aufzug bequem bis direkt vor die Wohnungstür gefahren – und musste keine Kohle mehr aus dem Keller heraufschleppen, um es im Winter warm zu haben.

In den 1970er-Jahren begannen sich jedoch einige der altbekannten Probleme zu zeigen. Drogen und Alkoholismus. Armut und Gleichgültigkeit. Überall nur Pisse und Kacke. Christiane F.s Äußerung wurde zum Synonym der Gropiusstadt. In den späten 1980er-Jahren war die Situation am Rand der Stadt so desolat geworden, dass der West-Berliner Senat die finanziellen Mittel für die umfassende Renovierung des Viertels bewilligte, doch wieder einmal funkte die Mauer dazwischen. Dieses Mal kam es zur Planänderung, weil die Mauer *fiel* und alle Mittel in die Wiedervereinigung der Stadt gesteckt wurden. Ende der 1990er-Jahre hatte die Gropiusstadt einen ähnlichen Ruf wie heute das Kosmosviertel, das nur wenige Kilometer entfernt im Osten auf der anderen Seite der ehemaligen Grenze liegt.

Zu den Feierlichkeiten anlässlich des fünfzigsten Geburtstags der Gropiusstadt im Jahr 2012 erzählten die zahlreichen Zeitschriftenartikel eine ganz andere Geschichte, auch wenn sie sich – genau wie ich – der Erwähnung der berühmtesten ehemaligen Anwohnerin nicht erwehren konnten. Die Bewohner der Gropiusstadt beklagten in Interviews den schlechten Ruf ihres Viertels – es gebe doch einiges, was das Leben in diesem Betondschungel lebenswert mache. Und mittlerweile schnitten auch die Statistiken etwa hinsichtlich der Arbeitslosigkeit oder der Kriminalitätsrate deutlich besser ab als die anderer, näher am Stadtzentrum gelegener Viertel. Doch wieder einmal galt, dass man einen schlechten Ruf nur schlecht wieder loswird. Wenn die Leute die Gropiusstadt nicht selbst besuchen und sie sich mit eigenen Augen ansehen, werden es weiterhin nur die Schlagzeilen und die lang zurückliegende Erinnerung an ein junges Mädchen aus dem Wohnsilo sein, die nachhallen.

Ich verließ den Berliner Mauerweg und betrat die Gropiusstadt. Trotz meiner vorherigen Erfahrungen im Kosmosviertel genoss ich die Spaziergänge durch die verschiedenen Stadtteile und die unterschiedlichen Seiten von Berlin, die sich mir am Rand der Stadt offenbarten. Deshalb machte ich die Spaziergänge ja überhaupt: um die Orte ohne die Geschwindigkeit der motorisierten Fortbewegung kennenzulernen.

Im Sonnenschein verlangsamte ich meine Schritte, hielt im Hof zweier der größten Gebäude an, setzte mich dort auf eine Bank und beobachtete, wie die Welt der Gropiusstadt an mir vorüber driftete. Über mir ragten die 31 Stockwerke des Wohnhochhauses Ideal auf, des höchsten Wohngebäudes von Berlin. Am Boden eine hübsche Parklandschaft mit Bäumen und gepflegten Spielplätzen. Ein Mann, etwa in meinem Alter, setzte sich neben mich, während sich seine kleine Tochter auf einem Laufdreirad durch die Gegend schob. Ich fragte ihn, ob er hier wohnte. Er nickte und fragte mich dasselbe.

Als ich sagte, dass ich im Wedding wohnte, verzog er das Gesicht, sagte aber nichts weiter.

Ob er die Gropiusstadt mochte?

Er zuckte mit den Achseln.

»Es ist ruhig hier«, erwiderte er. »Und nicht so dreckig wie im Zentrum.«

Er hatte recht. Auf meinem Weg zwischen den Hochhäusern hindurch zur U-Bahn-Station, dem Endpunkt meines heutigen Spaziergangs, wirkte die Gropiusstadt sauber, ordentlich und gepflegt. Im Gegensatz zum Kosmosviertel gab es hier kaum Vandalismus oder leer stehende Gebäude. Das auffällige Fehlen von Pisse und Kacke. Weder Verlassenheit noch Verzweiflung. Das Kosmosviertel hatte sich wie ein wahrer Randort angefühlt, verloren und vergessen. Die Gropiusstadt dagegen fühlte sich wie ein richtiger Ort an, der zwar sicherlich seine Probleme, aber auch seinen Stolz hatte.

Ich fuhr mit der U-Bahn zurück in die Stadt, nachdem ich zwei Tage lang diesseits und jenseits der Stadtgrenze unterwegs gewesen war. Als der Zug über die Gleise unter den Straßen von Berlin ratterte, dachte ich weiter über die Gegensätze der Außenbezirke nach. Über die Utopien neuer Wohnkonzepte, ihre Erfolge und Misserfolge. Über die neuen Heime, die auf dem sandigen Boden errichtet werden, und die bröckelnden, vergessenen Orte, von allen verlassen, die es sich auch nur im Mindesten leisten konnten. Über die Spuren der Geschichte, manchmal offen sichtbar und manchmal von Disteln und Unkraut überwuchert. Über den technischen Fortschritt, der die Landschaft, die Wirtschaft und die Gesellschaft als Ganzes formt und verändert, zum Besseren oder zum Schlechteren. Und über die Geschichte der Stadt, die in den Vierteln hier draußen erzählt wird, bei denen die meisten anderen Berliner Schwierigkeiten hätten, sie auf dem Stadtplan zu finden.

Die Erinnerung und die Zwischenstadt

Von Gropiusstadt nach Lichterfelde
27. Februar

GROPIUSSTADT

LICHTERFELDE

Grenzsiedlungen / Die Zwischenstadt / Tempohomes / Atomkraft?
Nein danke / Zuflucht am Stadtrand / Lilienthal hebt ab / Erinne-
rungen an Parks Range / Kirschblüte auf dem Todesstreifen

In den beiden Wochen, die seit meinem letzten Spaziergang vergangen waren, hatte sich die Atmosphäre in der Gropiusstadt verändert.
Ich brauchte einen Augenblick, um herauszufinden, was genau sich
verändert hatte. Lag es an der kümmerlich wirkenden Ansammlung
von Marktständen vor der U-Bahn-Station Lipschitzallee? An den
kleinen Trauben von Menschen, die der Markt angelockt hatte und
die um Tische voller Kunstledertaschen und Kunstlederschuhe herumstanden? Am Wind, der durch die Betonschluchten zwischen den
Wohnhochhäusern blies? Am Sonnenschein? Nein, es war der Geruch. Frühblüher und geschnittenes Gras. Die ersten Vorboten des
Frühlings. Die Luft, die um diese entscheidenden paar Grad wärmer
war. Einer der Markthändler zog seine dicke Jacke aus und hängte
sie über die Rückenlehne seines Klappstuhls. Der Winter zog sich
aus den Außenbezirken von Berlin zurück.

Ich konnte die ganze Lipschitzallee an den Hochhäusern vorbei bis zum Rand der Stadt hinunter blicken. Dort überquerte ich
die geteerte Fahrbahn und folgte einem kurzen Pfad durch den
schmalen Waldstreifen, der den Berliner Mauerweg säumt, bevor

der staubige Weg ein frisch gepflügtes Feld kreuzte. Der Pfad war von den flachen Furchen des Pflugs übersät, und trotz der höheren Temperaturen war der Boden noch gefroren. Die Fußabdrücke der Spaziergänger, die hier auf matschigerem Boden unterwegs gewesen waren, hatten sich tief in die Erde eingegraben. Der Untergrund war sandig. In südwestlicher Richtung schließt sich Spargelland an. Im Südosten: Gurken. Mein Spaziergang heute würde ganz in der Nähe des brandenburgischen Ortes Teltow enden, dem ein bestimmtes Wurzelgemüse seinen Namen verdankt: die Teltower Rübchen. Sie lieben diesen sandigen Boden. Den Sand muss man nur abbürsten und los geht's.

Der Pfad machte einen Rechtsbogen und verlief nun parallel zum Berliner Mauerweg, etwa einhundert Meter von diesem entfernt, zurück über das Feld. Die Gebäude auf der Stadtseite der Grenze begannen zu schrumpfen, während Gropiusstadt Buckow wich und aus der Großwohnsiedlung wieder die Vorstadt wurde. Vor mir war eine neue Ansammlung von Einfamilienhäusern gebaut worden, direkt am Rand von Brandenburg, auf dem Gelände, das einst der Grenzstreifen gewesen war. Gelb-pastellfarbene Häuser, seltsam gleichförmig, und doch in Schattierung, Ausstattung und Einrichtung jeweils etwas unterschiedlich. Das wandelnde Modell eines Architekten oder die wandelnde Reklametafel eines Bauunternehmers. Die neue Vorstadt, die sich an die Unterseite Berlins heftete wie eine Muschel an einen Schiffsrumpf. Als sich der Weg der Siedlung näherte, machte der Acker einem Stück gerodetem, brachliegendem und unbebautem Land Platz. Ein Miniatur-Randgebiet mit allem Drum und Dran, das automatisch dort entsteht, wo Raum noch unbeansprucht ist. Weder hier noch da. Illegal entsorgte Kühlschränke und andere Haushaltsgeräte. Der eingebrannte Kreis einer Feuerstelle. Leere Flaschen. Reifenabdrücke von Motocrossrädern.

Und ebenso abrupt, wie ich vom Feld auf dem Brachland gelandet war, landete ich nun vom Brachland auf Asphalt – dem Beginn der neuen Wohnsiedlung. Sie erschien mir wie eine überdimensionierte Playmobil-Vision vom Vorstadtwohnen. Lediglich die Nummernschilder an den Autos und die Sprache der Straßennamen – Lavendelring – ließen darauf schließen, wo ich mich befand. Hätte das auch der Stadtrand von Manchester sein können? Von San Diego? Möglich. Doch der nächste, ältere Straßenname stellte wieder einen Bezug zur geografischen Lage her. Ich weiß nicht genau, wie viele Straßen in Manchester oder San Diego nach Karl Liebknecht benannt sind – in den Städten der ehemaligen DDR gibt es jedenfalls auch heute noch zahlreiche von ihnen.

Am Rand der Siedlung wurde die Trennlinie zwischen Berlin und Brandenburg noch einmal deutlich sichtbar, dieses Mal mittels zweier Visionen vorstädtischen Wohnens, die sich einander zu beiden Seiten der ehemaligen Grenze gegenüberstanden. Es schien, als hätten sich die jeweiligen Behörden zusammengesetzt, um die Entwicklung und die Verbindung der beiden Gemeinden zu diskutieren, und wären sich dennoch nicht einig geworden. So liefen zwei Straßen nebeneinander her, durch nichts anderes als einen Bordstein voneinander getrennt. Die in Berlin war alt und voller Schlaglöcher. Die in Brandenburg war nigelnagelneu. In der Stadt eine Ansammlung von Einfamilienhäusern aus der Mitte des 20. Jahrhunderts, Gärten und Anbauschuppen. Über die beiden Straßen die adretten Pastellhäuser der neuen Vorstadt. Grenzen können immer noch eine Rolle spielen, auch wenn Beton und Stacheldraht seit drei Jahrzehnten nur noch Erinnerung sind.

Die Stadtteile im Süden von Berlin waren wie viele der anderen Orte in den Außenbezirken einmal eigenständige Dörfer gewesen. Dann waren sie zunächst verwaltungsmäßig geschluckt worden, überwiegend im Zuge der Eingemeindungen des Groß-Berlin-Gesetzes von 1920. Anschließend war man ihnen auch physisch zu Leibe gerückt: mit Wohnprojekten und Vorstadtstraßen, mit Leichtindustrie und Geschäften. Südlich von Berlin waren dies die Spaziergänge, bei denen mir am meisten der Gedanke an Thomas Sieverts »Zwischenstadt« kam.

Die Entwicklung der Zwischenstadt, des Ortes, der eindeutig weder wirklich Stadt noch wirklich Land ist, begann mit der Eisenbahn, die sich strahlenförmig vom Stadtzentrum aus ausbreitete. Doch erst das Auto ermöglichte es, die Lücken dazwischen zu füllen. Diese Orte der Einfamilienhäuser und der Leichtindustrie, der Lagerhallen und Krankenhäuser, der Gärten und Supermärkte, sind schwer zu definieren, und dennoch gibt es sie überall auf der Welt. Sievert schreibt, sie würden oft als Leerstellen angesehen. Nicht als Orte der Hoch- oder der Massenkultur. Auch nicht als Orte der Natur oder als Orte natürlicher Schönheit.

Und doch zeugte die Siedlung am äußersten Rand von Berlin, durch die ich an diesem Morgen ging, von der Anziehungskraft der Zwischenstadt. Vor allem in Westeuropa, wo sich die Wirtschaft in den Städten konzentriert und es immer schwieriger wird, bezahlbaren Wohnraum zu finden, hat, insbesondere seit dem Ende des Zweiten Weltkriegs, eine Bewegung zum Rand hin stattgefunden. Mit der Zeit folgen dann meist Dienstleister, Unternehmen und sogar Industrie. An manchen Stellen, etwa im Ruhrgebiet in Nordrhein-Westfalen, befreit sich die Zwischenlandschaft von den Städten, denen sie ursprünglich zugeordnet war. Autonomie. Die Randgebiete im Süden Berlins haben diesen kritischen Punkt noch nicht erreicht. Hier zieht die Schwerkraft noch immer nach Norden, hinter den Horizont. An klaren Tagen blinkt der Fernsehturm in der Sonne.

Die baumbestandenen, hübschen Straßen, durch die ich den Großteil des Tages über spazierte, stehen für viele als Symbol für die erstickende Langeweile und den Konformismus der Vorstadt, haben aber dennoch ihren Reiz. In seinem Buch *Zwischenstadt* spielt Sieverts auf das, was er nach dem Gedicht »Das Ideal« des Berliner Schriftstellers »Prinzip Tucholsky« nennt, an:

»Ja, das möchste / Eine Villa im Grünen mit großer Terrasse, / vorn die Ostsee, hinten die Friedrichstraße ...«

Das Beste aus beiden Welten. Das war schon immer die treibende Kraft hinter der Flucht zum Stadtrand, seit dem Moment, in dem die Eisenbahn es möglich machte, bequem ins Stadtzentrum und wieder heraus zu fahren. Die treibende Kraft der Villenkolonialisten und Gartenstadtträumer. Und heute motiviert sie die Siedler, die auf den sandigen Boden der brandenburgischen Felder setzen.

⚐

In Buckow wich die Vorstadt verwilderten Ecken, die scheinbar niemandem gehörten und deshalb inoffiziell allen: Sie waren kreuz und quer von den Trampelpfaden der Läufer und Hundebesitzer durchzogen, unter den Ästen und Zweigen noch nackter Bäume sprossen die ersten violetten Krokusse und Schneeglöckchen. An einer Straße, die von geparkten Wohnwagen und Anhängern gesäumt war, stand neben einer Reitschule eine Feuerwache. Neben einem Billig-Supermarkt ein Paketauslieferungslager und daneben ein Schreibwaren- und Zeitschriftenhändler. Abholgroßmärkte und Gartencenter mit ihren Stapeln von Holzpaletten und Einkaufswagen, beladen mit Säcken voller Erde für den Schrebergarten. Werbeschilder warben für Joghurt und gleichzeitig für die Möglichkeit, auf ihnen zu werben: HIER KÖNNTE IHRE WERBUNG STEHEN. Vor der Autowaschanlage waren Autos hintereinander aufgereiht und warteten darauf, den Dreck vom Wochenende von der Windschutzscheibe und den Felgen gespült zu bekommen. Nebenan wartete eine weitere Autoschlange darauf, durch das Fenster eines Drive-in-Schalters eimerweise Hühnerbeine kaufen zu können. Hier unten, im tiefen Süden, gab es ein Land, dessen Einwohner ihre Autos ebenso sehr liebten, wie die Amerikaner es taten. Hier wimmelt es nur so von Ausstellungsräumen, Tankstellen und Reifenhändlern.

Straßen formten die Zwischenstadt. Ein weiteres Merkmal der Außenbezirke und insbesondere der *edgelands*, die man dort finden kann, sind Container. Paul Farley und Michael Symmons Roberts gehen sogar so weit zu behaupten, die »Container machten die Edgelands«. Vom Hafen zu Containerdepots zur Ladefläche von Lastern zu unserem Heim. Und so sind nicht nur die großen Häfen von Rotterdam und Hamburg der natürliche Lebensraum von Containern, sondern auch die Außenbezirke. Sie haben oft auch ein zweites Leben, jenseits des Transports von Gütern und ihrer

Funktion in der modernen, globalen Wirtschaft. In Berlin gibt es eine Kunstgalerie und einen Performance-Raum, der aus aufeinandergestapelten und in Tarnfarben gestrichenen Containern besteht. Studentenwohnheime wurde aus ihnen gebaut. Einer meiner Freunde hat einen gemietet und auf einem gebührenfreien Parkplatz am Stadtrand neben Wohnwagen und Streetfoodtrucks außer Dienst abgestellt. Er nutzt ihn als preiswerten Lagerraum. Und immer öfter sieht man am Stadtrand von Berlin weiß gestrichene Container, die als »Tempohomes« – vorübergehende Unterkünfte – für Flüchtlinge dienen.

In den Jahren 2015 und 2016 kam mehr als eine Million Flüchtlinge in Deutschland an, im März 2017 lebten rund 16 000 von ihnen immer noch in Notunterkünften in Berlin. Zu diesen Notunterkünften gehörten Turnhallen, abrissreife Schulgebäude und der frühere Flughafen Tempelhof. Die Verhältnisse waren beengt, Familien waren getrennt worden, Privatsphäre gab es kaum. Eine der Lösungen für dieses Problem bestand in den Tempohomes, den Containern, die man zu ganzen Dörfern zusammengeschlossen auf verfügbarem Land aufstellte, meist am äußersten Rand der Stadt. In Buckow leuchtete mir das Containerdorf in strahlendem Weiß über die Felder am Berliner Mauerweg entgegen – es waren die letzten Gebäude, die sich gerade noch innerhalb der Stadtgrenzen befanden. Sie waren vor Kurzem für etwa 500 Bewohner geöffnet worden, und obwohl hier und dort noch Bauarbeiten stattfanden, waren vor den Vordertüren der kleinen Wohneinheiten hin und wieder Fahrräder geparkt, und ein paar Jungs saßen auf Plastikstühlen in der Sonne und vertrieben sich die Zeit.

Die Einheiten waren so gestaltet, dass die Bewohner mehr Privatsphäre hatten und ihnen außerdem Fitnessräume, Fernsehräume und andere Gemeinschaftseinrichtungen zur Verfügung standen. Doch es waren immer noch Container, und die Bezeichnung »Tempohomes« legte nahe, dass damit das Problem noch lange nicht endgültig gelöst war. Auf der anderen Seite des Zauns wartete eine Gruppe von Kindern aus der Schule gegenüber auf den Bus und achtete nicht auf das Containerdorf hinter sich. Es war zwar erst seit ein paar Wochen geöffnet, gehörte aber ganz offensichtlich schon zur Landschaft. Es war normal, Alltag.

ｘ

Das Containerdorf war etwas Neues, etwas, das mit der spezifischen Situation Berlins im zweiten Jahrzehnt des 21. Jahrhunderts zu tun hatte, doch der Rest meines Spaziergangs wurzelte woanders – zwar im selben Ort, aber in einer anderen Zeit. Für mich sind die südlichen Viertel Berlins zeitlos mit dem West-Berlin der geteilten Stadt verbunden. Diesen Ort habe ich nie persönlich kennengelernt, und dennoch hat er von meiner Fantasie Besitz ergriffen. Als ich in Berlin ankam, im Winter 2001/2002, wohnte ich eine Zeit lang in der Nähe des Botanischen Gartens und fuhr mit der S-Bahn nach Mitte zur Arbeit. War ich spätabends noch im Zentrum, nahm ich den Nachtbus nach Hause, der sich durch die Straßen der südlichen Vorstadt schlängelte, als wollte er mir, müde, wie ich war, etwas über die Geografie des Ortes beibringen.

Die Viertel Steglitz und Zehlendorf, Friedenau und Lichterfelde wirkten damals unveränderlich und beständig, auf eine Weise, wie es die Bezirke im Zentrum der Stadt, vor allem Berlin-Mitte, Prenzlauer Berg und Friedrichshain, ganz sicher nicht taten. Letztere verwandelten sich von den kohlebeheizten, unkonventionellen Mietskasernen der DDR und den wilden Neunzigern nach der Wiedervereinigung in die gentrifizierten Viertel, die sie heute sind, während Erstere ihr West-Berliner Antlitz behielten. Und das konnte man heute noch sehen, wie ich auf meinem Weg von Gropiusstadt nach Lichterfelde feststellte.

Etwa in der Mischung aus wilhelminischen Villen, modernistischen Doppelhaushälften aus der Nachkriegszeit und Mietshäusern. Oder in den Neon-Leuchtreklamen für Eisdielen und Blumenläden. In der Schriftart der U-Bahn-Schilder. In der Architektur der Karstadt-Kaufhäuser und des Europa-Centers in Charlottenburg. Im Erbe des amerikanischen Sektors, in dem Schulen die Namen amerikanischer Präsidenten und Straßen die Namen amerikanischer

Fußabdrücke am Rand der Stadt

Jägerhochsitz

Straßenbrunnen und Telefonzelle in Alt-Lübars

Heidekrautbahn

Innenhof eines Plattenbaus

Erstes befreites Haus »Sieg nach Berlin«

Auf dem Weg nach Köpenick

Amtsgerichtsgefängnis – Schauplatz der Köpenicker Blutwoche

Müggelsee

Kein Fernsehen mehr

Blick auf die weißen Hochhäuser

Caravan of Love

Privatgrundstück

Checkpoint Bravo (West)

Checkpoint Bravo (Ost)

Aussicht auf Griebnitzsee

S-Bhf Wannsee

Konsum

Haus der Wannsee-Konferenz

Jaczoturm

Ehemalige Grenze

Hotel Benn

Frühling im Wald

Kiefern

Generäle trugen, die die Rosinenbomber während der Berliner Luftbrücke befehligt hatten. Im Wirtschaftswunder und in der undankbaren Generation von Mittelklasse-Vorstadtkindern, die als Achtundsechziger Steine nach Polizisten und dem Schah von Persien warfen. Im heruntergekommenen, alten Volvo des Erdkundelehrers mit seinem Aufkleber an der Heckscheibe:

Atomkraft? Nein danke

In den Achtzigern hatten wir den gleichen Aufkleber am Heck des Familienautos. Vielleicht fühlte ich mich deshalb im Viertel des Botanischen Gartens so zu Hause. Und vielleicht zog ich deshalb nach acht Monaten nach Norden in den Stadtteil Prenzlauer Berg, wo sich Berlin ganz wunderbar anders anfühlte als das, was ich in England hinter mir gelassen hatte. Jetzt aber spürte ich bei meiner Rückkehr in diese südlichen Viertel eine warme Nostalgie – nicht nur für den Ort meiner ersten Monate in dieser Stadt, sondern auch für den, der vorher existiert hatte, den ich nie kennengelernt hatte und den es wahrscheinlich nur noch in meinem Kopf und in meiner überreizten Fantasie gab. Allmählich forderten die langen Spaziergänge ihren Tribut.

Ein weiterer Wechsel. Von West-Berlin über ein Automatenspielcasino und eine Motorradwerkstatt zu einer kopfsteingepflasterten Dorfstraße mit Vierseithöfen, den Toren eines Gutshofs und niedrigen Bauernhäusern mit Giebeldächern. Vom 20. Jahrhundert über die *edgelands* des 21. zum 18. – und das alles schlicht durch das Überqueren einer Straße. Er war verwirrend, dieser Wechsel, führte er mich doch zurück zu einer Zeit, in der dies kein Außenbezirk von Berlin, sondern das ländliche Brandenburg gewesen war. Ein Traktor rollte aus der Einfahrt eines Hofs heraus. Wo war das Feld, zu dem er unterwegs war? Jenseits der Gewerbegebiete, der Vorstadthäuser und des Containerdorfs hinter mir? Vor der Dorfkneipe stellte der Wirt gerade eine Tafel auf, die ein Sonderangebot für ein Herrengedeck bewarb. Über dem Fenster hing eine deutsche Flagge, von der Sonne gebleicht und ausgefranst. Aus Schwarz ward Grau, aus Rot Rosa und aus Gold ein zartes Pastellgelb. Sie hing dort seit der letzten Fußball-Europameisterschaft oder hatte vielleicht auch schon viel länger dort gehangen, vielleicht seit der letzten, triumphalen Weltmeisterschaft. Im alten Dorfkern von Marienfelde dauerte es eine Weile, bis sich etwas veränderte, so viel war klar.

Der Bolzplatz, auf dem junge Marienfeldener vom Maracanã-Stadion – oder der Allianz Arena – träumten, lag der alten Kirche auf der anderen Seite der kopfsteingepflasterten Straße gegenüber. Heute wurde hier nicht gespielt. Ich folgte dem Weg, der am Platz entlang verlief, durch ein kleines Wäldchen und an einer moderneren Sportanlage mit Kunstrasenplatz und Laufbahn vorbei. Im Norden des alten Dorfkerns war Marienfelde wieder ein Mischmasch aus wilhelminischen Villen und dem Vorstadt-West-Berlin der Nachkriegszeit. Zwei Jungs fuhren auf Fahrrädern an mir vorbei. In einem Vorgarten warf ein junges Mädchen einen Basketball mit Drall und in elegantem Bogen in den Korb über dem Garagentor. Ein Mann streute Salz auf dem Gehweg, offenbar davon überzeugt, dass die Schönwetterperiode nicht anhalten und der Winter sich noch ein letztes Mal mit all seiner eisigen Kraft aufbäumen würde, bevor er vor dem Frühling kapitulierte.

Ich war nun im Zentrum des modernen Teils von Marienfelde, nördlich des historischen Dorfes; das Notaufnahmelager Marienfelde hatte mich hierher geführt. Es lag an der Hauptstraße, die den Bezirk durchschneidet und vom Stadtzentrum an den Rand von Berlin führt. Dieses Lager war nicht gebaut worden, um Flüchtlinge aus jüngerer Zeit aufzunehmen – es war bereits 1953 entstanden, vier Jahre nach der Teilung Deutschlands, die mit der Besatzung begonnen hatte und durch die Gründung zweier deutscher Staaten offiziell gemacht wurde. In den ersten 40 Jahren seines Bestehens war der Zweck des Notaufnahmelagers Marienfelde gewesen, die »Ossis« aufzunehmen, die gern »Wessis« werden wollten, also Flüchtlinge aus dem Osten, die zumindest bis 1961 die offene Grenze nutzten, um dem sozialistischen System der DDR ein für alle Mal den Rücken zu kehren. Zwischen 1949 und dem Fall der Berliner Mauer stimmten rund vier Millionen Ostdeutsche im wahrsten Sinne des Wortes mit den Füßen ab. Schätzungsweise 1,35 Millionen von ihnen wurden durch Marienfelde geschleust.

Ein Museum vor Ort erzählt die Geschichte des Lagers, etwa davon, wie die Aufnahme der »Republikflüchtlinge« durch die Tatsache erschwert wurde, dass einzelne von ihnen nicht nur von den West-Berliner Behörden und denen der Bundesrepublik überprüft werden mussten, sondern auch von den Geheimdiensten Frankreichs, Großbritanniens und der Vereinigten Staaten. Vor allem in den 1950er-Jahren, bevor der Bau der Mauer den Flüchtlingsstrom beinahe bis zum Versickern eindämmte, war das Aufkommen an Menschen so groß, dass Einzelpersonen und ganze Familien monatelang in dem Lager leben mussten, bevor sie ihr neues Leben in Bayern, Hessen oder dem Rheinland beginnen durften. Die DDR erklärte Marienfelde zum »feindlichen Objekt« und infiltrierte es mit Stasi-Spitzeln. Später passierten rund 33 000 Ostdeutsche das Auffanglager, für deren Freiheit die Regierung der Bundesrepublik mit harter Währung bezahlt hatte.

Heute ist Marienfelde ein seltsamer Ort, da sich das Lager nach wie vor in Betrieb befindet und gleichzeitig ein Museum sowie eine Gedenkstätte beherbergt. Momentan leben dort etwa 500 Menschen in Ein- bis Drei-Zimmer-Wohnungen, grob die Hälfte von ihnen ist unter 18. Als ich da stand, um ein Foto von einer Skulptur auf dem Gelände zu machen – ein einsamer Koffer vor einer Schwarz-Weiß-Fotografie geduldig Schlange stehender Ostdeutscher –, kam eine Familie mit orangefarbenen Einkaufstüten voller Brot, Obst und anderer Lebensmittel an mir vorbei. Nach 1990 wurde aus dem Notaufnahmelager Marienfelde die »Zentrale Aufnahmestelle des Landes Berlin für Aussiedler« (ZAB), die Anlaufstelle für deutsche Volkszugehörige überwiegend aus der ehemaligen Sowjetunion. Seit 2010 befinden sich dort Unterkünfte für Asylsuchende aus Syrien, Serbien, Afghanistan, Iran, Irak und Somalia, deren Aufenthaltsdauer bis zu einem Jahr betragen kann, während über ihr weiteres Schicksal entschieden wird. In diesem Status-Schwebezustand leben die Asylbewerber von 220 Euro im Monat.

All diese Schicksale und all diese Reisen. An einer Mauer des Museums steht ein Zitat von einer Frau Ebert, Jahrgang 1942, die 1984 in dem Lager gelebt hat:

Man hatte sein Ziel erreicht, man war ja in West-Berlin. Man hatte hier in Marienfelde viel zu tun, aber dann kamen natürlich auch wieder die Gedanken: Wie geht es jetzt weiter?[19]

Die Frage, so schien es mir, als ich zu einem Mann mittleren Alters auf einem Balkon im dritten Stock hinaufsah und wir uns gegenseitig anlächelten, stellte sich ihm ebenso wie Frau Ebert, den Bewohnern von Marienfelde und denen des weiß gestrichenen Tempohome-Containerdorfs von vorhin. Diese Unterkünfte waren ebenfalls eine Zwischenstadt, ihre Bewohner nicht mehr *dort,* aber auch noch nicht *hier.*

Erinnerung. Das Auffanglager Marienfelde ist noch immer in Gebrauch, allerdings zieht sein zweiter Zweck als Museum und Gedenkstätte einen kleinen, aber stetigen Strom von Besuchern an den südlichen Stadtrand von Berlin, die die Geschichte dieses Ortes hören wollen. Später an diesem Abend forschte ich auf Tripadvisor nach, welches die beliebtesten Touristenattraktionen der Stadt sind. Vier der ersten zehn waren Gedenkstätten wie Marienfelde: die Gedenkstätte Berliner Mauer an der Bernauer Straße; das Denkmal für die ermordeten Juden Europas, kurz Holocaust-Mahnmal; die Topographie des Terrors; und die Gedenkstätte Berlin-Hohenschönhausen, die ehemalige zentrale Untersuchungshaftanstalt der Stasi. Natürlich war ich hier in Berlin, einer Stadt, in der es an jeder Ecke, sei es nun im Zentrum oder in den Außenbezirken, ein Denkmal gibt. In der David Bowie gelebt hat. In der Rosa Luxemburgs lebloser Körper in den Landwehrkanal geworfen worden war. In der Berliner Juden auf Züge in Richtung Vernichtungslager geladen worden waren ... Auf meinen bisherigen Spaziergängen war ich an vielen Gedenkstätten vorbeigekommen, vom Internierungslager in Marzahn bis zum einsamen Koffer in Marienfelde.

Weitere sollten folgen, und bei jeder Gedenkstätte, an der ich vorbeikam, musste ich nicht nur über die spezielle Geschichte nachdenken, an die sie erinnerte, sondern auch über die Natur solcher Orte im Allgemeinen. Was hat es zu bedeuten, wenn aus einer Gedenkstätte eine Touristenattraktion wird? Wenn Leute Selfies am Holocaust-Mahnmal machen oder Yoga-Posen zwischen den Stelen einnehmen? Das war ganz offensichtlich geschmacklos, Abhaktourismus von seiner schlimmsten Seite, und doch erinnerten mich Orte wie Marienfelde wieder einmal an die Macht des Gedenkens, als Orte der Information und der Bildung, ob nun für Einheimische oder Fremde oder Menschen irgendwo dazwischen. So ermöglichen Gedenkstätten eine Art Dialog zwischen Vergangenheit und Zukunft.

Bei seinen Besuchen in Ypern und der Schlachtfelder des Ersten Weltkriegs, kurz nachdem die Waffen zu schweigen begonnen hatten, waren dem österreichischen Schriftsteller Stefan Zweig die Reisegruppen und der Wirtschaftszweig, der aus ihnen erwachsen war, sicherlich auch zuwider, und dennoch:

»[E]s ist gut, daß an einigen Stellen dieser Welt noch ein paar grauenhaft sichtbare Zeichen des großen Verbrechens übrig sind.«[20]

Irgendwann einmal, wenn weitere große Verbrechen verübt werden, wird uns vielleicht jemand an Hegel und seinen Ausspruch über die Geschichte erinnern, aus der wir lernen können, dass wir aus ihr nichts gelernt haben. Aber vielleicht helfen uns Gedenkstätten ja auch dabei, Hegel das Gegenteil zu beweisen. Der Mann, der sich jetzt über das Geländer des Balkons lehnte, und ich sahen uns erneut an. Ich musste weiter. Aus einem Impuls heraus winkte ich ihm zu, vor dieser Gedenkstätte, die im Augenblick sein Zuhause war. Er nickte und sah mir nach, als ich die Straße entlang zurückging, noch einmal dem Rand der Stadt entgegen.

Ich ging von Marienfelde nach Lichterfelde. In diesem Stadtteil hatten früher die Preußen ihr Militär ausgebildet und die Amerikaner ihre Soldaten in Baracken untergebracht; hier war die erste elektrische Straßenbahn von Berlin in Betrieb genommen worden, hier war ich in meinen ersten Monaten in der Stadt stets einkaufen gewesen. Und es war ebenfalls hier, an der Stelle, an der sich heute ein kleiner Park befindet, wo der Luftfahrtpionier Otto Lilienthal seine Gleitflugzeugexperimente durchgeführt hatte, die sich für die Entwicklung der Luftfahrt als so fundamental erweisen sollten.

Dafür hat Lilienthal in Lichterfelde einen kegelförmigen Hügel angelegt, der sich 15 Meter über ein kleines Zierwasserbecken erhebt und von einer Art Scheibe gekrönt wird. Von unten und als Silhouette vor der Nachmittagssonne sah das Ganze aus wie der Landeplatz eines Ufos. Um das Wasserbecken herum saßen Pärchen auf Bänken und genossen die Wärme des Vorfrühlings. Power-Walker drehten entschlossene Runden im Park. Ich ging die wenigen Stufen zur Gedenkstätte auf dem Hügel hinauf.

Von dort oben hatte ich einen weiten Blick über das Viertel und darüber hinaus, an den Einfamilienhäusern und ihren Gärten vorbei bis zu den Hochhäusern der Gropiusstadt in der Ferne, wo ich meinen heutigen Spaziergang begonnen hatte. Bevor Lilienthal den Hügel als Testgelände für seine Gleiter hatte aufschütten lassen, hatte er natürliche Erhebungen in Potsdam, Steglitz, Rhinow und Stölln genutzt, doch keine davon war für seine Zwecke hoch genug gewesen, auch dann nicht, als er ihnen noch hölzerne Aufsätze verpasst hatte. Er brauchte einen eigenen »Fliegerberg« – und so baute er sich einen.

Lilienthals Flugexperimente übten einen enormen Einfluss auf zukünftige Pioniere der Luftfahrt wie beispielsweise die Brüder Wright aus, die ihn zu Lebzeiten zur Legende machten. Am Fuß des Fliegerbergs in Lichterfelde versammelten sich wahre Menschenmassen, um ihm bei seinen Gleitflugversuchen zuzusehen. Doch leider war Lilienthals Ruhm nicht von Dauer – ebenso wenig wie das Leben des Visionärs selbst. Nach seiner Rückkehr nach Rhinow im Jahr 1896 unternahm er zwar noch einige erfolgreiche Versuche, bei denen er auch spektakuläre Höhen erreichte, danach aber ließ ihn das Glück im Stich. Bei einem Absturz mit seinem Gleitflugzeug zog sich der 48-Jährige eine Fraktur der Halswirbelsäule zu, an der er einen Tag später starb. 1932 wurde der Fliegerberg in Lichterfelde in eine dauerhafte Gedenkstätte für Otto Lilienthal umgewandelt. Während ich mich umschaute, konnte ich mir sehr gut vorstellen, wie er einst dort gestanden hatte, bereit zum Abheben, mit nichts als dem nackten Glauben an seine Forschungen und an die auf wissenschaftlichen Fakten beruhende Überzeugung, dass sein Gleiter funktionieren würde.

Wieder unten bewarfen sich ein paar Kinder auf einem Spielplatz mit altem Laub, als ich an ihm vorüberging. An die Kletterwand hatte jemand etwas gesprüht:

I AM THE LIZARD KING

Jim Morrisons Geist lebte in Lichterfelde fort.

Doch es gab noch mehr Geister, nicht nur die von Lilienthal und dem Lizard King. Ich befand mich nun wieder auf dem Berliner Mauerweg und ging zwischen den noch unbelaubten Bäumen des Osdorfer Wäldchens hindurch, bis ich plötzlich vor einem hohen Zaun mit aufgepflanztem Stacheldraht stand. Dahinter behinderten Sandböschungen mir die Sicht auf einen weiten, offenen, von Bäumen gesäumten Platz. Schilder warnten mich davor, dass dies Privatgelände sei. Löcher im Zaun waren in doppelter Dicke repariert worden. Die einzige Bewegung, die ich auf der anderen Seite des Zauns wahrnehmen konnte, war die einiger wunderschöner, rotbrauner Pferde, die in der Mitte des freien Platzes grasten.

Ich zog mein Smartphone aus der Tasche und lud die Karten-App. Ein dreieckiges Stück Land, das auf zwei Seiten an den Berliner Stadtrand und den Mauerweg grenzte, in neutralem Beige gehalten: Nutzung unbekannt oder nicht registriert. Um einen zentralen Knotenpunkt herum durchzogen mehrere Straßen und Fußwege das eingezäunte Stück Land. Ich wechselte zur Satellitenansicht und zoomte das Bild größer – als könnte ich mich selbst sehen, wie ich da vor dem Zaun zwischen den Bäumen stand.

Die Straßen und Wege waren asphaltiert. Ich konnte die Umrisse von Gebäuden oder zumindest Fundamenten erkennen. Die Grundmauern von Gebäuden, die einmal dort gestanden hatten. Was ich da durch den Zaun und via Smartphone von oben sah, war Privatbesitz, der einmal ein Dorf gewesen war. Ein hinter Toren und Warnschildern verstecktes Dorf, erbaut zu einem einzigen Zweck: um amerikanische Soldaten auf den Häuserkampf vorzubereiten, sollte der Kalte Krieg, der Berlin, Deutschland und Europa teilte, sich plötzlich doch noch in einen heißen verwandeln.

Ebenso wie das Notaufnahmelager Marienfelde ist auch der Truppenübungsplatz Parks Range 1953 gegründet worden. Im Herzen des Komplexes befand sich die von den Soldaten so genannte Doughboy City, eine Geisterstadt mit Attrappen-U-Bahn-Station, Attrappen-U-Bahn-Wagen, Attrappenkirche, Attrappenrathaus sowie Attrappenstraßen mit Attrappennamen und Attrappenbushaltestellen. Leere Fahrzeuge vervollständigten das surreale Bild. Es muss seltsam gewesen sein für die ostdeutschen Grenzwachen, die nur wenige Meter entfernt ihren Dienst taten, die Scheinkämpfe mit anzuhören, die Tag und Nacht stattfanden. Ich versuchte, mir das vorzustellen, dort, im ehemaligen Sicherheitsstreifen der Berliner Mauer. Das Geräusch abgefeuerter Platzpatronen und aufheulender Panzermotoren, das man noch acht Kilometer weiter hören konnte. Der breite Slang des amerikanischen Mittleren Westens, der über den Todesstreifen bis ins ländliche Ostdeutschland dahinter hallte. Alles, was ich im Augenblick hören konnte, waren Vögel und das tiefe Brummen eines Traktors, der irgendwo außerhalb meiner Sicht die Felder bearbeitete. Es gibt zwar zaghafte Pläne, das Gelände in ein Naturschutzgebiet zu verwandeln, doch wirklich Bewegung ist in diese Pläne noch nicht gekommen: eine verneinende Verbeugung vor der Vergangenheit und dem, was einst hier stand. Einige Orte von historischer Bedeutung bekommen ihre Denkmäler, ihre Gedenkstätten, die zu Touristenattraktionen werden, während wir uns an das, was war, erinnern. Andere dürfen verblassen, bis sie nur noch ein leerer grauer Fleck auf der Karte sind.

Am 31. Dezember 1989 erlebte die Stadt Berlin, die nun nicht gerade berühmt für ihre langweiligen Jahreswechsel wäre, eine wahrhaft denkwürdige Silvesterparty. Am 9. November war die Mauer »gefallen«, und wenige Wochen später trafen feierwillige Berliner aus Ost und West aufeinander und tanzten auf den Überresten des

verhassten Baus vor dem Brandenburger Tor, wie sie es in dieser berühmten Nacht etwa einen Monat zuvor bereits getan hatten.

Die Bilder davon gingen um die Welt: ein Symbol der Hoffnung und der Zuversicht, sowohl hinsichtlich der Möglichkeit der Veränderung als auch der potenziellen Zukunft eines neuen Jahrzehnts. Der japanische Fernsehsender TV Asahi bat seine Zuschauer um Spenden für ein Geschenk, das er der Bevölkerung von Berlin machen wollte. Mehr als eine Millionen Dollar kamen zusammen, die man in den Kauf von Bäumen steckte. 9 000 Bäume, um genau zu sein, die fortan den einstigen Verlauf der Berliner Mauer säumen sollten. Eine der größten dieser Anpflanzungen befindet sich in Lichterfelde, auf dem Streifen neben dem alten Parks Range, und so bietet der Berliner Mauerweg jedes Jahr im Frühjahr ein paar Wochen lang seine ganz eigene Version des *Hanami*. Dann nämlich taucht die Kirschblüte das ehemalige Patrouillengelände der Grenzwachen in ein Meer aus Farben.

Das ist vielleicht meine liebste Gedenkstätte der vielen am Berliner Mauerweg, wenn Gedenkstätte überhaupt das richtige Wort dafür ist. Wir haben unsere eigene kleine Ansammlung der aus Japan gespendeten Bäume, unweit unseres Hauses in der Bornholmer Straße, an der der erste Checkpoint in dieser ereignisreichen Novembernacht geöffnet wurde. Die zarten Blüten jedes Jahr aufs Neue bewundern zu dürfen ist für mich zu einer Art Signifikant geworden – nicht nur der Geschichte, sondern auch der Gegenwart. Wir haben einen weiteren Berliner Winter überlebt. Zeigen sich die ersten rosafarbenen und weißen Blütenblätter, können wir unsere dicken Jacken zu Hause lassen und uns auf den ersten Kaffee auf der Außenterrasse eines Cafés oder das erste kühle Bier im Prater Garten freuen.

Doch einmal kurz nicht aufgepasst, und schon hat man es verpasst – was uns hin und wieder passiert. Wir gehen unserer Alltagsroutine nach: Arbeiten, Fahrten zur Schule, Samstagvormittage im Supermarkt. Dann postet jemand einen Kommentar oder ein Bild in den sozialen Netzwerken – die Kirschbaumblüten von der Straßenbahn aus oder am Ende der Straße. Wir nehmen uns vor, sie uns morgen auch anzusehen, doch schon bricht der Alltag über uns herein. Und wenn wir es dann endlich in die Bornholmer Straße geschafft haben, sind wir manchmal zu spät.

Die Kirschblüte zu verpassen, macht mich immer ein wenig traurig und mir nur allzu deutlich bewusst, dass bis zum nächsten Mal wieder ein Jahr vergehen wird. Doch genau die flüchtige Natur dieses kurzen jährlichen Besuchs macht daraus etwas so Besonderes. Im Allgemeinen wirkt Deutschland auf mich so, als wäre man sich hier – gerade noch – der Jahreszeiten bewusst und würde sie zu schätzen wissen. Spargel und Erdbeeren. Pilze und Federweißer. Glühwein zu Weihnachten und die Kirschblüte auf dem Berliner Mauerweg. Als ich jetzt die letzten paar hundert Meter des Tages die Kirschbaumallee mit ihren japanischen Schildern an beiden Enden entlangging, waren die Bäume kahl. Es war einfach noch zu früh. Und doch konnte ich mich, als ich die baumgesäumte Allee hinabschlenderte, des Gedankens nicht erwehren, dass in dieser Stadt der Erinnerung mit ihren unzähligen Denkmälern, Gedenkstätten und Andenken an die Vergangenheit die scheinbar so schlichte Geste eines japanischen Fernsehsenders und seiner Zuschauer das vielleicht erhebendste, inspirierendste und lebendigste Andenken überhaupt war.

Im Bann der Geschichten
Von Lichterfelde nach Griebnitzsee
6. März

*Tod am Kanal / Ruinenlust im Wald / Auf dem Königsweg /
Eine Edgeland-Liebesgeschichte / Holger H. / Die Kohlhasenbrücke
/ Exklave Steinstücken / Stolpersteine / Babelsberg und die
Macht der Vorstellungskraft*

Leuchtend zeichnete sich die orangefarbene Säule am Ufer des
Teltowkanals vor dem trüben, spätwinterlichen Hintergrund kahler
Bäume und eines wolkenverhangenen Himmels ab, die vorfrüh-
lingshafte Wärme der Woche zuvor war nur noch eine verblassende
Erinnerung. Es gibt viele solcher orangefarbener Säulen überall
am Rand der Stadt; die Mahnmale am Mauerweg entlang erzählen
die Geschichte der Teilung Berlins. Sie erzählen von Fluchttunneln
und Demonstrationen, von umzingelten Dörfern und zerrissenen
Gemeinden und natürlich von den 140 Menschen, die an der Grenze
ihr Leben verloren. Auf meinem siebten Spaziergang am Stadtrand
von Berlin wollte ich dem Mauerweg bis zu der Stelle folgen, an der
die Außenbezirke von Berlin auf die Außenbezirke seines kleineren
Bruders im Südwesten treffen: Potsdam. Die erste der orangefarbenen Säulen tauchte nur ein kurzes Stück Weg hinter meinem heutigen Ausgangspunkt in Lichterfelde am Kanal auf. Und im Laufe der
folgenden halben Stunde sollte ich auf weitere stoßen. Weitere Tode
an der Grenze. Weitere Geschichten.

An der ersten Säule blickte mir eine Fotografie von Klaus Garten entgegen. Klaus hatte als Schlosser in dem Stahl- und Walzwerk Hennigsdorf gearbeitet und war eine Zeit lang engagiertes Mitglied der SED, der Sozialistischen Einheitspartei Deutschlands, gewesen. An seinem 24. Geburtstag war er verheiratet, lebte mit seiner Frau in einem winzigen Gartenhäuschen und stand auf der Warteliste für eine Wohnung. Da das Paar keine Kinder hatte, waren die Aussichten schlecht. Zusammen mit anderen kleinen Ärgernissen, die den Alltag in der DDR allerdings erheblich erschwerten, zehrte die Wohnsituation allmählich immer mehr an Klaus' Engagement für den Sozialismus und die Partei. Im August 1965 hatte Klaus Garten endgültig die Nase voll und reiste nach Süden, nach Stahnsdorf, wo er seinen Militärdienst abgeleistet hatte. Dort war die vier Jahre alte Berliner Mauer lediglich von einem schmalen Sicherheitsstreifen von nur rund 20 Meter Breite umgeben. Klaus entschied, dass sich ihm eine bessere Gelegenheit wohl nicht bieten würde. Doch eine Wache hatte sein verdächtiges Herumlungern auf dem Sicherheitsstreifen bemerkt und eröffnete das Feuer. Klaus Garten starb in einem Panzergraben an seinen Schussverletzungen. Seiner Frau drohte man mit schwerwiegenden Konsequenzen, sollte sie jemandem die wahre Ursache seines Todes erzählen. In der offiziellen Version, die sie verbreiten sollte, war Klaus bei einem Autounfall ums Leben gekommen.

Ich folgte dem Kolonnenweg, der auf der einen Seite von den Teltower Villen und auf der anderen von einem verwilderten Feld und dem Kanal gesäumt war. Ich versuchte, mir die Szenen, von denen ich gelesen hatte, bildlich vorzustellen, die Verzweiflung dieser Menschen, nicht nur bei ihrem zum Scheitern verurteilten Versuch zu fliehen, sondern auch in dem Moment, in dem sie begriffen, dass alles vorbei war. Unmöglich. Man kann sich so etwas nicht vorstellen. Und da kam schon die nächste orangefarbene Säule in Sicht, das nächste Schicksal an der Mauer.

Die Gedenkstätte für Roland Hoff verfügt über keine Fotografie. Er wurde am 29. August 1961 an der Grenze erschossen, nur 16 Tage nachdem sie dichtgemacht worden war und man mit dem Bau der Mauer begonnen hatte. Er war erst im Sommer desselben

Jahres von Westdeutschland, aus Hannover, in die DDR gezogen, um damit einer Anklage und wahrscheinlich auch Verurteilung wegen Alkohols am Steuer zu entgehen. Er hatte in der DDR zwar sowohl eine Wohnung als auch Arbeit zugewiesen bekommen, sehnte sich aber fast augenblicklich nach seinem Umzug in die Bundesrepublik zurück. Er handelte nicht rechtzeitig, und so machte die Schließung der Grenze seine Pläne zunichte. Da er sich bei der Arbeit öffentlich über die Mauer beschwert hatte, verlor er seinen Job; daraufhin machte er sich nach Teltow auf und schmuggelte sich in die Gruppe von Bauarbeitern, die für die neuen Grenzanlagen zuständig waren. Er sprang in den Kanal, um zur anderen Seite hinüberzuschwimmen, wurde dabei aber von Grenzwachen gesehen. Vier von ihnen eröffneten das Feuer, und was danach geschah, wird an seiner Gedenkstätte in recht dürren Worten wiedergegeben:

»Die ostdeutschen Behörden gaben Roland Hoffs Namen nie preis, seine Mutter wurde über den Tod ihres Sohnes nicht informiert.«

So viele verlorene Leben. Neben dem Denkmal für Roland Hoff steht das für Günter Seling, Angehöriger der Grenzkompanie Heinersdorf, in Uniform fotografiert. Am 29. September 1962 unternahm er in dichtem Nebel einen Routine-Patrouillengang, als ein Kollege ihn für einen Flüchtenden hielt und auf ihn schoss. Die Kugel traf Günter im Kopf und trotz Notoperation starb er im Krankenhaus an seiner Schussverletzung.

Der Weg setzte sich fort, immer mehr orangefarbene Säulen tauchten auf. Das Denkmal für Karl-Heinz Kube. Für Peter Mädler. Jede weitere Erinnerungsstätte für einzelne Menschen führte nicht nur die Unmenschlichkeit des Systems vor Augen, die ihnen – absichtlich oder versehentlich – das Leben gekostet hatte. Nein – dadurch, dass man ihre Namen las und in den meisten Fällen ihre Gesichter sah, dadurch, dass man ihre Geschichten und die ihrer Familien erfuhr, hallte ihr Tod auch stärker nach als eine simple Namensliste oder eine Aneinanderreihung von Zahlen. Wieder versuchte ich, es mir vorzustellen. Es war schwer, aber nicht unmöglich. Ich konnte Klaus Garten vor meinem geistigen Auge sehen, wie er da in dem laubverstopften Graben lag. Während ein Kahn langsam, aber stetig den Teltowkanal hinunter tuckerte, sah ich Roland Hoff vor mir, wie er versuchte, nach Hause zu schwimmen. Und ich sah Günter Seling, im Nebel, wie er versuchte, dem Kameraden klarzumachen, wer sich ihm da näherte; ich stellte mir das tragische Missverständnis vor, das dazu führte, dass das Geräusch einer abgefeuerten Waffe wieder einmal die Stille des Grenzstreifens zerriss.

Ich überquerte die Brücke von Brandenburg nach Berlin, der Pfad am Kanal führte mich nun am nördlichen Ufer direkt am Rand von Zehlendorf entlang. Hier ähnelte der Kanal mit seiner sanft abfallenden Böschung, dem Schilf am Wasser und den Bäumen, die sich darin spiegelten, eher einem Fluss. Es gab Unmengen von Vögeln. Bachstelzen und Krähen. Möwen und Elstern. Am Rand des Wassers stand ein Graureiher und starrte eine Schwanenfamilie nieder. Der Kanal schien schon immer Teil dieser Szene gewesen zu sein, dabei war er gerade einmal etwas über 100 Jahre alt: Er war zwischen 1900 und 1906 erbaut worden, um die Havel mit der Dahme und der Oder dahinter zu verbinden. Er ermöglichte es Frachtkähnen – und ermöglicht es ihnen immer noch –, den Schiffsverkehr im Zentrum der Stadt zu meiden. Einen Augenblick lang ging ich neben einem polnischen Kahn her, der in Richtung Havel fuhr. Aus der entgegengesetzten Richtung näherte sich ein in Berlin registriertes Boot auf seinem Weg zur Dahme.

Jenseits der Böschungen und der Bäume befanden sich zu beiden Seiten des Kanals die Randzonengewerbegebiete der Außenbezirke. Ein Schrottplatz und eine Betonfabrik. Noch mehr Lagerhallen, Einkaufszentren und Megamärkte. Allerdings unterschieden sie sich von der Leichtindustrieszenerie, die ich andernorts am Stadtrand angetroffen hatte: Eine ehemalige Werft schien nun die letzte Ruhestätte für eine Ansammlung rostender Oldtimer und Laster sowie für ein uraltes Feuerwehrauto zu sein. War ich hier zufällig auf einen Autofriedhof gestoßen, oder bedeuteten die Fahrzeuge etwas anderes? Auf einem Schild an der Ziegelmauer hinter dem Zaun stand: SPECIAL EFFECTS. Waren das hier Requisiten? Die Filmstudios von Babelsberg lagen ganz in der Nähe, und hier unten, auf diesem alten Industriegelände am Ende eines sumpfigen Flüsschens, war ausreichend Platz vorhanden und die Miete wahrscheinlich nicht besonders hoch. Eine potenzielle Ruine, neu erdacht. Der Berliner Mauerweg setzte sich immer noch fort, das Flüsschen hinauf und durch Vorstadtstraßen hindurch; er führte mich an Zehlendorf vorbei und in Richtung Düppeler Forst. Ich folgte ihm anhand von Fußstapfen, die mit blauer Farbe auf das Pflaster gemalt waren, kindergroß und doch im Abstand von Riesenschritten, zum Wald.

Ein Wald gibt seine Geheimnisse nicht immer freiwillig preis; manchmal aber bringen wir die Anhaltspunkte bereits mit, die uns den Weg weisen. Auf meiner Karte markierte direkt an der Grenze zwischen Berlin und Brandenburg, wo sich die Straße schleifenförmig zu einem Wendehammer für Busse verbreiterte, die hier keine Pause einlegen wollten, ein ausgeblichenes S in einem grauen Kreis den Ort eines längst nicht mehr existierenden S-Bahnhofs. Das leuchtende Grün, das die Haltestellen normalerweise anzeigt, war einem gespenstischen Grau gewichen. Am Düppeler Forst hält schon seit 1980 keine S-Bahn mehr, und von der Straße aus gab es auch keinerlei Hinweis darauf, was sich vor beinahe 40 Jahren hier befunden hatte. Als ich jedoch durch eine Lücke im Dornengestrüpp und eine matschige Böschung hinunterkletterte, stand ich auf einmal am Rand des ehemaligen Bahnsteigs, vor mir ein kurzes Stück der alten Gleise, in weiches Laub gebettet. Hätte ich mit dem Zug von Düppel nach Norden ins Zentrum von West-Berlin fahren wollen, hätte ich es in den ersten zwölf Monaten meines Lebens tun müssen. Ich war 36 Jahre zu spät. Dennoch war der S-Bahnhof auf meinem Stadtplan immer noch eingezeichnet – nicht als Übung in Verkehrsmittelnostalgie, sondern weil man in den Jahren nach der Wiedervereinigung durchaus geplant hatte, ihn wieder zu eröffnen.

»Voraussichtlich 2007«, las ich. Über zehn Jahre nach der Deadline ließ absolut nichts darauf schließen, dass hier in nächster Zeit irgendein Zug ankommen oder abfahren würde.

In den Jahren der Teilung bis zur Stilllegung der Strecke 1980 war Düppel die Endhaltestelle gewesen. Die Überbleibsel der Bahngleise jedoch führten über die Endhaltestelle und den Grenzstreifen hinaus in den Wald und in Richtung Potsdam. Dort, zwischen den Bäumen, gab es Eisenbahnbrücken und -dämme, hier und da ein Stück Gleis, weitere geisterhafte Bahnhöfe. Die Karte kennzeichnet das Gebiet als das der ehemaligen Stammbahn, an manchen Stellen dient die stillgelegte Strecke als Wanderweg. Viel ist von der alten Strecke nach Potsdam nicht übrig; selbst wer regelmäßig in diesem Wald spazieren geht, stolpert nicht zwangsläufig über Hinweise, dass hier einmal Züge unterwegs waren. Und doch ist dies die Strecke, mit der alles begann – zumindest für Berlin.

Die Stammbahn wurde 1838 als Preußens erste Eisenbahnstrecke eröffnet. Ab September jenes Jahres verband sie Potsdam mit Zehlendorf. Einen Monat später wurde die Strecke nach Norden bis zum Potsdamer Bahnhof an der Stadtmauer von Berlin erweitert. Die Eisenbahn veränderte sowohl Preußen als auch seine Hauptstadt. Innerhalb nur weniger Jahrzehnte danach war besagte Stadtmauer abgerissen, um Platz für Hobrechts Plan zu schaffen, der vorsah, Berlin bis in seine ländliche Umgebung hinein auszudehnen. Wie ich auf meinen vorherigen Spaziergängen schon beobachten konnte, entstanden durch die Eisenbahn ganz neue Viertel, die vom Stadtzentrum aus nun bequem und schnell mit dem Zug zu erreichen waren. Und auch umgekehrt: Mit der Stammbahn konnten die Gewinner der industriellen Revolution von ihren Villen in Potsdam, Wannsee und Zehlendorf im Südwesten ins rasch wachsende neue Stadtzentrum um den Potsdamer Platz herum fahren.

Als ich da im Wald auf dem bröckelnden Bahnsteig von Düppel stand, fühlte ich mich jedoch weniger wie ein Chronist der Industriegeschichte als vielmehr wie Caspar David Friedrich, der in der Klosterruine von Eldena nach der romantischsten Ansicht suchte. Ja, die Romantiker liebten ihre Ruinen, ebenso wie die modernen Stadtentdecker mit ihren digitalen Spiegelreflexkameras, die hyperreale Aufnahmen von den Überresten der Radarstation auf dem Teufelsberg oder der postindustriellen Landschaft von Detroit machen.

Was genau fasziniert uns so an Ruinen? Geht es nur um Ästhetik? Die Farbe, die von den Mauern eines alten Sanatoriums abblättert, oder der hellgrüne Schössling, der durch die Risse im Bahnsteig zu meinen Füßen wuchs? Bis zu einem gewissen Grad fesseln uns Ruinen deshalb so sehr, weil sie uns an unsere eigene Sterblichkeit erinnern. Diese kollektive Faszination, die Untergang und Verfall auf uns ausüben, diese Ruinenlust, hat allerdings auch etwas Beunruhigendes. Denn oft stehen Ruinen in einem Zusammenhang mit negativen Geschichten oder Dingen, die die Schwierigkeiten anderer widerspiegeln. Können die Ruinen von Detroit wirklich etwas ästhetisch Ansprechendes haben, wenn ihr wichtigster Kontext der absolute wirtschaftliche Zusammenbruch ist, aus dem so viel menschliches Leid erwuchs? Wie sieht es unter diesem Aspekt mit den Geisterstädten des Spanischen Bürgerkriegs aus? Oder einer allmählich verfallenden »Irrenanstalt«, wo Menschen unter dem Anschein einer Behandlung unvorstellbar grausame Dinge angetan wurden?

1953 verankerte Rose Macaulay das deutsche Wort »Ruinenlust« durch ihr Buch *Pleasure of Ruins*, zu Deutsch *Zauber der Vergänglichkeit* (München 1966), wieder fest im englischen literarischen Sprachgebrauch. In diesem Buch widmet sie sich dem »fast mystisch[en] [...] Eindruck, den die Überreste gewaltiger Vergangenheit im Gemüt des Menschen hervorrufen, einer Vergangenheit aus Geschichte, Sage und Mythe, real und phantastisch zugleich«[21] und Schönheit im Verfall sieht, Hoffnung aus der Zerstörung schöpft und eine Renaissance durch den Tod erfährt. Im 18. Jahrhundert ließen Friedrich und andere nostalgische Seelen den melancholischen Reiz von Ruinen ausgiebig auf sich wirken; er beeinflusste nicht nur die Malerei, sondern auch die Architektur, die Literatur und sogar die Gartengestaltung. In den 1930er-Jahren nannte Albert Speer den »Ruinenwert« der neuen Welthauptstadt Germania als Schlüsselelement des Entwurfs: Er sollte zukünftigen Generationen in Tausenden von Jahren durch die übrig gebliebenen, verfallenden Ruinen immer noch eine Ahnung von der unermesslichen Glorie des Nationalsozialismus vermitteln. Was verloren war. Was verloren sein wird.

Ich kickte einen Stein vom Düppeler Bahnsteig. Er sprang vom Gleis der Züge in nördlicher Richtung über die Schienen und schlitterte dort zum Stamm eines weiteren jungen Baums. Der von Unkraut überwucherte, verlassene Bahnhof verströmte nur wenig ästhetischen Reiz – und dennoch war ich den matschigen Abhang hinuntergeklettert und hatte rund zehn Minuten mit dem Herumschlendern auf dem Bahnsteig verbracht. Anscheinend hielt er die Fantasie immer noch auf Trab. Die Ruinenlust, so schien es mir, wird dann problematisch, wenn wir uns solchen Orten nur widmen, weil sie aussehen, wie sie aussehen, oder weil sie uns auf einer oberflächlichen Ebene ein bestimmtes Gefühl vermitteln. Der wahre Wert einer Ruine erwächst aus dem Verstehen des Kontextes, in dem sie entstanden ist, wie sie vom Nützlichsein und Benutztwerden zum Ungenutzten und Halbvergessenen gekommen ist. Nostalgie allein um der Nostalgie willen kann gefährlich sein. Die Erinnerung dagegen kann entscheidend zum Verständnis der Gegenwart beitragen.

Einstweilen zumindest hatte der Düppeler Forst nicht nur den Bahnhof und die alte Zugstrecke verschlungen, sondern fast auch den Königsweg. Ich machte mich nun daran, diesem schnurgeraden Pfad durch die Bäume zu folgen; er führte mich vom ehemaligen Düppeler Bahnhof fort und verlief parallel zur Strecke der Stammbahn. Ursprünglich war der Königsweg ein sandiger Pfad gewesen, aus dem Wald geschnitten, um Potsdam mit Zehlendorf zu verbinden. 1730 war er auf Befehl Friedrich Wilhelms I., des Soldatenkönigs, zum »Schnellweg« erklärt worden. Die Garnison in Potsdam wuchs rasch, und so war es lebenswichtig, schnell in die Stadt hinein und auch wieder aus ihrer heraus zu kommen. Noch vor Ende des 18. Jahrhunderts jedoch hatte der Königsweg an Bedeutung verloren. Berlin und Potsdam waren mittlerweile durch eine neue Straße miteinander verbunden, auf dem Königsweg herrschte nunmehr nur noch lokaler Betrieb. Bei meinem Spaziergang teilte ich ihn mir mit ein paar Radfahrern, einer Gruppe Mitwanderer und einem einsamen

Forstwirtschaftswagen, den man in den Wald gefahren hatte, um die ordentlichen Stapel von Baumstämmen zu inspizieren, die in unregelmäßigen Abständen immer wieder am Wegesrand aufgeschichtet waren.

Das Transportwesen. Der Düppeler Forst wirkte an diesem Vormittag im März ebenso leer und verlassen wie der alte S-Bahnhof, und doch bewegte sich überall etwas, sowohl in der Erinnerung als auch in Wirklichkeit. Im Herzen des Waldes kreuzte der Königsweg die Autobahn, auf der reger Verkehr in die und aus der Stadt herrschte, vorbei am alten Checkpoint Bravo, dem Grenzkontrollpunkt für West-Berlin und Reisende, die die Deutsche Demokratische Republik auf ihrem Weg zwischen Bundesrepublik und Inselstadt passierten.

SIE VERLASSEN DEN AMERIKANISCHEN SEKTOR.

Ich verließ den Königsweg und lief ein Stück neben der Autobahn her, bis ich den ostdeutschen Kontrollpunkt nur wenige Hundert Meter entfernt erreicht hatte. Die Autos und Laster donnerten an mir vorbei. Früher stand hier ein Panzer, der an die Befreiung Berlins durch die Rote Armee erinnern sollte, damit all diese Transitreisenden wussten, dass sie hier eine ideologische Bruchlinie überquerten und wer denn nun wirklich den Ton diesseits der Grenze angab. Nach der Wiedervereinigung hatte man den Panzer von seinem Sockel geholt und durch eine rosa angemalte Schneefräse ersetzt – zur wunderbar absurden Feier des Endes der Teilung.

Ich befand mich auf Teenager-Territorium. An einem Ort, an den sich die Kids vor den Zwängen des Alltagsvorstadtlebens in das Sanktuarium des Waldes flüchten konnten. Hier war der Weg durch einen hohen Zaun von der Autobahn getrennt und mit Botschaften verziert, die entweder ein Statement sein sollten oder schlichter Zeitvertreib:

Vegetarier an die Macht
Wat, wer bist du denn?

The World Needs You?
SCHWUL

Und:

Isi, Du Bist Das
Hübscheste
MÄDCHEN
AUF DER WELT

Ich stellte mir Isi vor, wie sie den Wald an einem sonnigen Freitag-
abend nach der Woche in der Schule oder an der Uni betrat. Hat sie
sich über diese Botschaft gefreut? Wusste sie, aus welcher Spraydose
die Liebeserklärung kam? Sie hatte – je nach Isis Antwort – das Po-
tenzial, ihr Wochenende zu retten oder zu ruinieren. Eine Liebesge-
schichte vom Rand der Stadt, aufgeführt im Wald, wo Experimente
gemacht werden können. Liebesexperimente. Freundschaftsexperi-
mente. Experimente mit Alkohol und Drogen. Dem Klischee zufolge
muss man reisen, wenn man sich selbst »finden« will, doch jeder
Vorstadtteenager weiß, dass man in den verborgenen Winkeln der
Stadt mehr über sich erfährt. In den *edgelands*. Spring über einen
Zaun oder klettere über eine Mauer. Geh in den Wald oder zum
Fluss hinab. Noch einmal wanderten meine Gedanken zurück zu der
stillgelegten Eisenbahnstrecke und zum Kanalufer. In dieser Ecke
Berlins war es der Wald auf einer Autobahnböschung. Sie alle sind
die anderen Geheimnisse des Waldes, gut versteckt vor Eltern und
ähnlichen Autoritätspersonen. Ich ging weiter und dachte dabei an
meine eigene Isi. Ich wollte nicht zurück. Das Problem war ja auch:
Ich hatte nie eine Spraydose besessen.

Immer wenn wir auf der Autobahn aus Berlin hinausfahren – auf
der Autobahn, die ich nun überqueren wollte, über die Brücke zum
ehemaligen ostdeutschen Kontrollpunkt –, muss ich an die Transit-

strecke und den Anfang von Philip Henshers Roman *Die Stadt hinter der Mauer* (Frankfurt a. M. 1998) denken. Er beginnt mit einer Autopanne und einer Beschreibung der »Absurdität der hermetisch abgeriegelten Trostlosigkeit der Transitstraße«.[22] Die Szene lässt das Buch augenblicklich in einer bestimmten Zeit oder an einem bestimmten Ort wurzeln, in eben jener »Absurdität«, die – wie so oft – für diejenigen, die sich mit ihr auseinandersetzen mussten, so rasch Normalität wurde. Die Transitstrecke war eine Möglichkeit für Westdeutsche und andere, auf dem Landweg nach West-Berlin zu fahren; dabei mussten die Fahrer spezielle Regeln befolgen, die man ihnen an den Kontrollpunkten aushändigte, während ostdeutsche Grenzwachen die Fahrzeuge mit Spiegeln an langen Stangen und Gammastrahlendetektoren filzten.

Heute ist der Komplex des Kontrollpunktes der Europarc, ein Geschäfts- und Gewerbegebiet, in dem multinationale Internetfirmen ansässig sind und wo man, sollte einen die Lust dazu überkommen, übernachten, einen Burger essen, einen Sportwagen kaufen oder ein Baufahrzeug mieten kann. An den ehemaligen Kontrollpunkt Dreilinden-Drewitz erinnert mittlerweile kaum mehr etwas, nur ein Wachturm mit Freiluftausstellung und eine weitere orangefarbene Säule.

Von der Absurdität zur Tragödie. Der Himmel über mir hatte sich nach einem Regenguss aufgehellt, schien sich jedoch wieder zu verdunkeln, als ich die Geschichte von Holger H. las und von einem zunehmend düsteren Gefühl befallen wurde. Der Lärm der Autobahn verblasste zu einem Hintergrundgeräusch. Auch die Handvoll Büroangestellten, die in den landschaftlich gestalteten Gärten auf der anderen Seite der Straße eine Zigarettenpause einlegten, nahm ich nicht mehr wahr. Nur ein leerer Bus auf der Autobahnbrücke und ein Mann mit Schutzhelm auf der Baustelle nebenan, der umständlich versuchte, mit seinen sorgfältig polierten Schuhen den schlimmsten Pfützen auszuweichen, lenkten mich vorübergehend ab. Ich widmete mich wieder der Geschichte.

Holgers Eltern waren 23 beziehungsweise 20, als sie beschlossen, mit ihrem 15 Monate alten Sohn aus der DDR zu fliehen. Für

Holgers Vater war es nicht der erste Fluchtversuch: Er hatte gemeinsam mit Freunden bereits als Teenager die Ostsee überqueren wollen und war gescheitert. Holgers Mutter war Lehrerin. Keiner von
beiden wollte den Sohn in Ostdeutschland aufwachsen sehen, und
so schmuggelten sie sich mithilfe von Freunden 1973 in Kisten, die
auf der Transitstrecke durch die DDR transportiert werden sollten.
Als sich der Laster mit den Kisten dem Kontrollpunkt Dreilinden-
Drewitz näherte, versteckte sich Holgers Vater in einer der Kiste
und Holgers Mutter mit dem Kind in einer anderen. Das Filzen des
Fahrzeugs dauerte länger als gewöhnlich, und irgendwann begann
Holger zu weinen. In panischer Angst davor, entdeckt zu werden,
hielt seine Mutter ihm den Mund zu. Da das Baby jedoch eine Er-
kältung hatte, konnte es nicht durch die Nase atmen. Die Familie
wurde nicht entdeckt und schaffte es nach West-Berlin; doch als
sie in Dreilinden, auf der westlichen Seite, am Checkpoint Bravo,
nur wenige Hundert Meter die Straße hinab ankam, war Holger tot.

Holgers Geschichte begleitete mich für den Rest meines Spaziergangs, durch den Düppeler Forst hindurch und darüber hinaus.
Mir war kaum bewusst, dass ich die alte Autobahnstrecke oder die
Gleise der Stammbahn überquerte. Im Augenblick konnte ich mich
einfach nicht auf die Geheimnisse des Waldes konzentrieren. Ich
versuchte, mir die Szene in dieser Packkiste vorzustellen, sie zu
begreifen – erfolglos. Holger. Sein Vater. Seine Mutter. Was wir uns
gegenseitig antun. Allmählich fürchtete ich mich vor den orangefarbenen Säulen auf dem Berliner Mauerweg. Vor den Namen und
den Gesichtern. Vor ihren Geschichten.

Im Wald traf ich wieder auf den Königsweg und überquerte eine
Brücke, die dem Pfad über weitere stillgelegte Eisenbahngleise hin-
weghalf. Dieses Mal handelte es sich um die Überreste der Fried-
hofsbahn, die einst Wannsee mit dem Friedhof von Stahnsdorf verbunden hatte; die Zweigstrecke war mit dem Bau der Berliner Mauer
außer Betrieb genommen worden. Es nieselte. Vielleicht lag es am

Regen, vielleicht aber auch an der Geschichte von Holger H., die sich auf die anderen Geschichten dieses Tages türmte – jedenfalls stellte der schnurgerade Weg durch die Bäume allmählich meine Entschlossenheit auf die Probe. Er setzte sich fort, schlängelte sich hier und da ein wenig, wich aber nie von seinem Kurs ab, eine moderne Römerstraße, von einem Soldatenkönig erbaut. Vor mir kreuzte eine Wandergruppe den Pfad, das typische Klack-Klack der Walkingstöcke hallte vom Asphalt wider.

Sie marschierte in Richtung Albrechts Teerofen. Die Ortslage ist nach der Teerbrennerei benannt, die sich im 18. Jahrhundert dort befunden hat und später in eine Autobahnraststätte und einen Grenzübergang umgewandelt wurde. Heute ist dort ein Campingplatz. Ich überlegte, ob ich der Gruppe durch den Wald folgen sollte; das aber hätte einen langen Umweg bedeutet, und ich hatte diese Kiefern langsam satt. Also hielt ich stattdessen auf die Stelle zu, an der der Wald auf den Teltowkanal stößt und ich seinen düsteren Käfig endlich verlassen konnte. Ich überquerte den Kanal über die Nathanbrücke, ganz in der Nähe wo sich damals die Kohlhasenbrücke befand, die ihren Namen wiederum einem ehemals ortsansässigen Pferdehändler – Hans Kohlhase – verdankt. Kohlhase, der auch mit Heringen und Honig handelte, soll im 16. Jahrhundert zwangsweise zwei seiner besten Pferde dem sächsischen Junker Günther von Zaschwitz überlassen haben. Kohlhase verlangte eine Entschädigung und erklärte, als ihm diese nicht gewährt wurde, von Zaschwitz und dem gesamten Adel den Krieg.

Er beschloss, das Recht in die eigene Hand zu nehmen, und überfiel einen Silbertransport auf der Straße zwischen Potsdam und Berlin, etwa dort, wo der Weg heute über den Kanal führt. 1540 wurde Kohlhase für seine Verbrechen aufs Rad geflochten und hingerichtet. Und die Moral von der Geschicht'? Nun, offenbar können einem die Reichen ein Pferd wegnehmen, aus keinem anderen Grund, als dass sie die Macht dazu haben. Doch wehe, wenn du den Reichen etwas wegnimmst ... Heinrich von Kleist wandelte die Geschichte in seine Novelle *Michael Kohlhaas* um, die 1810 erschien, und als der Teltowkanal erbaut wurde, benannte man die Brücke nach unserem traurigen Helden. Seine Geschichte lebt weiter; sie diente nicht nur zahlreichen Filmen und Theaterstücken, sondern jüngst auch J. M. Coetzees Roman *Leben und Zeit des Michael K.* als Vorlage.

Ich ließ Kohlhase und seine Geschichte hinter mir und folgte einem weißen Schild, das mir die Richtung nach STEINSTÜCKEN wies. Eine der Kuriositäten der Berliner Mauer besteht darin, dass es an der Grenze immer wieder Stellen gab, an denen durch die administrative Aufteilung nach dem Groß-Berlin-Gesetz von 1920 ein winziger Teil von West-Berlin komplett von ostdeutschem Territorium umzingelt war und umgekehrt. Diese Exklaven schafften zusätzliche Probleme, nicht nur für die DDR, die es schließlich war, die auf dieser härtesten aller Grenzen bestand, sondern auch für die Einwohner der derart eingeschlossenen Gemeinden. Steinstücken war eine dieser Exklaven und gehörte zumindest anfänglich zum Verwaltungsbezirk Berlin-Wannsee, war aber physisch völlig von der Stadt abgeschnitten. Bis zum Jahr 1945 spielte das kaum eine Rolle – nach der Teilung Deutschlands wurden die Dinge jedoch ein wenig komplizierter.

Bis 1961 konnten die Einwohner von Steinstücken über eine rund einen Kilometer lange Straße und zwei ostdeutsche Kontrollpunkte über Land zum Rest West-Berlins fahren. Ob die Leute nun zur Arbeit, in die Schule oder einkaufen gehen wollten, sie mussten dabei vier Mal ihren Pass vorzeigen – zwei Mal auf dem Hin- und zwei Mal auf dem Rückweg. Und mit dem Bau der Mauer wurde das Ganze noch schwieriger. Denn nun war Steinstücken eingeschlossen, nach der Flucht von 20 ostdeutschen Grenzwachen, die es über die winzige Exklave in den Westen geschafft hatten, sogar von hohen Stacheldrahtzäunen. Die Amerikaner mussten einen Militärposten im Dorf einrichten und Einwohner sowie Vorräte via Helikopter hin und her transportieren.

1972 führte eine Übereinkunft zwischen den vier Besatzungsmächten zum Öffnen einer Nebenstraße, die auf beiden Seiten von der Berliner Mauer gesäumt war. Doch zumindest war Steinstücken nun wieder physisch mit dem Rest West-Berlins verbunden und konnte den Kontakt zur Außenwelt ohne Kontrollpunkte oder Hubschrauber halten.

Diese Straße ging ich nun entlang, zu meiner Rechten Eisenbahngleise, zu meiner Linken ein Waldgebiet, wo sich einst der Grenzstreifen befunden hatte. Zu Beginn des Ortes stieß ich auf ein auffälliges Haus und einen kleinen Pflasterstein aus Messing, der in die Straße eingelassen war. Wieder einmal häuften sich, wie so oft in Berlin – sei es nun im Zentrum oder in einer Exklave am äußersten Rand der Stadt –, die Schichten der Historie aufeinander.

HIER WOHNTE
DR. CURT BEJACH
JG. 1890
DEPORTIERT 10.1.1944
THERESIENSTADT
AUSCHWITZ
ERMORDET 31.10.1944

Das Landhaus Bejach ist zwischen 1926 und 1928 von dem Architekten Erich Mendelsohn in Steinstücken erbaut worden. Mendelsohn hatte sich in den 1920er-Jahren einen Ruf als expressionistischer Baumeister erworben, berühmt geworden ist er mit dem Einsteinturm in Potsdam. Im Verlauf seiner Karriere entwickelte er sich zu einem frühen Vorreiter des Art déco und anderer Stilrichtungen der Moderne, bevor er nach der Machtergreifung der Nazis im Jahr 1933 aus Deutschland floh. Dass Dr. Bejach sich einen so berühmten Architekten für seinen Familiensitz in Steinstücken leisten konnte, spiegelt den Erfolg des Mediziners wider, den man 1922 zum »Leitenden Stadtarzt« von Berlin-Kreuzberg ernannt hatte. Dr. Bejach hatte diese Position bis 1933 inne; als Mendelsohn zunächst nach Großbritannien und anschließend in die USA auswanderte, zwang die rassistische Politik des Naziregimes auch Dr. Bejach dazu, die Stelle aufzugeben. 1936 musste er sein Haus verkaufen, 1938 verlor er seine Zulassung als Arzt. 1944 wurde er, wie der »Stolperstein« vor seinem Haus erklärt, nach Theresienstadt deportiert. Und von dort nach Auschwitz und in die Gaskammer.

In seinem Buch *Imaginary Cities* erkundet der Schriftsteller Darran Anderson die vielen und verschiedenartigsten Visionen städtischer Siedlungen, die sich Menschen geschaffen haben, von den antiken Kulturen bis zu den Utopien der New Towns, von Städten, die wir bereisen können, bis zu Orten, die nur in der bildenden Kunst, in der Literatur, im Film oder sogar nur in unserer Fantasie existieren. Dr. Curt Bejach wohnte in dem Haus eines Mannes, der seine ganze Karriere damit verbrachte, sich die Möglichkeiten der Architektur vorzustellen, dessen, was wir erbauen können. Er selbst verbrachte die letzten Monate seines Lebens an zwei Orten, die den dunkelsten Winkeln der menschlichen Vorstellungskraft entsprungen sind. Städte, die »nie einen Namen hätten bekommen, derer man sich nie hätte erinnern sollen«.[23] Dennoch haben sie einen Namen bekommen, und wir erinnern uns an sie. Theresienstadt. Auschwitz. Die Buchstaben, die Namen, Schande und Erinnerung ausmachen, zeichneten sich dunkel und überdeutlich auf dem polierten Messingstein zu meinen Füßen ab, während sich Mendelsohns wunderschönes Gebäude auf der anderen Seite der Mauer erhob.

Die Macht der Vorstellungskraft des Menschen, zum Guten oder zum Bösen. Die Macht, Grenzen und Kontrollpunkte zu erschaffen, wo Kleinkinder in den Armen ihrer Mütter sterben. Die Macht, Theresienstadt und Auschwitz zu erschaffen. Die schlimmsten Orte auf Erden. Ich überquerte die ehemalige Grenze zwischen Steinstücken und Potsdam und stand kurz darauf vor den Toren des Studios Babelsberg. Dort ist meine Vorstellungskraft freundlich und gütig, doch, ganz bestimmt, obwohl der Ort uns mit seiner Geschichte noch mehr Geschichten vom Guten und Schlechten der menschlichen Schöpfungen erzählen will. Babelsberg – das sind die Filmstudios von Marlene Dietrich, des *Blauen Engels* und des goldenen Zeitalters des deutschen Kinos. Es ist aber auch der Ort, an dem Leni Riefenstahl ihre Nazi-Propagandafilme bearbeitete und Extramaterial dafür drehte. Die Studios wurden erst von den Nazis und dann vom DDR-Regime genutzt, denn beide Regierungen hatten den Einfluss des Films auf Köpfe und Meinungen erkannt – die Kinoleinwand als ideologisches Schlachtfeld.

In den 1920er-Jahren war Babelsberg, das 1912 in einer Kunstblumenfabrik gegründet worden war, Hollywoods einziger wahrer Konkurrent in der weltweiten Filmindustrie. Ab 1933 unterstanden die Studios Joseph Goebbels. Zu DDR-Zeiten war dann die DEFA an der Reihe, die mehr als eintausend Filme für Kino und Fernsehen produzierte. Seit dem Fall der Mauer hat das Studio Babelsberg einige internationale Kinohits mitproduziert. Seine Geschichte reicht von *Metropolis* (1927) und *Der blaue Engel* (1930) auch über *Jud Süß* (1940) zu *Spur der Steine* (1966) und *Die Legende von Paul und Paula* (1973) und dann weiter ins 21. Jahrhundert zu *Operation Walküre – Das Stauffenberg-Attentat* (2008), den *Tributen von Panem – The Hunger Games* (2012) und dem *Grand Budapest Hotel* (2014) …

Neben den berühmten Studiotoren waren die Namen der aktuellen Produktionen aufgelistet, das Neueste vom Fließband dieser speziellen Traumfabrik. Nach den Stunden, die ich überwiegend allein im Wald und auf den ruhigen Straßen von Steinstücken verbracht hatte, sprühte Babelsberg geradezu vor Aktivität. Menschen gingen in den Studios ein und aus oder steuerten die verschiedenen Büro- und Universitätsgebäude in der Nähe an. Studenten auf Fahrrädern und – wer weiß? – vielleicht zukünftige Kinostars eilten auf dem Gehweg an mir vorüber. Von einem Trafohäuschen lächelte mir ein gemalter Manfred Krug in voller *Spur der Steine*-Montur entgegen.

Die Geschichte von Babelsberg wurde minutiös erzählt, selbst hier draußen in der Street-Art am Trafohäuschen. Es gab Platz für Fritz Langs Maria oder Jennifer Lawrences Katniss Everdeen, nicht aber für Ferdinand Marians Joseph Süß Oppenheimer, auch wenn zwanzig Millionen Deutsche Schlange gestanden hatten, um sich das Stück ruchloser antisemitischer Propaganda anzusehen, als der Film 1940 in die Kinos gekommen war. Und dass jenseits der Studiomauern die größte Tonbühne nach Marlene Dietrich benannt war, änderte nichts an der Tatsache, dass man heftig gegen ihre Rückkehr demonstrierte, als sie Deutschland nach ihrem Kriegsexil wieder besuchte: *Marlene Go Home!* Obwohl sie in ihrer Geburtsstadt auch von Unmengen von Fans empfangen und bejubelt wurde, tat sie, wie ihr geheißen und verließ Berlin für immer.

Am S-Bahnhof Griebnitzsee wartete ich auf einem weiteren Bahnsteig, dieses Mal kein stillgelegter, auf den Zug. Noch immer gingen mir die Geschichten dieses Tages durch den Kopf, dieses Spaziergangs durch die Wälder und die Straßen zwischen Berlin und Potsdam. Normalerweise bezieht sich der Ausdruck »in seinen Bann ziehen« auf etwas Positives, doch ich fühlte mich im Bann der Geschichten des heutigen Tages nicht im Geringsten wohl. Doch ob Teltowkanal oder Kontrollpunkt Drewitz, ob Pflasterstein aus Messing in Steinstücken oder Babelsberg, das an Dietrich und *Jud Süß* gleichermaßen erinnert – all diese Geschichten müssen erzählt werden, in Büchern, an orangefarbenen Säulen und an den Orten, an denen sie geschehen sind.

Heimgesuchte Ufer

Von Griebnitzsee nach Wannsee
13. März

*Griebnitzsee: Zutritt verboten / Churchills Villa / Schloss Babels-
berg wird renoviert / Die Brücke der Spione / Ein Hafen im Sturm
/ Die Pfauen und ihre Insel / Strandbad Wannsee / Die Villa
am See / Ich kann gar nicht so viel essen … / Selbstmordpakt*

Es hatte Frost gegeben in dieser Nacht, eine dünne, weiße Schicht
bedeckte die Dächer im Innenhof unseres Mietshauses in Berlin-
Wedding. Doch als ich im Süden der Stadt ankam, wärmte die Sonne
die Winterjacken von den Schülern, die auf dem Weg zum Unter-
richt aus der S-Bahn in Griebnitzsee ausstiegen. Hinter den Stufen,
die von den Bahngleisen zur Straße hinabführten, gingen sie alle
nach rechts. Ich war der Einzige, der sich links hielt und durch den
alten Bahnhofseingang auf der kopfsteingepflasterten Wendefläche
landete, wo man sich einen Kaffee kaufen, ein Stand-up-Paddelbrett
mieten oder auf die ruhigen Gewässer des Sees schauen kann.

Theoretisch hätte ich dem Seeufer bis ganz hinüber zum Wannsee folgen können sollen, doch musste ich gleich zu Beginn meines
Spaziergangs auf die Straße hinter den prachtvollen alten Villen
und moderneren Häusern ausweichen, die den Zugang zum See
blockierten. Als der See noch die Grenze zwischen der DDR und
West-Berlin gewesen war, hatte die Straße hinter den Gärten der
Villen entlang als Kolonnenweg gedient. Nach dem Fall der Mauer

wurde aus dem Kolonnen- ein Spazier- und Radweg. Im Laufe der Zeit aber wurden die Häuser verkauft und Eigentumsrechte geltend gemacht. Zunächst versperrten Plastikbänder und stämmige Wachmänner den Uferweg, später dichte Hecken und solide Zäune. Daraufhin ließ der Potsdamer Stadtrat mittels Aushängen verlauten, er werde dafür kämpfen, dass die Öffentlichkeit wieder Zugang zum Griebnitzsee erhält. Die Aushänge sind mittlerweile zerfranst und von der Sonne gebleicht, denn das Ganze zieht sich. Von den Balkons überall in den Straßen hängen Schilder, die eine entsprechende Bürgerinitiative unterstützen: *Griebnitzsee für alle*. Im Frühjahr 2017 allerdings konnte davon keine Rede sein.

Was man hier eigentlich bekämpft, ist die Art Wohlstand, mit der man sich Villen mit Gärten bis zum Seeufer hinunter leisten kann. Sie wurden für die Gewinner der rasanten Industrialisierung erbaut, die dafür sorgte, dass sich Berlin in nur wenigen Jahrzehnten von einer mittelgroßen europäischen Hauptstadt zu einer Weltstadt mauserte. Als Churchill, Stalin und Truman 1945 zur Potsdamer Konferenz ins besiegte Deutschland reisten, kamen sie in diese Ecke von Babelsberg. Die drei Villen, in denen die Führungsmächte übernachteten, stehen immer noch. Ich traf als Erstes auf die von Truman, die heute eine Stiftung zur Förderung des Liberalismus beherbergt. Hier war der öffentliche Zugang zum Uferweg natürlich gestattet, und so konnte ich den See eine Weile so genießen, wie sich Stadtrat und Bürgerinitiative das vorstellten. Bald aber war der Weg schon durch den nächsten Zaun versperrt.

Kleinere Siege waren allerdings bereits errungen worden. 2012 hatte man einem Erschließungsplan zugestimmt, der Zwangsverkäufe und entsprechende Entschädigungen vorsah. Einige Grundstückseigentümer waren damit einverstanden gewesen, andere hatten abgelehnt. Vor Kurzem hat man eine Crowdfunding-Kampagne zum Bau eines Stegs ins Leben gerufen, der im See um die Grundstücke der stureren Eigentümer herum führen soll. Doch wie alle Schlachten, bei denen es um öffentlichen Zugang zu einem bestimmten Stück Land geht, brauchte auch diese ihre Zeit. Ich spähte über den Zaun in einen Garten, ein Potsdamer Spaziergänger, der unbefugtes Betreten erwog. Stattdessen ging ich die Stufen hinauf und zur Straße zurück.

🚶

Die Villa, in der Churchill übernachtet hat, ist zwar nur von einem niedrigen Zaun umgeben, dafür aber umso strikter Privatgelände. Im Gegensatz zu seinen sowjetischen und amerikanischen Verhandlungspartnern wartete Churchill nicht die gesamte Konferenz ab, weil er mittendrin eine Wahl verlor. Sein Nachfolger sprang ein. Und doch heißt die Villa heute nicht Clement-Attlee-Villa – es ist Churchills Name, der auf ewig mit ihr verbunden ist. In Wirklichkeit heißt das Haus Villa Urbig, nach dem Banker, der Mies van der Rohe beauftragt hatte, ihm eine Residenz am Ufer des Griebnitzsees zu entwerfen.

Vor ein paar Jahren lernte ich die damals 88-jährige Enkeltochter von Franz Urbig kennen. Sie ist in Charlottenburg aufgewachsen, in einer hübschen Wohnung in einem hübschen Viertel und hat unbeschwerte Wochenenden und Sommerferien in der Villa ihres Großvaters verbracht, der sich zwar nie offen zum Nationalsozialismus bekannte, aber doch daran beteiligt war, jüdische Vorstandsmitglieder aus der Deutschen Bank zu drängen. Sie war sich ihrer privilegierten Kindheit wohl bewusst, die sich mit dem Ausbruch des Krieges allerdings änderte. Dann nämlich musste sie in einer Waffenfabrik in der Stadt arbeiten, und ihre Wohnung wurde mitsamt dem ganzen Haus bei einem Bombenangriff dem Erdboden gleichgemacht. Die Familie floh nach Süden, in die Villa mit Blick auf den Griebnitzsee. Dort fühlte sie sich sicher, bis zum Tag der Kapitulation.

Einige Tage nachdem die Deutschen kapituliert hatten, klopfte es an der Tür. Davor stand Nikolai Bersarin, der sowjetische Stadtkommandant von Berlin. Er würde, so teilte er der Familie höflich mit, das Anwesen für sechs Wochen beschlagnahmen, um in der Villa Würdenträger unterzubringen, die an der Potsdamer Konferenz der siegreichen Alliierten teilnahmen. Nach der Konferenz, versicherte er ihnen, würde er die Villa wieder der Familie überlassen. Sie glaubte ihm, doch erst annähernd 50 Jahre später, in den 1990er-Jahren, nach dem Fall der Mauer, erhielt sie die Schlüssel zu ihrem Haus zurück. In der Zwischenzeit war es Eigentum der Deutschen Demokratischen Republik und diente dem Regime, das ab 1961 eine befestigte Grenze zwischen Garten und Seeufer baute, als Gästehaus. Als die Familie ihre Villa zurückbekam, war sie halb verfallen; die Renovierungs- und Reparaturkosten waren so hoch, dass der Familie keine andere Wahl blieb, als das Haus an Bauunternehmer zu verkaufen. Heute befindet es sich im Besitz eines extrem wohlhabenden Gründers einer deutschen Softwarefirma.

Ich blickte über das Tor. Er besaß einige solcher Anwesen rund um die Welt, dieser Softwareentwickler, und es sah so aus, als nächtigte er momentan woanders. Zwischen den Kiefern des Briefkastens klemmten Stapel kostenloser Zeitungen voller Gutscheine und Werbung für Billigsupermärkte. Der jetzige Besitzer hatte sich mächtig ins Zeug gelegt, um die Villa in den Zustand zurückzuversetzen, in dem Mies van der Rohe sie erbaut hatte, hatte sogar ein Buch über die Geschichte des Hauses in Auftrag gegeben. Als sowohl Renovierungsarbeiten als auch Buch fertig waren, hatte er sorgfältig darauf geachtet, dass die Nachfahren der Familie Urbig ein Exemplar bekamen.

Truman. Churchill. Stalin. Die Villa, die Letzteren beherbergt hatte, war nun Gewerkschaftseigentum. Ein paar Türen weiter war in einer anderen Villa jetzt eine private Hals-Nasen-Ohren-Klinik untergebracht. Die ganze Straße entlang luden Männer Arbeitsgeräte und ähnliche Dinge aus weißen Lieferwagen. Riesige Farbeimer und mit Farbe bespritzte Leitern. Eine neue Küche. Rohre, die verlegt werden wollten. An diesem Wochentagsvormittag waren mehr Arbeiter als Anwohner unterwegs, und sie alle waren mit der andauernden Instandhaltung einer kostspieligen Wohngegend beschäftigt.

Heute ist dies die Domäne von Softwaremagnaten und Fernsehstars, von Rechtsanwälten und Privatchirurgen – nah genug an der Stadt, doch so weit von ihr entfernt, dass man sich hinter hohen Mauern und Elektrozäunen abgeschieden und sicher fühlen kann. Babelsberg ist schon seit Langem ein Zufluchtsort. Für die Industriellen aus dem 19. und frühen 20. Jahrhundert hatte es der Zug möglich gemacht, *hier* zu wohnen und *dort* Geld zu verdienen. Vorher hatte dieser beschauliche und wunderschöne Ort, wo sich die Seen an der Stelle treffen, an der sich Berlin an Potsdam schmiegt, royale Aufmerksamkeit auf sich gezogen. Ich ließ die aneinandergereihten Villen hinter mir, überquerte die Straße und folgte einem Kiesweg an einem Studentenwohnheim vorbei in einen Park. Plötzlich tauchte jenseits eines sorgfältig gemähten Rasens die groteske Fassade von Schloss Babelsberg vor mir auf. Kaiser Wilhelm hatte sich diese Sommerresidenz Mitte des 19. Jahrhunderts im Stil der sogenannten englischen Neugotik erbauen lassen. An diesem Ort, der so prominent mit Blick auf den See liegt, wurden zahlreiche Ränke geschmiedet; so traf sich der Kaiser hier 1862 beispielsweise mit Otto von Bismarck zu Gesprächen im Schloss und Spaziergängen im Park. Das Ergebnis: Bismarcks Ernennung zum Ministerpräsidenten und Außenminister von Preußen. Neun Jahre später – Bismarck hatte unzweifelhaft immer noch das Heft in der Hand – war Deutschland das erste Mal vereint.

Ebenso wie bei den Villen an der Straße unten schien es auch hier eine nie endende Aufgabe zu sein, das Gebäude so aussehen zu lassen, wie Kaiser Wilhelm es gewollt hätte. Ein Teil der Schlossfassade war von einem Gerüst verdeckt, und obwohl das Schloss selbst Besuchern nach wie vor offen stand, interessiere ich mich noch weniger für das Innere von Schlössern als für ihr Äußeres, und so blieb ich draußen. Schließlich kann man nur ein gewisses Maß an Größenwahn vor dem Mittagessen vertragen. Als ich jedoch auf der Hügelkuppe inmitten dieser Parklandschaft stand und zu der Stelle hinabsah, an der der Griebnitzsee auf den Tiefen See und die Havel trifft, konnte ich schon verstehen, warum man diese bombastische neugotische Datsche dort errichtet hatte, wo sie erbaut worden war. Über den Bäumen zeichnete sich das Belvedere in Potsdam ab. Unter mir führte die Glienicker Brücke ins Zentrum von Berlin.

Noch mehr Paläste, noch mehr Villen. Während ich den Hügel hinabging, kamen mir einige Frauen entgegen, die auf dem Weg zum Schloss waren.

»Sieht gut aus«, sagte eine von ihnen widerwillig, als hätte sie den Hügel in der geheimen Hoffnung auf Enttäuschung erklommen.

»Das sollte es auch. Hat schließlich genug gekostet.«

»Ja? Wie viel denn?«

Die Antwort habe ich nicht mehr gehört. Sie waren schon zu weit oben.

Am Ende des Parks verband eine einspurige Straßenbrücke Babelsberg mit dem winzigen Dörfchen Klein Glienicke am gegenüberliegenden Ufer des schmalen Kanals, der vom Griebnitzsee zu den anderen Wasserstraßen im Westen führt. Trotz seiner Lage auf der Berliner Seite des Gewässers gehört Klein Glienicke schon seit Langem zu Potsdam. Heute spielt das nicht wirklich eine Rolle, abgesehen von Dingen wie Autokennzeichen und Versicherungskosten, Schulzugehörigkeiten und anderen kleinen Bürokratien, die eine solche Laune der politischen Kartografie mit sich bringt. Um von Babelsberg nach Klein Glienicke zu kommen, musste ich lediglich die Brücke überqueren, vorbei an einem ungeduldigen Autofahrer, der an der Ampel auf Grün wartete, und einem Biergarten, der noch Aushilfen für die Sommersaison suchte. Sowohl Spaziergänger als auch Wanderer nutzten diese Strecke, um von Potsdam durch ein Dorf voller Märchenhäuser aus Holz in den Wald dahinter zu gelangen. Nichts einfacher als das.

Nicht so allerdings zwischen 1961 und 1989, als Klein Glienicke DDR-Territorium auf der West-Berliner Seite des Kanals war. Damals war die Brücke, die ich überquerte, der einzige Weg ins oder aus dem Dorf gewesen, und jeder, der hineinwollte, musste sich zunächst von Grenzwachen kontrollieren lassen. Jeder, sei es nun Einwohner oder Besucher, denn da Klein Glienicke fast vollständig von der Berliner Mauer umgeben war, wurde es als Ort eingestuft, in dem hohe Fluchtgefahr herrschte. In einer Gesellschaft, in der so ungeheuer viele Aspekte des Alltags vom Staat reglementiert waren, galt dies für Orte wie Klein Glienicke – direkt an der Grenze – noch mehr. Langsam, aber stetig zogen die jungen Leute, die sich diesen Einschränkungen nicht unterwerfen wollten, aus Klein Glienicke weg und wurden häufig durch vertrauenswürdigere Befürworter des Regimes ersetzt.

Einige Einwohner von Klein Glienicke nutzten die einzigartige Lage des Dorfs jedoch zu ihrem Vorteil. 1973 gruben zwei Familien vom Keller eines Hauses in unmittelbarer Nähe der Grenze aus einen Fluchttunnel, durch den sie nach West-Berlin auf der anderen Seite gelangten. Um keinen Verdacht zu erregen, verwendeten sie zum Ausheben des 19 Meter langen Tunnels fast ausschließlich einen Kinderspaten. Bis dato hatten die Behörden geglaubt, das Ausheben eines Tunnels sei aufgrund des hohen Grundwasserspiegels in der Gegend um das Dorf unmöglich, doch eine längere Dürreperiode hatte das Blatt der beiden Familien gewendet. Ihr Erfolg bedeutete allerdings das Ende ähnlicher Fluchtmöglichkeiten aus Klein Glienicke: Ab sofort fanden regelmäßige Kellerkontrollen durch die Grenzwachen statt – eine weitere Einschränkung des Alltagslebens für diejenigen, die im Dorf geblieben waren.

Ich ging am alten Konsum-Lebensmittelgeschäft vorbei – noch immer zierten die Buchstaben die Fassade des Hauses, das sich längst in Privatbesitz befand – und stand dann vor den Toren des Jagdschlosses Glienicke. Ein weiterer herrschaftlicher Sitz gleich hinter der Stadtgrenze im ehemaligen West-Berlin. In den Jahren der Teilung war das Schloss vor allzu neugierigen Blicken geschützt gewesen, doch nun konnte man Ein- und Ausgang der jetzigen Pädagogischen Hochschule deutlich sehen. Auf der anderen Seite der Straße, in Klein Glienicke, die bescheidene Backsteingotikkirche. Im Garten nebenan: Lamas. Auf meinem Spaziergang zwischen Berlin und Brandenburg bewegte ich mich zwischen Geschichten preußischen Königtums und der geteilten Stadt, und Spuren dieser verschiedenen Geschichten standen einander gegenüber, getrennt nur durch kopfsteingepflasterte Straßen und Gärten, in denen, so schien es, nun eine südamerikanische Kamelart heimisch war.

Und die Geschichten werden noch lange weiterleben, denn all die Schlösser und Gärten sind heute Teil des UNESCO-Welterbes. Eine Monarchie gibt es hier schon seit hundert Jahren nicht mehr, und doch scheint das Interesse daran, wie die Herrscher lebten und ihr Leben organisierten, ungebrochen. Der Strom der Busladungen voller Touristen, die all das Gold, die polierten Böden und die prickelnden Histörchen von Hofintrigen und Ehebruch bestaunen, reißt nicht ab. Eine weitere Attraktion stellt die Brücke dar, die Potsdam mit Berlin und somit die königlichen Residenzen beider Städte miteinander verbindet. Sie erlangte ihren Ruhm später, als auf der Glienicker Brücke, der »Agentenbrücke«, Spione aus Ost und West ausgetauscht wurden. Etwa der amerikanische Air-Force-Pilot Gary Powers, der über der Sowjetunion abgeschossen worden war und den man an einem nebligen Morgen über dem Fluss, der West und Ost trennte, gegen KGB-Agenten eintauschte. *Bridge of Spies* – die Brücke der Spione.

»Und wen hat Tom Hanks gespielt?«

Eine Frage aus dem hinteren Teil eines Reisebusses.

Ich ging vor dem Bus über die Straße, in dem die Touristen den Kommentaren – heute über Kopfhörer und in einer Vielzahl von Sprachen – lauschten. Irgendwie wurde mein Spaziergang allmählich immer fantastischer, immer unwirklicher. Schlösser, in denen Betriebsräume dem Glockenturm von Siena ähnelten. Gebirgsbäche, die man gartengestalterisch aus den winzigen Erhebungen der Moränenlandschaft am Stadtrand von Berlin herausgemeißelt hatte. Die Holzhäuser in Klein Glienicke, die direkt einem grimmschen Märchen hätten entsprungen sein können. Die Brücke, die auch das

Cover eines John-le-Carré-Spionageromans hätte zieren können. Und jenseits des Flusses, am anderen Ufer der Havel und scheinbar isoliert im Wald, eine italienisch anmutende Kirche.

Was machte die denn nun wieder hier? Eine weitere Geschichte trieb über den ruhigen Fluss zu mir herüber, die Geschichte eines Sturms und der aufgewühlten Havel, damals ganz und gar nicht ruhig, sondern launisch und bösartig. Fischer kamen in den Sturmböen ums Leben, doch einige von ihnen schafften es in eine kleine Bucht am Westufer des Flusses. Sie suchten Schutz, den der natürliche Hafen ihnen gewährte.

S. Ecclesiae sanctissimi Salvatoris in portu sacro.

Kirche des heilbringenden Erlösers im heiligen Hafen.

Auf meiner Seite der Havel bot sich durch die Bäume oberhalb des Weges ein weiterer ungewöhnlicher Anblick: ein Zwiebelturm, der eine Backsteinkirche krönte. Und dann, über das Wasser, ein weißes Schloss an der Spitze einer Insel, beinahe grell in der Frühlingssonne, die den Frost des Morgens längst weggetaut hatte. Die Ufer der Havel schienen mit Symbolen des Wohlstands oder der Frömmigkeit oder mit beidem gespickt zu sein – fast hinter jeder Ecke tauchte ein weiteres Sinnbild prachtbesessener Narrheit oder tiefen Glaubens auf. Vor den Villen von Babelsberg waren Autos geparkt, die mehr kosteten als einige Häuser anderswo in Brandenburg. Innen waren diese Villen mit Heimkinos und Swimmingpools in ausgebauten Kellern ausgestattet. Vor 200 Jahren haben sich die Reichen Lustschlösser und Kirchen an abgeschiedenen Stellen errichten lassen und, als sie dann irgendwann einmal wirklich gelangweilt waren, exotische Tiere auf einer Insel angesiedelt.

Ich setzte mit der Fähre auf die Pfaueninsel über, die einst nach den wild auf den Wiesen und in den Wäldern lebenden Kaninchen benannt war, bevor die schillernden, stolzierenden Vögel 1797 auf die Insel gebracht wurden, drei Jahre nach dem Bau des ersten Schlosses. Als die Fähre den schmalen Kanal zwischen Ufer und Insel überquerte, konnte man den charakteristischen Ruf der Vögel über dem stetigen Stampfen des Schiffsmotors bereits deutlich hören. Die Fähre ist ständig zwischen Insel und Festland unterwegs, während der kurzen Fahrt teilte ich mir das obere Deck mit etwa zehn anderen Besuchern. Nach unserer Ankunft trennten sich unsere Wege; wir folgten verschiedenen Pfaden durch die Wiesen, Wälder und Gärten zwischen der zusammengewürfelten Handvoll historischer Gebäude, die man scheinbar willkürlich hier und da erbaut hatte.

Auf der Insel war es sehr friedlich und ruhig. Ein Pfau starrte mich von seinem Sitzplatz auf dem Dach eines Gebäudes aus an. Pferde und Schafe waren über die Grünflächen verteilt. Im Sommer grasen dort Wasserbüffel. Außerdem war ich von einer Vielzahl von Vögeln umgeben. Heute ist die Pfaueninsel ein Naturschutzgebiet, früher beherbergte die königliche Menagerie Kängurus, Affen, Löwen, Bären, Papageien und Biber. Sie war öffentlich zugänglich gewesen, bis die Dinge ein wenig aus dem Ruder liefen; weder Insel noch Fähre hätten den Zustrom der Massen, die den exotischen Außenposten auf einer Insel in der Havel sehen wollten, länger verkraftet. Deshalb brachte man die Tiere nach Charlottenburg in den neuen Zoo, und die Insel war fortan nur mehr den Pfauen und wehmütigen Paaren vorbehalten, die dort nicht nur ihre Ungestörtheit genossen, sondern auch die romantische Aussicht über das nebelverhangene Wasser, die ihnen Liebesschwüre und unzählige Verse der fürchterlichsten Dichtkunst entlockte.

Ich fand sie seltsam, diese manikürte und künstliche Insel mit ihrer Molkerei, die wie eine mittelalterliche Kirche aussah, und ihrem halb zwischen Bäumen verborgenen Säulentempel. Auf meinem Spaziergang über die Pfaueninsel wurde ich von einem mulmigen Gefühl geplagt. Der Pfauenschrei klang nun irgendwie bedrohlich, als ich über den Rasen zu dem pompösen Kavaliershaus sah, das am Rande des Waldes mehr als fehl am Platz wirkte. Ich ging zur Fähre zurück. Die Nazis setzten der Insel als Rückzugsort für die Liebeskranken und Liebestollen ein Ende – sie nutzten sie zu ihren eigenen Zwecken. 1936 beleuchteten Laternen den Weg über eine Brücke aus Booten, als SS-Uniformierte und ausländische Würdenträger den erfolgreichen Abschluss der Olympischen Sommerspiele auf der Insel feierten. Hinter mir, am Ufer der Pfaueninsel, konnte ich immer noch den Schrei der Pfauen hören und stellte mir vor, wie ein Feuerwerk damals die Stille des nächtlichen Himmels zerrissen hatte. Manchmal verwandeln sich Vorstellungen und Fantasien in Albträume. Ich ging meines Weges, auf die Landspitze zu, die mich nach Wannsee führen würde.

Jenseits des Wassers: ein Strand. Er war berühmt, dieser Sandstreifen, wird in West-Berliner Punk-Songs erwähnt, in denen die Jugend dieser Hälfte der Stadt mit der S-Bahn nach Süden an die Ufer der Havel fährt und dort von einer Insel in der Nordsee träumt. Die Geschichte des Strandbads Wannsee hatte begonnen, lang bevor es im Lied unsterblich gemacht wurde, und wurzelte ebenso tief in der Historie des Stadtzentrums wie in James Hobrechts Plänen zur Erweiterung Berlins und den Rieselfeldern und den Eisenbahnlinien, die die Landschaft der Berliner Außenbezirke prägten. Als die Stadt wuchs und die Bevölkerung aus allen Nähten zu platzen drohte, wurden die Verhältnisse immer beengter. In Hobrechts neuen Vierteln drängten sich die Menschen in den Mietskasernen in überfüllten Ein- bis Zweizimmerwohnungen.

Dies hatte für die frisch verstädterte Bevölkerung katastrophale gesundheitliche und seelische Folgen. In manchen Vierteln belief sich die Säuglingssterblichkeitsrate auf ganze 40 Prozent. Wurde es im Frühjahr allmählich warm, begann die Stadt zu stinken. Luftverschmutzung oben und ein völlig überfordertes Abwassersystem unten. Kein Wunder, dass die, die es sich leisten konnten, in die Vororte flohen, in die Villenkolonien und Gartenstädte. Für die Arbeiterklasse konnte jegliche Flucht zwar nur eine vorübergehende sein, aber auch sie schwärmte an den Rand der Stadt aus, wann immer es Wetter und Arbeit zuließen.

Ihr Ziel war wie das der heutigen Berliner auch der See. Das öffentliche Baden war zu wilhelminischer Zeit jedoch praktisch verboten, eine moralische Anschauung, die sich die damaligen Obersten der Stadt mit ihren viktorianischen Zeitgenossen jenseits des Ärmelkanals teilten. Den übrigen Berlinern allerdings war das Wurscht: Sie strömten in solchen Scharen nach Süden an den Wannsee, dass sich die Munizipalität von Teltow im Jahr 1907 dem Unvermeidlichen beugte und einen Abschnitt des Seeufers für die Öffentlichkeit freigab. Davon waren die begüterten Anwohner des gerade aus der Taufe gehobenen Strandbads gar nicht angetan; sie wehrten sich mit Händen und Füßen gegen die neuen Sitten, doch ach, umsonst! In den 1920er-Jahren, als Wannsee Berlin eingemeindet wurde, errichtete man an den goldenen Gestaden entlang überall neue Gebäude, die jederzeit Zigtausende Badende aufnehmen konnten.

Wie bereits die Liebespaare auf der Pfaueninsel hatten feststellen müssen, endet jede Flucht an ein Gewässer irgendwann einmal, und wie ganz Berlin und der Rest der Welt stand auch das Strandbad Wannsee nicht über den Ereignissen, als die Weimarer Republik von einer Krise in die nächste taumelte und die Nationalsozialisten immer mehr nach der Macht griffen. Die Straßenkämpfe zwischen Nazis, Kommunisten und Regierungsvertretern erreichten schließlich auch den Wannsee. Am Strand aufgepflanzte Flaggen grenzten Territorien ab. Die Badenden nähten sich Hakenkreuz oder Hammer und Sichel auf den Badeanzug. Besonders an langen, heißen Tagen, an denen das Bier in Strömen floss, entluden sich Spannungen nicht selten in Gewalt – der Strand als Unruheherd im Kampf um die Oberhand.

Ein Mann jedoch versuchte, Ordnung ins Chaos zu bringen, und dieser Mann war Hermann Clajus, sozialdemokratischer Kommunalpolitiker und Direktor des Strandbads Wannsee. Als Hitler 1933 an die Macht kam und die Nationalsozialisten zum Wannsee unterwegs waren, um den Strand zu beschlagnahmen und den Strandbaddirektor zu verhaften, nahm sich Hermann Clajus das Leben. Zwei Jahre später war es Juden verboten, am Wannsee zu baden, 1938 galt das Verbot auch für alle anderen öffentlichen Bäder Deutschlands.

Nach dem Zweiten Weltkrieg und mit dem Bau der Mauer im Jahr 1961 wurde das Strandbad Wannsee immer wichtiger für die West-Berliner, die ansonsten von den Seen und Wäldern des Berliner

Hinterlands abgeschnitten waren. Man importierte sogar Sand von der westdeutschen Ostseeküste, damit der Wannsee den Städtern das Gefühl vermitteln konnte, aus der Stadt herauszukommen, ohne dass sie sie dafür tatsächlich hätten verlassen müssen. Der Wannsee war nun die einzige wirklich zugängliche ländliche Gegend, die man auch ohne Flug, Zug oder eine lange Autofahrt auf der DDR-Transitstrecke in die Bundesrepublik erreichen konnte. Einige West-Berliner träumten allerdings immer noch von glamouröseren Reisezielen. Sie träumten von Westerland.

Am gegenüberliegenden Ufer war am Strand keinerlei Lebenszeichen zu entdecken. Es war einfach noch zu früh im Jahr. Auch in der Bucht des Großen Wannsees ging es eher ruhig zu: Lediglich ein paar Boote waren zu sehen und eine kleine Gruppe Kajakfahrer. Ich spazierte in Richtung der Wannsee-Villen, das erste der Häuser war durch die Bäume bereits sichtbar, und je näher ich den menschlichen Behausungen kam, desto belebter wurde der Weg. Radfahrer klingelten sich die Bahn frei, ein paar junge Männer joggten zusammen wie im o-beinigen Verbund einer Fußballmannschaft im Training. Ich stand mittlerweile vor dem ersten Bootshaus – die Boote waren an Pfosten angepflockt oder mit weißen Planen bedeckt – und dem angeschlossenen Biergarten. Eine Piratenflagge flatterte im Wind über Werbeschildern, die kaltes Eis und kaltes Bier anpriesen.

Neben dem Kiosk, der solche Leckereien anbot, und einer Treppe, die zu einem Restaurant am Rand des Wassers hinunterführte, lenkte ein schlichter Metallzaun den Pfad vom See weg zur Straße. Auf der anderen Seite des Zauns befand sich ein zugewachsener Garten, der Rasen von einem Laubteppich bedeckt. An den Ästen und Zweigen der schlanken Bäume waren die ersten grünen Knospen erschienen. Und hinter dem Garten eine eierschalenfarbene Villa. Aus einem der Erdgeschossfenster drang Licht.

Am Zaun hatte jemand in einer Art Freiluftausstellung Schilder angebracht, auf denen die Geschichte der Villenkolonie zu lesen war, die sich am Seeufer etwa von meinem Standort aus bis zur wichtigsten Straße zwischen Berlin und Potsdam sowie zum S-Bahnhof Wannsee entlangzog. Die Colonie Alsen war in der zweiten Hälfte des 19. Jahrhunderts gewissermaßen als bürgerliches Pendant zu Sanssouci gegründet worden. Dort, zwischen den Bäumen des Düppeler Forsts und der Wannsee-Bucht, hatten sich die Reichen und Schönen der Weltstadt Berlin ihre Häuser gebaut. Auf den Schildern war jede Villa der Reihe nach einzeln vorgestellt, ebenso wie ihre betuchten Besitzer und die Gewerbe, die ihnen ihren Reichtum beschert hatten. Der Chemiker Oppenheimer. Liebermann, der Maler. Der Schokoladenfabrikant Faßbender. Und das letzte Haus links? Das Haus mit der Nummer 56–58, das da durch die Bäume blitzte?

Es war 1914 für den Direktor eines Pharmaunternehmens erbaut und 1921 an einen Mann verkauft worden, der als einer der größten Betrüger Nazideutschlands im Gefängnis landen sollte. Von dort aus verscherbelte Friedrich Minoux seine Villa an die Nordhav-Stiftung, die Reinhard Heydrich zur Abwicklung von Grundstücksgeschäften der SS ins Leben gerufen hatte. Und Heydrich war es auch, der hier, Am Großen Wannsee 56–58, am 20. Januar 1942 eine Konferenz führender Vertreter der nationalsozialistischen Reichsregierung und SS-Behörden einberief. Auf dieser Konferenz wurde die »Endlösung der Judenfrage« diskutiert und organisiert sowie die Deportation und Ermordung der überwiegenden Mehrheit der im von den Deutschen besetzten Europa lebenden Juden beschlossen. Es war hier, am Ufer des Wannsees, an einem der schönsten Flecken Berlins, wo sich Bürokraten und Funktionäre versammelten, um kaltblütig das praktische Vorgehen dessen zu planen, das als Grauen der Vernichtungslager enden sollte: das Töten von Menschen in großtechnischem Ausmaß, bei dem aus Mord Völkermord wurde.

In der Villa ist heute eine Gedenk- und Bildungsstätte untergebracht, und als ich weiterging, musste ich wieder einmal an Hannah Arendts Formulierung der »Banalität des Bösen« denken und, an der nächsten Straßenecke und einer weiteren Villa der Colonie Alsen, an einen Ausspruch des Malers Max Liebermann. Die Villa war sein Sommerwohnsitz gewesen – sie lag nur wenige hundert Meter vom Haus der Wannseekonferenz entfernt und war vom selben Architekten entworfen worden. Im Januar 1933 hatte Liebermann von seinem Büro in der Akademie der Künste am Pariser Platz aus dem Fackelzug der Nazis am Brandenburger Tor zur Feier von Hitlers Ernennung zum Reichskanzler zugesehen.

»Ick kann jar nich soville fressen, wie ick kotzen möchte.«

Es ist bis heute umstritten, ob Liebermann diesen Satz in diesem Augenblick wirklich gesagt hat; unumstritten ist aber wohl, dass er ziemlich genau das zum Ausdruck bringt, was der Künstler vom neuen Regime hielt. Nur ein paar Monate später trat Liebermann von allen seinen öffentlichen Ämtern zurück und zog ganz in seine Villa am See, wo er einige seiner berühmtesten Werke geschaffen hatte. Zwei Jahre später, 1935, starb er im Schlaf. Zu diesem Zeitpunkt hatten die Nazis bereits die Macht in ganz Deutschland übernommen, und so war auch in keiner Zeitung eine Todesanzeige oder gar ein Nachruf auf Liebermann zu lesen. Dennoch kamen Hunderte von Menschen zu seiner Beisetzung.

1940 zwang man Liebermanns Frau Martha dazu, die Villa zu verkaufen, und obwohl ihre Familie sie drängte, das Land zu verlassen, beschloss sie zu bleiben. Sie wollte weder Berlin noch dem Grab ihres Ehemannes den Rücken kehren. Da sie Jüdin war, tauchte ihr Name unweigerlich auf einer der Listen auf, die an die Teilnehmer der Wannseekonferenz nur ein Stück weiter die Straße hinunter von ihrem alten Zuhause ausgegeben wurden. Im März 1943 bekam sie von den Behörden Bescheid, sich auf die Deportation nach Theresienstadt vorzubereiten. Zu dieser Zeit war Martha Liebermann zwar schon schwer krank und bettlägerig, doch immer noch fähig, ihr Schicksal in die eigene Hand zu nehmen. Sie nahm eine Überdosis Schlafmittel, an der sie wenige Tage später im Jüdischen Krankenhaus Berlin starb.

Ich stand auf einem winzigen Hügel, von dem aus man auf den Kleinen Wannsee blicken kann. Unter einer massiven Eiche ein Grabstein. Die Grabstätte ist heute von Häusern umgeben, doch damals, im Jahr 1811, als man sie angelegt hatte, gab es hier nichts außer der unberührten Schönheit grasbewachsener Böschungen und schattiger Wälder. Das einzige Gebäude, das man damals von hier aus hatte sehen können, war ein kleines Gasthaus am gegenüberliegenden Ufer des Sees gewesen, ein beliebtes Ziel für Berliner Tages- oder Wochenendausflügler und eines, das Heinrich von Kleist – Dramatiker, Dichter, Erzähler und Essayist – sehr gut kannte.

Kleist kam 1777 in Frankfurt an der Oder zur Welt, wo er sich zunächst der Juristerei und Philosophie widmete, bevor er die Erzählungen und Stücke zu schreiben begann, die ihn berühmt machen sollten. Als er 1810 der verheirateten Henriette Vogel begegnete, war er noch ein relativ junger Mann. Sie wiederum war eine talentierte Musikerin und, ungeachtet der Tatsache, dass sie gebunden war, schon bald der Mensch, den Kleist für seine Seelengefährtin hielt. Er litt an Melancholie und Depressionen, sie an Krebs im Endstadium. Und so schmiedeten sie gemeinsam einen Selbstmordpakt, um sich gegenseitig von ihrem Leid zu erlösen. Es war am Ufer des Kleinen Wannsees, wo sie sich das Leben nehmen wollten.

Am 20. November 1811 trafen Kleist und Vogel hier an dieser Stelle oberhalb des Sees und des Gasthauses ein, in dem sie übernachteten. Allem Anschein nach war das Paar bester Laune, als es an seinem letzten Abend Abschiedsbriefe an Freunde und Familie schrieb. »Die Wahrheit ist«, schrieb Kleist an seine Schwester, »dass mir auf Erden nicht zu helfen war.« Und vom Ufer des Sees aus versuchte auch Henriette Vogel, sich ihrem Ehemann zu erklären: »...nur so viel weiß ich zu sagen, dass ich meinem Tod als dem größten Glücke entgegensehe...«[24] Am nächsten Morgen gegen vier Uhr ging das Paar um den See herum zum Aussichtspunkt. Kleist nahm seine Pistole und schoss Henriette Vogel in die Brust, bevor er sie auf sich selbst richtete. Da man ihnen ein kirchliches Begräbnis verweigerte, wurden sie dort begraben, wo sie gestorben waren. Im Laufe der Zeit entwickelte sich ihre Grabstätte zu einer

Art Wallfahrtsort, vornehmlich für jene wehmütigen und romantischen Gemüter, die mich auf meinem heutigen Spaziergang überall an den Ufern der Seen begleitet zu haben schienen. Plötzlich fühlte ich mich im Schatten der Eiche, unter der ein kühler Wind zu wehen begonnen hatte, wie ich mich auf der Pfaueninsel gefühlt hatte: unwohl.

Hermann Clajus. Martha Liebermann. Heinrich von Kleist. Henriette Vogel. Vier Berliner Leben. Vier weitere Geschichten vom Rand der Stadt. Der Spaziergang von Griebnitzsee nach Wannsee war bislang der schönste von all meinen Spaziergängen um Berlin herum gewesen, und gleichzeitig der verstörendste. Wie wir auf Orte reagieren, hängt schließlich nicht nur von dem ab, was wir sehen, sondern auch davon, was wir wissen. Da kann der Wannsee noch so schön sein, wenn man an einem Sommertag mit einem Glas Bier in der Hand auf die weißen Segel blickt, die über das strahlend blaue Wasser tanzen – die Geschichten des Ortes wollen uns nicht aus dem Kopf gehen. Auf meinen Spaziergängen wurde mir immer klarer, dass die Wirkung der Orte, durch die ich kam, ebenso sehr mit meinem Wissen über sie wie mit meiner momentanen Erfahrung zu tun hatte. Und nirgendwo spürte ich den Einfluss längst vergangener Ereignisse stärker als in Wannsee. Vier Tode, in einem Dienstzimmer, einem Krankenhaus und auf einem kleinen Hügel mit Blick auf einen See und einen Wald. Der millionenfache Tod, bei Brandy und Zigarren an Erkerfenstern geplant, die sich zu einem Garten und dem zugefrorenen See dahinter öffneten. Die Geister, die noch heute am Ufer des Sees herumspuken.

SPANDAU

Die Grenzen des Stadtrands

Von Wannsee nach Spandau
20. März

WANNSEE

Mit der Fähre über den See / Kladow und die Briten in Berlin
/ Rieselfelder Karolinenhöhe / Schutt- und Trümmerberge /
Staaken: ein geteiltes Dorf / Gartenstadt / Der einsame Wanderer
/ Spandau ist nicht Berlin

An der Anlegestelle Wannsee wartete ich auf die Fähre, die mich durch die unruhigen Gewässer der Havel zu dem Ort Kladow auf der anderen Seite bringen sollte. Die Überfahrt liegt im Geltungsbereich des öffentlichen Nahverkehrs von Berlin, man kann dafür ein ganz normales AB-Ticket benutzen. Man hatte mir gesagt, dass die Fähre morgens und am frühen Abend recht voll sei, wenn Schulkinder und Pendler mit ihr übersetzten; an Sonntagen, bei schönem Wetter, sei sie hingegen eine preiswerte und angenehme Möglichkeit, das Wasser zu genießen, bevor man im Wald spazieren ging oder am einen oder anderen Ufer des Sees den Nachmittag in einem Biergarten verbrachte. Im Augenblick aber, am späteren Vormittag und mit einem Himmel voller grauer Wolken, die nichts Gutes verhießen, standen außer mir nur noch zwei weitere Passagiere auf dem Anlegesteg – bei der kurzen Überfahrt herrschte Gleichstand zwischen uns und der Anzahl der Besatzungsmitglieder.

Als wir an Bord der Fähre gingen, plauderten der Kapitän und der Ticket-Kontrolleur auf dem Landungssteg miteinander. Auf dem Schiff schraubte ein junger Mann im Overall gerade eine Reihe von Stühlen vom Metallboden neben unzähligen leeren Fahrradständern los. Auf einem Schild an der Anlegestelle waren die Passagiere darauf hingewiesen worden, dass pro Fahrt maximal sechzig Fahrräder mitgenommen werden könnten und dass Kinderwagen Vorrang hatten. Wer im Sommer zu spät kam, musste warten – die Fähren fuhren nur im Stundentakt.

»Ist das Ihr Schirm?«

Einer meiner beiden Mitpassagiere, eine Frau, hielt mir einen Regenschirm entgegen, der auf dem Boden im Gang zwischen uns gelegen hatte. Nein, das war nicht mein Schirm. Sie sah sich um, doch außer uns war nur ein Mann mit Brille in Sicht, der auf der anderen Seite des Schiffs in einem Buch las. Sie zuckte mit den Schultern und erzählte mir, dass sie am anderen Ufer der Havel eine Freundin besuchen wollte. Sie trafen sich einmal in der Woche und wechselten sich mit der Fähre ab. Anschließend tranken sie gemeinsam Kaffee oder gingen spazieren. Letzteres aber nur bei schönem Wetter. Die beiden Frauen pflegten diese Tradition schon seit Jahren, wann und wie genau sie begonnen hatte, daran konnte sich meine Mitreisende nicht erinnern. Manchmal sprachen sie darüber, ihre wöchentlichen Treffen auszudehnen, vielleicht mit dem Zug in die Stadt zu fahren oder nach Brandenburg. Doch getan hatten sie das noch nie. Sie mochten ihre vertrauten Strecken, und ohnehin bot der Wechsel der Jahreszeiten und des Wetters genügend Variation.

Sie sah aus dem Fenster, das mit Tropfen bespritzt war. Es hatte zu regnen begonnen.

»Unser Spaziergang wird heute wohl ins Wasser fallen.«

Ich nickte zustimmend und folgte dann ihrem Blick aus dem regenfleckigen Fenster. Durch den Niesel konnte ich die Molkerei auf der Pfaueninsel erkennen, die von hier aus wie eine Kirche anmutete. Während unserer Unterhaltung war die Fähre vibrierend zum Leben erwacht und hatte ihre Reise begonnen. Das Haus der Wannseekonferenz glitt an uns vorüber, danach erreichten wir die Landspitze. Am Schiffsbug schlug die Fahne der Reederei, die die Strecke gemeinsam mit dem öffentlichen Nahverkehr bediente, wild im Wind. Neben uns erhob sich ein Kormoran in die Luft – hart trafen seine Schwingen auf die Oberfläche des aufgewühlten Wassers. Einmal. Zweimal. Dreimal. Viermal. Ab in die Luft.

Vor uns kam Kladow in Sicht, die Anlegestelle war allerdings noch durch eine kleine Insel verdeckt. Warnschilder informierten herankommende Schiffe und Boote darüber, dass das Anlegen an der Insel verboten war. Sie war zum Naturschutzgebiet erklärt worden; überall erhoben sich große und schmale, dünne Bäume und reckten ihre Äste über das Wasser. Während die Fähre das felsige Nordufer umrundete, zählte ich rund 30 Kormorane, die in den Bäumen Schutz suchten. 30, dann glitt die Insel außer Sicht. Doch es befanden sich noch mehr schwarze Umrisse in den Zweigen, noch mehr elegante Wächter, die alle, die sich Kladow vom Wasser aus näherten, im Auge behielten.

In den Jahren der Teilung war Kladow eingeschlossen gewesen, auf zwei Seiten von der Berliner Mauer und auf der dritten vom See. Die einzige Überlandverbindung zur Außenwelt war eine einsame Straße in nördlicher Richtung gewesen, die durch den Nachbarort Gatow und die Rieselfelder der Karolinenhöhe nach Spandau führte. Die Kombination von Mauer und Havel hatte diese Ecke von West-Berlin in eine Halbinsel verwandelt, die an ihrer schmalsten Stelle nur wenige hundert Meter breit war. Für die Menschen im Süden, für die die schnellste Verbindung zum Rest der Stadt die Fähre und die S-Bahn in Wannsee gewesen wären, muss es sich wie eine richtige Insel angefühlt haben.

Als die Fähre in Kladow anlegte, ließ der Regen nach. Ich wartete mit meinen beiden Mitreisenden an den Doppeltüren darauf, dass die Landungsbrücke auf den Steg herabgelassen wurde. Sie fiel mit einem lauten Krachen darauf. Auf die Überfahrt zur anderen Seite zurück wartete nur ein einziger Passagier. Die Frau, die immer noch den Schirm in der Hand hielt, wünschte mir einen schönen Spaziergang nach Spandau. Wir gingen an Land, und ich dachte darüber nach, welchen Weg ich wohl wählen sollte.

Ich hatte zwei Möglichkeiten. Zum Einen konnte ich der Straße durch den Ort zum Flugplatz Gatow hinauf folgen, einst Militärbasis der Royal Air Force für die in West-Berlin stationierten Briten. Von dort aus ging es noch einmal auf den Berliner Mauerweg, der an der Straße von Potsdam nach Spandau am Rand der Stadt entlang verlief. Die zweite Option, für die ich mich nach dem Werfen einer imaginären Münze dann schließlich entschied, bestand darin, zunächst dem See nach Norden zu folgen und danach an der Havel entlangzugehen, bevor ich die Rieselfelder im Norden in Richtung Spandau überquerte.

In slawischer Zeit hieß der Ort Clodow. Daraus hatte sich nach der germanischen Besiedlung irgendwann um das 14. Jahrhundert herum sein zeitgenössischer Name entwickelt. Heute liegt Kladow nach Berliner Sicht noch immer nicht gerade am Nabel der Welt, scheint aber nichtsdestotrotz zu florieren. Überall am Ufer standen großzügig geschnittene Häuser, verborgen hinter hohen Mauern und abweisenden Zäunen. Zwar existiert die Berliner Mauer schon lange nicht mehr, und auf den Verbindungsstraßen zum benachbarten Potsdam herrscht wieder reger Verkehr, doch bietet Kladow noch immer die perfekte Mischung aus Abgeschiedenheit und pittoresker Lage – genau richtig für Wohlhabende, die ihre Privatsphäre schätzen. In den Jahren der Teilung waren hier viele hohe Tiere des britischen Militärs, die man nach West-Berlin versetzt hatte, ansässig gewesen, und man kann sich leicht vorstellen, welch komfortables Leben sie hier geführt haben müssen: der Kommandant in seiner weißen Villa am Ufer der Havel; ein paar hübsche Restaurants unten am Wasser; Golfclub und Jachtclub; die englischsprachige Schule nur ein paar Autominuten entfernt. Nicht ganz so leicht hingegen kann man sich vorstellen, dass das hier dasselbe West-Berlin gewesen war, zu dem auch Christiane F. und Gropiusstadt, David Bowie und der Bahnhof Zoo, Kreuzberg und die Kommune 1 gehört hatten. Und dennoch ist es so gewesen. Die Briten in Kladow waren von denselben historischen Kräften hierher geführt worden wie die Baseballfelder nach Zehlendorf oder die Pétanque-Plätze nach Tegel. Ganz zu schweigen von der speziellen und seltsamen Atmosphäre, die die Gegenkultur nach West-Berlin gezogen hatte und alles seinem einzigartigen Status als geteilte Stadt verdankte – zwar besetzt, aber dennoch ein Symbol der politischen und individuellen Freiheit. West-Berlin war eingeschlossen, auf allen Seiten von einer Mauer und der DDR umgeben, aber dennoch groß genug, als dass darin sowohl Cricket als auch die antikapitalistische Revolution Platz gefunden hatten.

Unten am Fluss, auf dem Weg zwischen Kladow und Gatow, näherten sich mir drei Männer, während ich etwas in mein Notizbuch schrieb. An den vorhergehenden Tagen hatte es heftig geregnet, und die Havel war bis zum Bersten gefüllt. An der Stelle, an der ich stand, war sie bereits über die Ufer getreten, das Wasser plätscherte gegen die Sohlen meiner Stiefel.

»Was schreiben wir denn da?«, fragte einer der Männer und lächelte gut gelaunt.

»Ein Gedicht über nasse Füße.«

Er lachte.

»Nicht schlecht! Woher kommen Sie? Aus Spandau? Oder aus Berlin?«

»Aus England«, erwiderte ich.

»Ah! England ... Noch besser ...«

Seine beiden Gefährten holten ihn ein, und so standen wir eine Weile gemeinsam auf dem Uferpfad, während die Havel die Sohlen unserer Schuhe kitzelte. Die drei Männer hatten sich zu einer inoffiziellen Wandergruppe zusammengetan; alte Freunde, die sich einmal in der Woche trafen, um auf den Wander- und Reitwegen von Berlin und Umgebung spazieren zu gehen. Alle drei wohnten sie in Spandau und kamen auf ihren Spaziergängen mitunter sogar bis nach Mecklenburg-Vorpommern. Wie die Frau auf der Fähre und ihre Freundin waren auch sie jedoch absolut zufrieden damit, auf vertrauten Wegen zu bleiben. Nun beugte sich einer der Männer zu mir herüber und senkte die Stimme, als wollte er mir ein lang gehütetes Geheimnis anvertrauen. Im Grunde, so gestand er im Bühnenflüsterton, begaben sie sich auf ihren Spaziergängen immer auf die Suche nach einer Kneipe. Zehn Kilometer müssten doch eigentlich ausreichen, um sich ein paar Spätnachmittagsbierchen verdient zu haben, meinte ich nicht? Unbedingt, stimmte ich ihm zu. Und als hätte ich mich spontan in Luft aufgelöst, begannen die drei, ihre Lieblingsspaziergänge in der Region zu vergleichen, deren Hauptkriterium die Qualität der Kneipe am Ende der jeweiligen Wanderung war.

Ich dachte in der Zwischenzeit weiter über die Frage nach, die er mir gestellt hatte. Spandau oder Berlin? Technisch gesehen ist Spandau ein Teil von Berlin, und zwar schon seit fast 100 Jahren. Allerdings schien das nicht jeder so zu sehen.

Ich konnte verstehen, warum sie sich diese Strecke für ihren Spaziergang ausgesucht hatten. Der Uferpfad bot eine wunderbare Aussicht über den Wald. Es gab unzählig viele Vögel. Auf der Havel schipperten Lastkähne und Boote. Am uns gegenüberliegenden Ufer erhob sich der rote, backsteingotische Phallus des Grunewald-turms aus dem umgebenden Wald. Er war eines der wenigen vom Menschen geschaffenen Gebilde, die auf der anderen Seite der Havel sichtbar waren. Man hatte ihn am Ende des 19. Jahrhunderts als eine Art Geburtstagsgeschenk für Kaiser Wilhelm I. erbaut – er wäre in diesem Jahr 100 geworden, war aber schon tot, als man sich das Geschenk ausdachte. Nur wenige Jahrzehnte nach der Fertig-stellung des Turms existierte auch das Kaiserreich, das Wilhelm I. gegründet hatte, nicht mehr, verloren in Schlamm, Schmutz und der verzweifelten Niederlage der Schützengräben des Ersten Weltkriegs. Der Turm blieb dem Kaiser gewidmet, bis man auch den Zweiten Weltkrieg verloren hatte, dann benannte man ihn nach dem Wald auf dem niedrigen Hügel, auf dem er steht, um.

In ganz Deutschland finden sich solche Gedenkstätten für Kaiser Wilhelm I., meist an einem Ehrenplatz wie auf einem Hügel oder in einem Wald. Sie gehören zu den Torheiten einer jungen Nation und feiern die einigende Kraft an genau jenen Orten, die als ent-scheidend für den Gründungsmythos der Kultur galten – einer Kultur, viel älter als der Nationalstaat selbst. Der Grunewaldturm wirkt ein wenig lächerlich und wie ein Fremdkörper, war aber bei Weitem nicht das schlimmste Beispiel seiner Art. Als ich mich von den Männern verabschiedete und meiner Wege ging, dachte ich an das Kyffhäuserdenkmal, das den Thüringer Wald verunstaltet, und das Völkerschlachtdenkmal, das in seiner gewaltigen und unschönen Breite am Rande Leipzigs hockt. Im Vergleich dazu erschien mir der Grunewaldturm nun doch beinahe elegant.

Ich war ebenfalls gut gelaunt, trotz des Nieselregens, der nun wieder eingesetzt hatte. Der Uferpfad führte mich zwischen Wasser und verschiedenen Grundstücken entlang: umzäunte, videoüberwachte Häuser, die sich hinter hohen Mauern versteckten; alte Villen und Datschenkolonien; Anbauschuppen unter hohen Tannen und moderne Holzhütten mit Sonnenkollektoren auf dem Dach. In einem Garten, Teil eines festen Wohnwagenparks, fanden sich lauter Schaufensterpuppen, Anatomiemodelle, Plastikgeweihe und andere Kitschtrophäen einer durchgeknallten Wildjagd. Windspiele klingelten, die Räder von Miniaturwindmühlen drehten sich, allesamt an einem Gartenzaun angebracht, der von nicht zueinander passenden Krücken aus dem Krankenhaus aufrecht gehalten wurde.

Da es nun stärker zu regnen begann, suchte ich unter einem Baum an einer kleinen Grünfläche mit Blick auf die Havel Schutz. Im Sommer gönnte man sich hier ein Sonnenbad, grillte und ging schwimmen. Jetzt sammelten einige Parkarbeiter heruntergefallene Äste und andere Überbleibsel des letzten Wintersturms vom Rasen. Der einzige Badegast war ein schwarz-weißer Hund, der einem Ball hinterherjagte; kaum hatte er ihn zurückgebracht, warf sein Besitzer den Ball erneut ins Wasser, wo er hüpfend auf den Wellen trieb. In der Ferne kreiste ein Greifvogel am Himmel. Wahrscheinlich ein Mäusebussard, aber sicher war ich mir nicht. Daneben Elstern und Nebelkrähen. Eine Möwe im Aufwind über dem Wasser. Der Hund trottete mit dem Ball im Maul wieder an Land und schüttelte sich auf dem schmalen Sandstreifen am Ufer das Wasser aus dem Fell. Ich lächelte einer Läuferin zu, als sie an mir vorüber joggte, doch sie verzog nur das Gesicht und konzentrierte sich weiter auf

Atmung und Lauf-tempo. Der Regen ließ etwas nach. Ich musste mich wieder bewegen.

Allmählich kam Spandau in Sicht. Im Norden, wo sich die Havel wieder zu einem Fluss verengt, konnte ich schlanke Schornsteine ausmachen, die Rauch und Dampf über die Bäume bliesen. Ein Schild verriet mir, dass ich nur wenige Kilometer vom historischen Zentrum der Spandauer Altstadt entfernt war, doch ich wollte den längeren Weg nehmen. Ich wandte mich nach Westen und folgte einem schmalen Pfad durch den Wald und über die Straße, die einst die einzige Verbindung zwischen Gatow, Kladow und dem Rest von West-Berlin gewesen war. Auf der anderen Straßenseite wurde die Landschaft weiter. Der Weg sollte mich über die Rieselfelder der Karolinenhöhe führen, die ebenfalls zu Hobrechts Abwassersystem gehört und die Stadt vom Schmutz befreit hatten.

Ich war auf meiner Reise am Stadtrand von Berlin schon über viele Rieselfelder gekommen, Felder, die irgendwo, jenseits der Bäume und des Horizonts, untrennbar mit der Industrialisierung und dem Wachstum der Stadt verbunden waren. Auf den Riesel-feldern der Karolinenhöhe aber wurde der einstige Zweck der Landschaft, die man danach wieder der Natur oder dem Ackerbau überlassen hatte, besonders deutlich. Die Landschaft war ganz offensichtlich geplant, konstruiert worden, von den Gräben an den Rändern der rechteckigen, durch Betontunnel miteinander verbun-denen Felder bis zu den hohen Dämmen, auf denen baumgesäumte, kopfsteingepflasterte Zufahrtsstraßen verliefen. Sie fühlte sich selt-sam an, diese Landschaft, doch stand symbolisch für den Stadtrand als solchen. Weder Stadt noch Land. *Edgeland*. Über mir kreisten ein paar Krähen, vor der schier unendlichen Weite des bleigrauen Himmels wirkten sie winzig. Ihre Rufe hallten über den Feldern wider und trugen noch mehr zur Atmosphäre der Isolierung, der Abgeschiedenheit und Einsamkeit bei. Aus dieser nackten Land-schaft war alle Farbe gewichen. Und doch färbte sie ab: Als ich die ehemaligen Rieselfelder überquerte, fühlte ich mich sehr allein.

Die Landschaft hier erinnerte mich an die entwässerten und bewirtschafteten Polder am Ufer der Oder, die ich auf der Suche nach dem eigentlichen Fluss und in der Hoffnung, über die Grenze einen Blick auf Polen zu erhaschen, einmal durchwandert hatte. Man hatte die Polder des Oderbruchs, auf denen gegen Ende des Zweiten Weltkriegs einige der blutigsten Schlachten des gesamten Krieges ausgefochten wurden, den morastigen Sümpfen abgerungen, um darauf Landwirtschaft zu betreiben. Das Wasser war Hunderte von Jahren lang zwischen hohe Deiche gezwungen worden, die dennoch provisorisch wirkten, als könnten die Dämme jeden Augenblick mit lautem Krachen brechen und die Natur sich ihr Reich zurückerobern. Tatsächlich ist die Landschaft in ganz Deutschland über Jahrtausende hinweg durch den Menschen geformt worden. Mit Ausnahme der allerhöchsten Gipfel ist es ausgesprochen schwierig, irgendwo in diesem Land noch eine echte Wildnis zu finden. Trotzdem ist für mich die Art und Weise, wie der Mensch die Natur geformt hat, nirgends so offensichtlich wie auf den Poldern des Oderbruchs oder hier, auf der erhöhten Straße, die die schachbrettartigen Rieselfelder der Karolinenhöhe in zwei Teile schnitt.

Auf der anderen Seite der Felder traf ich wieder auf den Berliner Mauerweg, der mich an Schrebergärten vorbei und durch einen verwahrlosten jungen Hänge-Birkenwald zum Fuß eines sich vor mir auftürmenden Grashügels führte. Schon wieder etwas von Menschenhand Geschaffenes, eine Grünanlage am Rand von Berlin, die ihre Existenz der Entwicklung und Geschichte der Stadt verdankt. Es gibt viele künstlich aufgeschüttete Hügel hier, etwa die Berge, die man aus den Trümmern des Zweiten Weltkriegs oder dem Bauschutt der Großwohnsiedlungen errichtet hat. Oder die ehemaligen Müllhalden, die mit Erde aufgefüllt und landschaftlich gestaltet wurden, um in einer für ihre Flachheit berühmten Ecke Deutschlands erhöhte Parks zu schaffen. Der nun vor mir liegende Hahneberg ist aus dem Aushub für die Hochhaussiedlungen West-Berlins entstanden. Dafür hatte man in einer für frühere Bauarbeiten angelegten Kiesgrube immer weiter Schutt abgeladen. Als die Arbeiten Ende der 1970er-Jahre dann abgeschlossen waren, bepflanzte man den künstlichen Hügel mit Gras. Für die Wintermonate richtete man eine Rodelbahn ein, und auf dem Gipfel des Hügels wurde eine Sternwarte eröffnet. Damals, in den 1980er-Jaren, konnte man vom Hahneberg aus entweder die Sterne oben oder die Wachtürme der Grenzanlagen unten beobachten, konnte Signale senden, entweder an außerirdische Lebensformen in einer anderen Galaxie oder an die Grenzwachen einer anderen Welt jenseits des Todesstreifens.

Ein Zickzackpfad führte den Hahneberg hinauf. Der leichte Regen, der mich seit Kladow begleitet hatte, ließ weiter nach, der Himmel klarte auf. Oben auf dem Hügel jedoch wehte ein kräftiger Wind. Im Osten breitete sich die Stadt in der Ferne vor mir aus. Im Westen: Bäume, Bäume und nochmals Bäume. Wendet man den Blick von Berlin ab, hat man beinahe das Gefühl, die Metropole befände sich in einer der am dünnsten besiedelten Regionen Europas. Nichts als Wald zwischen hier und Wolfsburg, auf der anderen Seite der ehemaligen innerdeutschen Grenze, bis zweihundert Kilometer hinter dem Horizont.

Ich wandte mich wieder der Stadt zu. Vom Hahneberg aus sieht man ganz deutlich, wie abgeschnitten der westliche Rand vom Zentrum der Stadt ist. Sieht man bestimmte Landmarken von den höchsten Stellen der Berliner Innenstadt aus, etwa vom Fernsehturm auf dem Alexanderplatz oder vom Flakturm des Humboldthains am S-Bahnhof Gesundbrunnen, markieren sie den westlichen Horizont und damit die Grenze der sichtbaren Stadt. Zu diesen Landmarken gehören beispielsweise die knollenförmigen Türme der Radarstation auf dem Teufelsberg oder die den Eiffelturm nachäffenden schmiedeeisernen Gitter des Funkturms. Beide der genannten Landmarken liegen aber weit östlich der Stelle, an der ich nun stand. Auch andere Orte, die von der Stadt aus unglaublich weit draußen zu liegen scheinen, etwa das Olympiastadion oder das Corbusierhaus, liegen in Wahrheit viel näher am Stadtzentrum als der Hahneberg. Der Fernsehturm auf dem Alexanderplatz wirkte wie eine Miniaturversion seiner selbst, umgeben vom Vorzeigepark eines provinziell-vornehmen heimischen Gartens. Ich hatte auf meinen früheren Spaziergängen schon an Orten gestanden, die weiter vom Stadtzentrum entfernt gewesen waren als der Hahneberg. Doch hier, auf diesem Hügel aus dem Schutt einer West-Berliner Baustelle, fühlte ich mich wirklich weit weg.

Unter mir konnte ich den Strom von Autos und anderen Fahrzeugen sehen, die auf der Heerstraße in Richtung der Stadt oder aus Berlin heraus unterwegs waren. Auf meinem Weg den Hahneberg hinunter nahm ich eine Abkürzung durch das Gestrüpp und schreckte dabei ein Kaninchen auf. Unten am Hügel lag ein Bauernhof, ein paar Schafe grasten auf dem matschigen Feld nebenan. Hinter der Straße befand sich der ehemalige Grenzübergang zwischen West-Berlin und DDR, ein riesiges Schild informierte vorbeifahrende Autos darüber, wann genau der Kontrollpunkt schließlich ein für alle Mal geöffnet worden war: in den frühen Morgenstunden des 10. Novembers 1989. Das Gelände, das man zur Errichtung des Kontrollpunkts gerodet hatte, war im Laufe der vergangenen 30 Jahre zu einem Einkaufszentrum umfunktioniert worden. Und so konkurrierte das Schild, das von einem wahrhaft historischen Augenblick in der europäischen Geschichte erzählt, mittlerweile mit dem Werbeplakat eines Supermarkts um die Aufmerksamkeit der Fahrer, die auf ihrem Weg aus der Stadt an Staaken vorbeikamen.

Auch Staaken gehört seit 1920 zu Berlin, wenngleich es sich gegen das Groß-Berlin-Gesetz auf das Heftigste gewehrt hat. »Es schütze uns des Kaisers Hand vor Großberlin und Zweckverband«, lautete die Kampfparole. Möglicherweise waren einige Einwohner von Staaken aber auch dankbar dafür, wie sich die Dinge schließlich entwickelt hatten, als sich der Ort 25 Jahre später im britischen Sektor des besetzten West-Berlins wiederfand statt – wie es anderweitig der Fall gewesen wäre – als Teil der Deutschen Demokratischen Republik. Allerdings sollte sich jegliche Erleichterung in der westlichen Hälfte des Stadtteils als kurzlebig erweisen. Als die Besatzungsmächte Berlin übernahmen, hatte jeder der westlichen Alliierten seinen eigenen Flugplatz im jeweiligen Sektor: die Amerikaner in Tempelhof, die Franzosen in Tegel und die Briten in Gatow. Das

Problem war nur, dass die Startbahn in Gatow zu kurz für die Royal Air Force war, doch um sie zu verlängern, hätte man die Grenze zwischen West-Berlin und der DDR überschreiten müssen. Und so schlossen die Briten und die Sowjets ein Abkommen: Die Royal Air Force Gatow sollte ihre verlängerte Startbahn bekommen – dafür aber sollte West-Staaken fortan zur DDR gehören.

Im Februar 1951 marschierte die Volkspolizei in die westliche Hälfte von Staaken ein, um die neue Grenze zu befestigen, auf die sich die Alliierten geeinigt hatten. Etwa ein Jahr lang blieb West-Staaken noch ein Teil Groß-Berlins, wurde aber vom Ost-Berliner Bezirk Mitte aus verwaltet. Dieses Konstrukt endete 1952, als West-Staaken dem benachbarten Verwaltungsbezirk Falkensee zunächst angeschlossen und ihm 1961, mit dem Bau der Mauer, schließlich voll-ständig eingegliedert wurde. Doch wo die politische Kontrolle letztlich auch lag: Ab 1951 war Staaken ein geteiltes Dorf am Rand der geteilten Stadt. Und im Gegensatz zum Jahr 1920 waren die Einwohner dieses Mal nicht gefragt worden, was sie von der Sache hielten. Deshalb stimmten sie dieses Mal auch mit den Füßen ab. Nach dem Abkommen der Alliierten verließen rund tausend Menschen – etwa zwei Drittel der Gesamtbevölkerung des Ortes – ihre Häuser in West-Staaken und zogen nach Spandau und andere Stadtteile von West-Berlin. Das Dorf blieb geteilt, bis zum 3. Oktober 1990, als nicht nur Deutschland, sondern auch Staaken wiedervereinigt wurde und sich die Stadtgrenzen ein weiteres Mal nach Westen verschoben.

In Staaken, gegen Ende meines vorletzten Spaziergangs am Stadt-rand, dachte ich das erste Mal daran, dass meine kleine Reise nun bald vorüber sein würde. In einer Woche sollte ich im Norden der Stadt wieder in Tegel ankommen, an der Stelle auf der Greenwich-promenade, an der ich meine Erkundungen ein paar Monate zuvor begonnen hatte. Und in Staaken schien ich wie absichtlich an vieles erinnert zu werden, das ich auf meinen Spaziergängen gesehen hatte –

eine Art *Greatest Hits* der Berliner Außenbezirke. Ich kehrte der Stadtgrenze den Rücken und wandte mich Spandau zu.

Nach den Rieselfeldern und dem künstlich aufgeschütteten Hügel kam ich an Pferdeställen, Datschen und Schrebergartenkolonien vorbei. An Einkaufszentren und Gewerbegebieten. An Megamärkten und Drive-in-Restaurants. Die Leichtindustrie grenzte direkt an neue Vorstadt-Wohnsiedlungen. Im zehnten Stock eines Hochhauses aus der Mitte des 20. Jahrhunderts goss eine Frau Blumen. Von der alten Dorfkirche von Staaken – sie stammt aus der Zeit, als der Ort noch eine ländliche Gemeinde weit außerhalb der Griffweite der großen Stadt im Osten war – folgte ich einer Straße über die Bahngleise, durch die jene Verbindung geschaffen wurde, die schließlich alles verändern sollte. Von der Brücke aus sah ich auf ein Stück unbebauten *edgelands*: Trampelpfade und illegal entsorgte Sofas, junge Hänge-Birken und hohes Gras, in dem sich Kinder fernab neugieriger Erwachsenenblicke Höhlen bauen konnten. Bald würde irgendein Bauunternehmer sich das Land unter den Nagel reißen und darauf am äußersten Rand der Stadt eine weitere neue Vorstadt aus dem Boden stampfen. Im Augenblick jedoch gehörte es allen und keinem.

Auf der anderen Seite der Gleise kam ich zu den hübschen Häuschen der Gartenstadt Staaken. Wie die Reihenhäuser, die bald die Ödnis neben dem Bahnhof besiedeln würden, verkörperte auch die Gartenstadt eine der vielen Versionen der Stadtrandplanung, ein weiterer historischer Versuch, sich neue und andersartige Wohnkonzepte jenseits der damaligen Stadtgrenzen vorzustellen. Die Gartenstadt Staaken entstand zwischen 1914 und 1917. Sie war ein Vorläufer der modernen Wohngebiete der Zwischenkriegsjahre, die heute auf der Welterbeliste der UNESCO stehen. Die Idee dahinter war, die Gebäude des Dorfes an die neue, industrialisierte urbane Realität anzupassen. Der Architekt Paul Schmitthenner hatte sich um das Gleichgewicht zwischen Bevölkerungsdichte und Raum bemüht – die schwierige Aufgabe aller, die sich eines solchen Projekts annehmen, egal in welcher Epoche. 100 Jahre nach ihrer Erbauung spazierte ich durch eine Gartenstadt Staaken, die ein sichtbarer Erfolg war. Sie war in menschlichem Maßstab errichtet worden: Der zentrale Einkaufsbereich, die Schulgebäude und die Grünflächen lagen in fußläufiger Entfernung der sie umgebenden Reihen- und niedrigen Wohnhäuser. Als ich an einer Ecke in der Nähe der Läden stehen blieb und etwas in mein Notizbuch kritzelte, kamen mir ein paar Kinder mit Rollern entgegen. Ihre Freunde drehten vor einer offenen Tür auf der anderen Straßenseite Däumchen. Die Kinder begannen zu trödeln, als sie auf meiner Höhe waren, und hätten sich bei dem Versuch zu lesen, was ich da wohl schrieb, beinahe den Hals verrenkt. Doch sie gingen kommentarlos weiter, abgesehen von einem Flüstern, das ich kurz darauf hinter meinem Rücken vernahm.

»Ein einsamer Wanderer ist in der Welt, zugleich aber von ihr abgeschieden«, schreibt Rebecca Solnit in ihrem Buch *Wanderlust: Eine Geschichte des Gehens*. Er bewegt sich mit der »Losgelöstheit des Reisenden statt mit den Bindungen des Arbeiters, der Einwohnerin, des Gemeinschaftsmitglieds«.[25] Als ich mich dem Ende meiner Reise um den Stadtrand von Berlin herum näherte, wurde ich in der Gartenstadt Staaken plötzlich langsamer als als ich es bisher an diesem Tag gewesen war, langsamer als auf irgendeinem meiner vorherigen Spaziergänge. Eine melancholische Stimmung befiel mich. Ich ging im Kopf noch einmal alle Spaziergänge auf der Karte durch. Was hatte ich gesehen? Was hatte ich *verpasst*? War eine Umrundung der Stadt tatsächlich die beste Methode, sie richtig kennenzulernen? War die »Losgelöstheit« von Solnits einsamem Wanderer in diesem Zusammenhang etwas Positives oder etwas Negatives? Hätte ich mich lieber gar nicht erst vom Fleck rühren sollen?

Auf diese Fragen gab es keine Antworten. Es war, wie es war. Und außerdem war der vorletzte Spaziergang des Projekts sicher nicht der geeignetste Zeitpunkt, die Methodik infrage zu stellen. Ich hielt erneut auf dem Gehweg an, diesmal, um einen Lieferanten einen Karton von der Ladefläche seines Wagens durch die offene Tür eines Ladens schleppen zu lassen.

Aus Spandau? Oder aus Berlin?

Die Frage, die mir der Mann früher an diesem Tag gestellt hatte, klang immer noch nach, als ich die Gartenstadt über einen Tunnel unter der Trasse einer weiteren Vorortbahn verließ und auf die Hauptstraße bog, die mich von Staaken in Richtung Spandauer Zentrum führen sollte. Ich entfernte mich von der geplanten Siedlung, kam durch Randzonengebiete und an Straßen voller Einfamilienhäuser vorbei und fühlte mich dabei mehr und mehr wie auf einem der anderen Spaziergänge, nämlich dem an jenem frühen Morgen, als ich Köpenick verlassen hatte. Denn Spandau wirkte, ähnlich wie Köpenick, nicht wie ein Teil von Berlin. Auch Spandau war ein ganz eigenständiger Ort. Es hatte sein eigenes Gravitationszentrum, war an die eigene historische Altstadt gebunden, weder an Unter den Linden noch an das Brandenburger Tor. Spandau besaß sogar einen eigenen Stadtrand. Als ich abends wieder zu Hause war, im Wedding, in Berlin, fuhr ich meinen Computer hoch und gab den Beginn einer Frage in die Suchmaschine ein:

Spandau ist ...?

Sie wurde im unter der Eingabezeile aufpoppenden Fenster vervollständigt:

... nicht Berlin.

Ich folgte dem Vorschlag und sah mir die Liste der Links an. Wenn es eines gab, auf das sich die Berliner und ihre Gegenstücke in Spandau anscheinend einigen konnten, dann darauf, dass die beiden Orte ganz bestimmt nicht ein und derselbe waren. Schließlich konnte Spandau seine Ursprünge bis zu einer slawischen Siedlung auf einer Insel im Fluss zurückverfolgen. Und die war im 6. Jahrhundert entstanden, ganze 500 Jahre vor Berlin! Und war Spandau nicht noch immer ein bedeutender eigenständiger Ort, was immer das Groß-Berlin-Gesetz seit 1920 politisch auch nach sich gezogen hatte? In einem Artikel im *Tagesspiegel* vom Februar 2016 wurde dezidiert darauf hingewiesen, dass Spandau mit seinen rund 230 000 Einwohnern größer als Kassel, Erfurt oder Potsdam ist. Die Tatsache, dass es ausgerechnet Berliner waren, die Spandaus Legitimation infrage stellten, schien genau diese Legitimation sogar noch zu bekräftigen. Der Autor und Journalist Lucas Vogelsang, selbst ein Sohn des Stadtteils, dachte schriftlich über die Reaktionen in Berlin-Mitte auf die bloße Erwähnung Spandaus nach. Ein seltsamer Ort. Sogar exotisch. Ein bisschen suspekt. Jedenfalls nicht vertrauenswürdig. Ähnlich wie die Vorstellungen, die sich Fremde von Marzahn oder Gropiusstadt machen, spiegelte auch Spandaus Ruf zum einen die Ignoranz dieser Außenseiter und zum anderen die wirtschaftlichen Gegebenheiten – und Probleme – der realen Orte wider.

Wie andere Bezirke Berlins, die weit außerhalb der eigentlichen Stadt liegen – versuchen wir diese Definition einen Moment lang zu akzeptieren – litt auch Spandau unter hohen Arbeitslosenzahlen und einer überdurchschnittlich hohen Armutsquote. Vogelsang beschreibt in seinem Artikel einige Anzeichen dafür, zumindest soweit man sie auf der Straße erkennen kann. In der Bäckerei aus seiner Kindheit befindet sich heute ein Wettbüro. Der alte Supermarkt hatte dichtgemacht, ein neuer war nicht eröffnet worden. Und auch ich konnte es mit eigenen Augen sehen, als ich auf der Straße von Staaken ins Zentrum von Spandau zuerst an von Bäumen umgebenen Einfamilienhäusern und dann vermehrt an einer Mischung aus Hochhaussiedlungen und Mietskasernen aus dem 19. Jahrhundert vorbeikam.

Die Gegend erinnerte mich an mein eigenes Viertel, Wedding: die Call-Shops mit ihren Reihen von Computern an den Wänden; die Schnapsläden, die bis tief in die Nacht geöffnet hatten; die Spielotheken und Bars, die Shishas in verschiedenen Geschmacksrichtungen anboten; die Billigfriseure und Nagelstudios; die Geldtransferfilialen und Pfandleihen. Doch wenn diese Stadtlandschaft, die die Straße zum Bahnhof säumte, tatsächlich den Ruf Spandaus wiedergab, erzählte sie nicht die ganze Geschichte. Denn Spandau war auch alles andere, das ich auf meinem Spaziergang heute gesehen hatte. Die Villen am See, aus deren elektronisch gesicherter Auffahrt teuer aussehende Autos bogen. Die Reihen- und die Hochhäuser. Die malerische Altstadt von Spandau selbst, auf der anderen Seite des Bahnhofs, der historischen Festung am anderen Ufer gegenüber.

Spandau brauchte Berlin nicht.

»Spandau, das hat immer schon ohne Berlin funktioniert«,[26] schreibt Vogelsang im *Tagesspiegel,* und ich hatte das Gefühl, dass dies immer noch der Fall ist – auch wenn das vielleicht nur eine emotionale Reaktion auf einen Spaziergang in Spandaus Umgebung war. An den meisten Orten, die ich im Laufe meiner Spaziergänge erkundet hatte, war klar gewesen, dass es sich bei ihnen um Viertel oder Stadtteile handelte, die untrennbar mit Berlin verbunden waren, und mochten sie auch noch so weit vom Zentrum entfernt sein. Ob Großwohnsiedlung oder die neue Vorstadt, ein unvollendeter Flughafen oder ein Einkaufszentrum an der Autobahn: Diese Orte *brauchten* Berlin. Ohne die Stadt hätten sie keinerlei Daseinsberechtigung. In Spandau hatte ich dieses Gefühl nicht. Was immer Politik, Straßenschilder und Autokennzeichen auch sagten, dies war tatsächlich ein eigenständiger Ort. Ein Ort mit eigener Geschichte, eigener Kultur und eigener Identität.

Spandau oder Berlin? Als ich in der wimmelnden Bahnhofshalle ankam und ein stetiger Strom von Menschen zwischen den Zügen und dem Beginn der Altstadt auf der anderen Seite des Rathausplatzes hin und her wuselte, war klar, dass der Stadtrand noch andere Grenzen hatte, jenseits der Geografie und der Umrisse auf der Karte. Sie hatten mit Haltung und Atmosphäre zu tun. Schwer zu beschreiben, aber deutlich zu spüren – auf jeden Fall in Spandau.

Ein kurzer Spaziergang zum Ende der Straße

Von Spandau nach Tegel
27. März

Altstadt im Sonnenschein / Spandau-Ballett / Postindustrielle Stadtlandschaft / Stillgelegte S-Bahnhöfe und ausgediente Boeings 707 / Am Seeufer / Noch nicht wirklich Badewetter / Borsighafen und die Geschichte einer Stadt / Feierabendbier

Die Frühlingssonne strahlte, als ich zur U-Bahn-Station am Ende meiner Straße ging und die unterirdische Reise nach Spandau zum letzten meiner Spaziergänge am Stadtrand von Berlin antrat. In ein paar Stunden würde ich in Tegel ankommen, auf der Greenwich-promenade, wo am zugefrorenen See mein erster Spaziergang bei Minusgraden begonnen hatte. Heute fragte ich mich, ob ich überhaupt eine Jacke mitnehmen sollte. Während ich zur U-Bahn schlenderte, dachte ich über diesen ersten Spaziergang zwischen Tegel und Lübars nach, darüber, was ich auf diesem Erkundungstrip in den Außen-bezirken eigentlich vorgehabt hatte. Ich hatte die Stadt, in der ich nun schon seit 15 Jahren lebte, besser verstehen, besser kennenler-nen wollen, hatte ihre Geschichten und geheimen Orte erfahren und erleben wollen. Ich hatte ein Buch schreiben wollen. Und ich hatte meinen eigenen Platz in dieser Stadt besser begreifen wollen. Ich ging die Stufen der U-Bahn-Station Osloer Straße hinab und war dabei schon mit dem Resümee meiner Erkundungen beschäftigt, obwohl der letzte Spaziergang noch ausstand. Dieses Gefühl des

Rückblicks, noch bevor ich mein Ziel erreicht hatte – eine Art melancholisch-vorausschauende Nostalgie –, sollte mich für den Rest des Tages begleiten und auch die nachträgliche Sicht auf meinen heutigen Spaziergang prägen.

Ich konnte mich nicht entscheiden, ob das Wetter nun im Gegensatz zu meiner Stimmung stand oder perfekt zu ihr passte. Im Sonnenschein gingen die Leute langsamer als auf den gestreuten Straßen des langen Berliner Winters. Sie hielten an Straßenecken inne oder setzten sich in Cafés vor Bäckereien und genossen den fehlenden scharfen Wind in der Luft. Auch nach all den Jahren, die ich nun schon in der Stadt lebte, schien das Ende des Winters jedes Mal wieder wie eine Offenbarung: dass das Mürrische, für das die Berliner berühmt sind, tauen kann, nur ein ganz klein wenig, wenn sich Frühlingsstimmung breitmacht. In anderen Teilen der Welt wird das Ende der frostigsten Monate des Jahres mit dem Karneval gefeiert, der all das, was uns eingesperrt und aneinandergedrängt hat – Wind, Eis und Schnee – verbannt, für eine Weile zumindest. In Berlin geht das etwas weniger spektakulär vonstatten. In der Eisdiele werden die Rollläden hochgezogen, auch wenn es noch nicht warm genug für den Saisonbeginn ist. Die alten Holztische im Biergarten werden abgewischt, auch wenn man vorsichtshalber, für den späteren Nachmittag, noch Decken über die Rückenlehnen der Stühle hängt. In extremen Fällen kommt es sogar vereinzelt zu Small Talk und einer Andeutung von Lächeln hinter der »Berliner Schnauze«.

Am S-Bahnhof Spandau trat ich auf den Platz vor dem Rathaus, auf dem es niemand besonders eilig zu haben schien. Diejenigen, die zur Arbeit oder zur Schule mussten, waren bereits dort; der Rest konnte schlendern, plaudern und einen Schaufensterbummel machen. Ich ging über den Platz in Richtung der Altstadt mit ihren schmalen, kopfsteingepflasterten Straßen und der Mischung aus Fachwerkhäusern und plumper Betonplattenarchitektur aus dem späteren 20. Jahrhundert – der Lückenbüßer in den Löchern, die die Bomben in die Straße neben den Backsteingotikkirchen gerissen hatten. Mein letzter Besuch in Spandau vor meinen Spaziergängen war etwa 18 Monate her; damals war ich im Spätherbst mit meiner

Tochter hierher gekommen. Wir waren durch die Fußgängerzone mit ihren Markengeschäften und 1-Euro-Discountern spaziert, die es in den mittelgroßen Städten im ganzen Westen Deutschlands zuhauf gibt. Das alles hatte auf mich einen eher traurigen, wenn nicht sogar etwas verwahrlosten Eindruck gemacht. Doch heute, in der Sonne und Leichtigkeit des Seins, die ich schon beim Verlassen meiner Wohnung verspürt hatte, zeigte sich Spandau eindeutig von seiner Schokoladenseite. Die Händler auf dem Markt riefen einander etwas zu und scherzten mit ihren Stammkunden, die schon Schlange standen, um Blumen und Obst zu kaufen. Ein älterer Mann hatte eine Runde gedreht und saß nun auf dem Kopfsteinpflaster, wo er mit dem Sanitäter, der neben ihm kniete und ihm die Hand auf die Schulter gelegt hatte, schon wieder Witze machte. Ein paar junge Frauen, die Namensschilder bereits an die Brust geheftet, rauchten eine letzte Zigarette und tauschten sich über ihre Wochenenden aus, bevor sie den Handyladen hinter sich aufmachten. Unser Urteil über Orte, die wir besuchen, hängt von einer Reihe von Faktoren ab, die größtenteils wenig oder nichts mit dem Ort selbst zu tun haben: vom Wetter, davon, wie wir geschlafen haben, von unserer Stimmung. Als ich das letzte Mal hier gewesen war, hatten wir gegen Mittag verzweifelt nach etwas Essbarem gesucht und waren schließlich in einem Fast-Food-Restaurant im Erdgeschoss des Einkaufszentrums gelandet. Jetzt sprangen mir spontan viele Möglichkeiten ins Auge, wo man sich gerne niederlässt und eine Weile bleibt, um in der Frühlingssonne Zeitung zu lesen. Keine Eile.

Am nördlichen Ende der Altstadt verrichteten Tauben ihr Geschäft auf einem Brunnen, der Spandaus Partnerstädten gewidmet war. Luton in England. Aschdod in Israel. Iznik in der Türkei. Hier weiteten sich die schmalen Straßen und gaben den Blick auf den Kanal und den Fluss dahinter frei. Auf die mächtigen Mauern der Zitadelle, von Kletterpflanzen eingerahmt. Trauerweiden und sonnengewärmte Bänke. Ein weiteres krummes und schiefes Haus, das mich daran erinnerte, dass Spandau älter als Berlin ist. An der Mauer der Kanalböschung, wo ein Mann in orangefarbener Jacke mit einer Ausziehzange leere Zigarettenschachteln und anderen

Wochenendmüll aufsammelte, hatte sich jemand als Hertha-BSC-Fan geoutet. Die Spandauer Ultras würden ihre Plätze im Olympiastadion einnehmen und ihren Helden zujubeln. Manchmal waren Spandauer eben *doch* Berliner.

Am Abend zuvor hatte ich mit einem alten Freund in England telefoniert und ihm erzählt, wo mein heutiger Spaziergang beginnen sollte. Er hatte mit einer Zeile aus einem Lied geantwortet. Wenn Engländer Spandau überhaupt kennen, dann im Zusammenhang mit zwei Londoner Brüdern, die in den späten 1970er-Jahren eine Band gegründet hatten. Und wie so oft, wenn Musiker zusammenkommen, entbrannte der heftigste Streit nicht über Stil, Klamotten oder darüber, wer welche Songs zu schreiben hatte, sondern über den Namen der Band. Sie fanden die Lösung ihres Problems an der Wand einer öffentlichen Toilette in West-Berlin:

»Rudolf Heß tanzt sein Spandau-Ballett ganz allein.«

Zu dem Zeitpunkt, als der Toilettenwanddichter seinen Edding zückte, war Heß der letzte Nazi-Kriegsverbrecher, der noch im Gefängnis Spandau einsaß. Die anderen waren gestorben oder hatten ihre Strafe abgesessen oder waren vorzeitig entlassen worden. Heß tanzte also tatsächlich allein in seiner Zelle, abgesehen von seinen Bewachern der Einzige, der hinter den dicken Mauern übrig geblieben war. Er sollte der letzte Insasse des Kriegsverbrechergefängnisses Spandau sein, das man nach seiner Entlassung abreißen wollte, damit es sich nicht zu einem Wallfahrtsort für Neonazis entwickelte. Als das Spandau Ballet zu ersten Proben und Auftritten zusammenkam, musste den Bandmitgliedern der Name geradezu perfekt erschienen sein: ein bisschen obskur, ein bisschen ausgefallen, ein bisschen gefährlich. Die Musik hingegen ...

Die Band hat ihren Namen zwar in einer öffentlichen Toilette gefunden, in einem Atemzug mit dem letzten der Nazi-Kriegsverbrecher genannt, doch war der Ausdruck selbst viel älter. Der anonyme Schmierfink hat sein Bild von Heß auf einer Grundlage entworfen, die es schon lange bevor man ihn einsperrte oder der New-Romantic-Pop erfunden wurde, gegeben hat. Der Begriff »Spandau-Ballett« stammt aus den blutgetränkten Schützengräben des Ersten Weltkriegs und beschreibt den zuckenden Todeskampf der Soldaten, die von dem Maschinengewehr MG 08 getroffen worden waren und aufrecht in den Stacheldrahtzäunen hingen. Das MG 08 wurde nach der Stadt, in der es hergestellt wurde und die sich damals noch außerhalb der Berliner Stadtgrenzen befand, auch Spandau-MG genannt. Das Spandau-MG choreografierte den Todestanz auf den verbrannten Schlachtfeldern Europas, lange vor den Dancefloors der Achtziger und *Gold* unter der Diskokugel.

Der Kanal führte mich zur Havel und einem ehemaligen Brauereikomplex, den man in ein Ensemble alter Gewerbegebäude und modernerer Bauten, in Wohnungen und ein Seniorenheim umgewandelt hatte. Von den Cafés und Restaurants im Erdgeschoss aus konnte man über das Wasser sehen. Das Ganze wirkte in der Eingliederung der älteren Gebäude in die neuere Architektur sowohl geschmackvoll als auch ein wenig steril. Unmengen von Schildern klärten Fußgänger und Fahrradfahrer darüber auf, was sie durften und was sie nicht durften. Auf den Kais, auf denen einst Fass für Fass auf Lastkähne ver- und Getreide auf dem Pier abgeladen worden war, hatte man solide Bänke errichtet und Blumenrabatten angelegt. Das Restaurant an der Ecke verlangte unerschütterlich ausgesprochen happige Preise, wartete dafür aber auch mit gestärkten Tischdecken und einer breiten Auswahl an Weingläsern auf. Ein kleines, zurückhaltend-elegantes Schild an der Tür des Seniorenheims pries es als »Premiumresidenz« an. Und ebenso wie Ausstattung und Speisekarte des Restaurants – in kursiven Lettern gedruckt – machte auch das Schild überaus deutlich, dass man hier nicht jeden hereinließ.

Bislang hatte die Gegend am Fluss und am Kanal den Eindruck eines fast ausschließlichen Wohngebiets gemacht, doch nun verriet der Blick auf die dampfenden Schornsteine des Kraftwerks Ruhleben, dass es die Kombination von Wasser und Industrie gewesen war, die Spandau mit Berlin verbunden hatte – lange vor der Eingemeindung im Jahr 1920. In der Spandauer Altstadt trifft die Spree auf die Havel. Im Norden stellt der Berlin-Spandauer Schifffahrts-kanal einen weiteren Verkehrsweg zwischen den beiden Städten dar. Der Bau des Kanals wiederum hatte im Endeffekt eine riesige Insel zwischen sich und dem Fluss geschaffen, eine Insel, auf der heute Haselhorst, Siemensstadt und Moabit angesiedelt sind. Am nörd-lichen Ufer des Kanals liegt an der Stelle, an der er Berlin erreicht, der Wedding. Dieses Gebiet war das Herzstück der industriellen Revolution in diesem Teil der Welt; sie begann mit dem Bau des Kanals und wurde durch die Ankunft der Eisenbahn nur wenige Wochen später beschleunigt. Sie veränderte die Stadt grundlegend und formte ganze Landstriche dessen um, was heute als Stadtrand von Berlin gilt. Als ich mich Haselhorst auf dem Böschungspfad näherte, der mich zu einer eisernen Brücke auf die andere Seite des Flusses führte, konnte ich sie alle auf meiner Karte sehen: die Kanäle und Bahntrassen, den gewaltigen Komplex des Westhafens – sie alle von ausgedehnten grauen Flächen umgeben. Das hier waren immer noch die *edgeland*-Industriegebiete des nördlichen Berlins, auch wenn sich die Arbeit, die hier verrichtet wurde, und die Anzahl der daran beteiligten Arbeiter im Laufe der Zeit angepasst und ver-ändert hatten.

Die eiserne Brücke brachte mich über den Fluss, vom alten Brauereikomplex zu einer Insel namens Eiswerder. Hier hatten ursprünglich ein Labor für Feuerwerkskörper und eine Munitions-fabrik gestanden. Später hatte der West-Berliner Senat Vorräte auf der Insel gelagert, in der fortwährenden Angst, die Blockade würde sich eines Tages wiederholen. In jüngerer Zeit ist Eiswerder zur Neubebauung vorgesehen worden: Das Land ist bereits gerodet und von einem Uferweg umgeben. Den Uferweg mitsamt Bäumen, Bänken und Anlegestellen für Boote gab es also schon, der Großteil der Häuser hingegen existierte bislang nur auf überdimensionierten Werbetafeln, als künstlerische Impression dessen, was zukünftig vielleicht kommen mochte. Spielplätze und Rasenflächen. Tiefgara-gen und Dachterrassen. Eiswerder war ein Mikrokosmos so vieler Orte überall in Berlin; die Insel verkörperte die anhaltende Diskus-sion, die mit der Teilung der Stadt und – infolge dieser seltsamen politischen Übereinkunft – dem raschen Niedergang der Industrie auf beiden Seiten der neuen Grenze begonnen hatte. Was fängt man mit diesen riesigen Flächen an, wenn sie erst einmal ihren Zweck verloren haben?

In Haselhorst, auf der anderen Seite einer weiteren Brücke, die mich von Eiswerder wieder zum Festland gebracht hatte, war die Antwort auf diese Frage typisch für die Randzonen, auf die ich auch andernorts gestoßen war. Hier boten Lagerhallen Waren Tausende von Quadratmetern Platz. Alte Fabriken hatte man kreativ in Filmstudios, Hallenfußballplätze und Tagungszentren umgewandelt. Andere wiederum hatte man schlicht zurückgelassen; hier wuchsen Bäume über bröckelndem Backstein aus Löchern in eingestürzten Dächern. Riesige Beton- und Asphaltflächen dienten jetzt als Kulisse postapokalyptischer Paintballspiele oder als zusätzlicher Parkraum für den Flughafen Tegel. Neben den gepflegten Plätzen des Tennisclubs wurden gebrauchte Autos aufgemotzt. Auf einigen der ehemaligen Brachflächen standen nun schmale, dreistöckige Reihenhäuser mit winzigen Gärten und Dachterrasse. In Haselhorst fand alles Platz, was Raum brauchte, und das zu vernünftigen Mietpreisen. Logistikunternehmen. Firmen, die Festivals und ähnliche Veranstaltungen mit der entsprechenden Infrastruktur – Möbel, mobiles Catering, Tonanlagen – beliefern. Gewerbegebiete, wo einst Dinge hergestellt worden waren. Eine Vielzahl von Firmenlogos an einem Tor, an dem früher nur eins angebracht gewesen war. Ein Schild, das einen Anreiz für weitere mögliche Interessenten auslobte: *Wir bieten Ihnen Highspeed-Internet.*

Es ist immer wichtig, mit dem Rest der Welt verbunden zu sein, selbst hier in den *edgelands*.

An einigen Stellen tummelte sich nur ein Gewirr von Unkraut, Gestrüpp und jungen Bäumen. Über einem Stück Wald stand ein Rotmilan fast bewegungslos in der Luft. Ein gelber Schmetterling schoss über das Gras, das auf Garagendächern gewachsen war. Eine weitere zurückgelassene Fabrik, die die Ruinenlust vorbeikommender Stadterforscher anstachelte. Ein stillgelegter S-Bahnhof am Ufer des Kanals erzählte von einer Zeit, in der Tausende von Arbeitern in die Fabriken der Siemensstadt hatten transportiert werden müssen. In den 1920er-Jahren arbeiteten 90 000 Menschen dort, und annähernd 20 000 von ihnen fuhren jeden Morgen mit dem Zug zur Arbeit. Nach dem Krieg verlagerte Siemens seinen Hauptstandort nach München, was zur Folge hatte, dass der S-Bahnhof in den 1970er-Jahren so wenig frequentiert wurde, dass die Züge nur noch im Zwanzig-Minuten- statt wie früher im Fünf-Minuten-Takt fuhren. Die Anzahl der Fahrgäste war drastisch gesunken: Im Durchschnitt verzeichnete die Linie nur rund dreißig Passagiere auf einmal. Und so legte man sie 1980 still, was sie bis heute geblieben ist, besucht allein von Geistern. Ich stand an der Endhaltestelle am Ufer des Kanals vor dem Zaun, der vor Vandalismus schützen sollte. Viel zu sehen gab es nicht, nur die Umrisse der Buchstaben, die einst das Mauerwerk geziert hatten: BAHNHOF GARTENFELD. Doch den gab es nicht mehr. Schon lange nicht mehr.

Und dann: ein paar Schritte und eine weitere Wandlung. Eine Brücke führte mich von der Straße, die zwischen zwei Gewerbegebieten auf ehemaligem Fabrikgelände verlief, weg und setzte mich auf der anderen Seite des Kanals in einer Schrebergartenkolonie mit sorgfältig gemähten Rasen, kunstvoll bepflanzten Rasenrändern und Gartenzwergen ab. Die Schrebergärten schmiegten sich in einem schmalen Streifen zwischen dem Wasser und einem Militärschießplatz ans Kanalufer. Dahinter: der Wald, der den Flughafen Tegel auf zwei Seiten umgibt. Ich bog auf einen matschigen Feldweg ein und kam an einer Gruppe von Arbeitern vorbei, die riesige Wasserrohre zwischen den Bäumen verlegten. Fahrradfahrer ratterten über den unebenen Pfad. In Haselhorst und Siemensstadt war ich einer der wenigen Menschen gewesen, die auf den Straßen unterwegs waren, im Wald hatte ich Gesellschaft noch und nöcher. Über mir dröhnten die Flugzeuge, so tief, dass man meinte, ihren Bauch berühren zu können, als sie von der Startbahn nur wenige hundert Meter weiter abhoben.

Ich stellte mich an die Einzäunung und blickte zu den Abfertigungshallen in der Ferne. Ganz in der Nähe, hier am Rand des Flughafengeländes, stand ein Flugzeug, das nie mehr abheben würde. Die Boeing 707 von Tegel rostete am Saum des Waldes still vor sich hin, als Zeit und Wetter allmählich ihren Tribut forderten. Wie war sie hierher gekommen, hinter Bäumen versteckt und sichtbar nur für diejenigen, die den Umweg durch den Wald in Kauf nahmen, um sie zu sehen? Diese Geschichte ist eine typische Geschichte des 20. Jahrhunderts und erzählt von Entführungen und Verkleidungen, von der geteilten Stadt und der Politik im Nahen Osten. Eine weitere Geschichte vom Berliner Stadtrand und eine kuriose obendrein.

Die Firma Boeing hat die Maschine 1961 für die israelische Fluggesellschaft El Al gebaut. Neun Jahre nachdem sie der Fluggesellschaft geliefert worden war, wurde sie auf dem El-Al-Flug 219 von Patrick Argüello und Leila Chaled entführt. Die Entführung war Teil einer Kampagne der Volksfront zur Befreiung Palästinas im Jahr 1970, die als *Dawson's-Field*-Entführungen in die Geschichte einging, nach dem Flugplatz in Jordanien, auf dem die betreffenden Maschinen landen sollten. Argüello war noch ein relativ unbekannter südamerikanischer Revolutionär, während es Chaled bereits zu internationalem Ruhm und Ruch gebracht hatte: Sie hatte rund ein Jahr zuvor schon einmal ein Flugzeug entführt, angeblich die erste von einer Frau entführte Maschine. Das Foto von ihr, auf dem sie eine Kufiya trägt und eine Kalaschnikow in der Hand hält, sollte sich zu einem der schlagkräftigsten Symbole des Palästinenserkampfes entwickeln. Durch das Foto wurde Chaled so berühmt, dass sie sechs plastisch-chirurgische Eingriffe über sich ergehen lassen musste, damit sie bei zukünftigen Operationen nicht erkannt wurde. 1970 aber war es mit ihrer Erfolgssträhne vorbei. Israelische Sicherheitsbegleiter machten den Entführern auf Flug 219 rasch einen Strich durch die Rechnung, wobei Argüello ums Leben kam. Das Flugzeug kam nie in Jordanien an, sondern wurde nach London umgeleitet, wo man Leila Chaled verhaftete. Nur einen Monat später wurde sie allerdings wieder freigelassen – im Austausch gegen die Geiseln einer weiteren Flugzeugentführung.

Das erklärt natürlich noch nicht, wie das Flugzeug an die Einzäunung des Flughafens Berlin-Tegel kam. Dies wiederum ist eine andere Geschichte, eine aus den 1980er-Jahren. 1980 kaufte Boeing der El Al die Maschine wieder ab. 1987, Berlin feierte gerade seinen 750. Geburtstag, beschloss Boeing, der Lufthansa das originale *Berlin*-Flugzeug zu schenken, eines der ersten, die die deutsche Fluggesellschaft in den 1950er-Jahren bei der Firma geordert hatte. Das Problem war nur, dass die originale *Berlin* längst verschrottet war, und so musste man eine Alternative auftreiben. Da fiel Boeing die alte 707 des El-Al-Flugs wieder ein: Es war immerhin das richtige Modell, und mit ein wenig Farbe würde die Maschine misstrauischen Blicken bestimmt standhalten. Doch es gab noch ein weiteres Problem, dessen Lösung etwas mehr Kreativität erforderte.

In den 1980er-Jahren, das Land war immer noch geteilt, war es deutschen Piloten und deutschen Fluggesellschaften untersagt, Berlin an- oder Berliner Luftraum zu überfliegen. Das ist auch der Grund, warum die ADAC-Rettungshubschrauber in West-Berlin damals von Amerikanern geflogen wurden. Doch die Lufthansa war wild entschlossen, die neue *Berlin* in die Stadt zu bringen, nach der sie benannt worden war. Und so verkleidete man das Flugzeug: Man klebte Aufkleber über die Lufthansa-Logos, die man erst wieder entfernte, als die Maschine sicher in Tegel gelandet und dort in Position gebracht war. Nachdem man die *Berlin* also nach West-Berlin geschmuggelt hatte, erhielt sie zunächst einen Ehrenplatz direkt vor der Abfertigungshalle. Im Laufe der Zeit aber, als der Platz in Tegel immer knapper wurde, schob man die Boeing 707 immer weiter weg, bis sie ihren jetzigen Standort, hinter den Bäumen versteckt, erreicht hatte. Von meinem Standort am Zaun aus bot sie einen wahrhaft traurigen Anblick, was vielleicht auch daran lag, dass die Lufthansa ihre Logos nun endgültig entfernt hatte – möglicherweise war ihr das »Versteck« des Flugzeugs peinlich. Nun stand sie da, die alte Boeing 707, vergessen oder ignoriert von allen außer denen, die auf ihrem Weg durch den Wald zufällig hier vorbeikamen. Und doch lagen in ihrer langsam rostenden Hülle dramatische Geschichten vom Kalten Krieg und einem ganz bestimmten Abschnitt in der europäisch-nahöstlichen Historie verborgen.

Ich ging am Zaun entlang, bis ich mich direkt unter der Flugbahn der nebenan abhebenden Flugzeuge befand. Von hier aus hatte der Flughafen etwas beinahe Hypnotisierendes. Das Geräusch der Motoren. Das Hitzeflimmern über dem Asphalt. Die Eleganz, mit der die Maschinen starteten und landeten. Als Kind war der Gedanke ans Fliegen für mich unglaublich aufregend gewesen, später, als Jugendlicher, hatte sich dieses Gefühl in einer Reihe von Kurzstreckenflügen dann rasch verflüchtigt. Es ist tatsächlich schon lange her, dass ich das Reisen in der Luft romantisch fand, doch hier im Wald hätte ich das tumbe Schlangestehen, die überteuerten Sandwiches, das Warten bei der Sicherheitskontrolle und die drangvolle Enge beim Verstauen des Handgepäcks im Gepäckfach über dem Sitz fast vergessen können. Aber nur fast.

Ein Pfad durch die Bäume brachte mich zum Ufer des Tegeler Sees. Vor ein paar Monaten, auf meinem ersten Spaziergang, war er noch zugefroren gewesen. Nun spiegelte sich die Sonne auf der Wasseroberfläche, während ein einsamer Kajakfahrer den See langsam, aber stetig überquerte und auf eine Insel in der Nähe des gegenüberliegenden Ufers zuhielt. Ich blieb stehen, um meine Karte wieder in meiner Tasche zu verstauen. Sie brauchte ich jetzt nicht mehr. Ich musste nur noch dem Weg um den See herum zur Greenwichpromenade folgen. Zurück zu der Stelle, an der alles begonnen hatte.

Ich konnte an meinem Gesicht spüren, dass ich allmählich zu viel Sonne abbekam. Die Jacke hatte ich schon lange ausgezogen. Zu beiden Seiten des Wegs leuchtete das Gras bereits dunkelgrün, es war schon lang und von violetten, blauen und weißen Blumen durchsetzt. Der Wind wehte sanft und warm. Er hatte seinen Biss verloren. Als ich an meine zehn Spaziergänge zurückdachte, wurde mir auf einmal bewusst, wie sehr meine Erinnerung an sie vom Wetter geprägt war. Schnee und Eis. Der Wind und ein leichter Regen.

Der erste Duft nach Frühling. Für Stadtbewohner ist das Wetter meist nebensächlich, es sei denn, es ist extrem heiß oder extrem kalt. Ich hatte in den Stunden, die ich zwischen Januar und März im Freien verbracht hatte, ein feines Gespür für den Wechsel der Jahreszeiten entwickelt. Weiße Felder wurden erst braun, dann grün. Kahle Bäume standen plötzlich in voller Blüte. Eine Aussicht, die vor ein paar Wochen noch da gewesen war, war auf einmal hinter dichtem Blattwerk verschwunden. Einige Vögel waren wieder da, andere waren fortgeflogen. Egal wo am Stadtrand ich an diesem Tag unterwegs gewesen war – in Spandau, in den Gewerbegebieten, im Wald oder am See –, eines war klar: Der lange Winterschlaf war vorüber. Es war wieder Zeit für frische Luft.

Als ich an einem kleinen, sandigen Stück Seeufer stand, kam mir auf dem Weg ein Mann mittleren Alters auf dem Fahrrad entgegen. Er trug Jeans und Flanellhemd, sein Gesicht war von der Anstrengung ein wenig gerötet. Er ließ sein Rad auf das Gras fallen, ging zum Seeufer hinüber, beugte sich hinunter und spritzte sich etwas Wasser ins Gesicht.

»Na, noch kalt?«, fragte ich. Er sah mit einem Lächeln auf.

»Noch nicht wirklich Badewetter.«

»Dann bleibe ich wohl besser beim Spazierengehen.«

»Wo kommen Sie her ...?«

Aus Spandau, erwiderte ich, war mir später aber nicht sicher, wie er die Frage gemeint hatte. Wo ich meinen Spaziergang begonnen hatte oder woher ich stammte? Wie dem auch sei – ich erzählte ihm jedenfalls von meinen Spaziergängen. Von dem Buch.

»Und Tegel ist der Endpunkt?«

Ich nickte.

»Dann sind Sie ja fast da.«

Er hob sein Fahrrad auf, schwang ein Bein über den Gepäckträger und setzte sich auf den Sattel.

»Mit dem Rad wären Sie schneller gewesen«, fügte er hinzu, immer noch lächelnd. Und fuhr holpernd und klingelnd davon – ob Letzteres zum Abschied oder weil der Weg so uneben war, hätte ich nicht sagen können.

Er hatte recht gehabt: Mit dem Fahrrad wäre ich schneller gewesen. Doch ich war froh, zu Fuß unterwegs gewesen zu sein. Die geringe Geschwindigkeit schien gut zu einer Erkundungsreise wie der meinen zu passen, obwohl ich manchmal das Gefühl gehabt hatte, sogar auf zwei Beinen noch zu schnell zu sein. Das hatte teilweise mit der Jahreszeit zu tun, die ich mir für meine Reise ausgesucht hatte. Manchmal, insbesondere auf den kälteren, früheren Spaziergängen, war ich auf den Wanderwegen oder Bürgersteigen stundenlang kaum einer Menschenseele begegnet, geschweige denn dass ich Gelegenheit gehabt hätte, stehen zu bleiben und mich mit jemandem zu unterhalten, und wäre das Thema auch noch so belanglos gewesen. In diesen Stunden hatte ich mich beinahe wie ein Geist gefühlt: in der Landschaft unterwegs, aber nicht wirklich da. Eine Randfigur in einem Randgebiet. Nun hatte ich das Gefühl, die Orte, die ich durchstreift hatte, durch meine Spaziergänge tatsächlich besser zu verstehen, dadurch dass ich gesehen und erlebt hatte, was ich vorher nur auf der Karte eingezeichnet und worüber ich mich belesen hatte. Ein paar Tage nach meinem letzten Spaziergang nach Tegel fiel mir ein Artikel von Iain Sinclair in die Hände, in dem er beschreibt, wie er sich nach dem letzten seiner Spaziergänge durch London gefühlt hat, über die er ebenfalls schreiben wollte. Ist man am Ende eines solchen Experiments angekommen, wurde es nun in zehn Wochen am Stadtrand von Berlin oder im Laufe einer schriftstellerischen Karriere in der eigenen Heimatstadt vorgenommen, stellt man sich unweigerlich die Frage: Wozu? Sinclair zitiert Yeats – *»Die Lebenden können der Vorstellungskraft der Toten noch immer Ausdruck verleihen.«* – und fährt dann fort: »Wenn wir lernen, zuzuhören und zu warten, können wir immer noch einem Zweck dienen, der Vergangenheit noch etwas hinzufügen.«[27]

Vielleicht. Ich blieb wieder stehen, um etwas in mein Notizbuch zu schreiben. Der Weg hatte nun den Borsighafen erreicht; der Hafen war durch einen schmalen Kanal mit dem See verbunden und für die riesigen Borsigwerke in Tegel erbaut worden. Die Industrieanlagen prägen Tegel bis heute: die Gebäude und die Zugstrecke, der Hafen und die Villa, Borsigs Villa am gegenüberliegenden Ufer, in der mittlerweile deutsche Diplomaten ausgebildet werden. Um die Fabriken und Werkstätten herum hatte man Hochhäuser errichtet. Die Justizvollzugsanstalt und den Flughafen. In all den Jahren des Hämmerns und Klirrens, des Rauchs und des Dampfes, des Erschaffens von *Dingen,* so vieler Dinge, die in die ganze Welt verschickt wurden, gab es Menschen, die auf dem See und im Wald ein ganz ähnliches Gefühl von Abenteuer und Flucht verspürten, das schon die Humboldt-Brüder dazu angetrieben hatte, Schloss Langeweile hinter sich zu lassen, um sich eigene Welten zu erschaffen. Im Augenblick wurden im Borsighafen keine Lastkähne be- oder entladen. Auf den Schienen zur Bootsrampe hinunter standen keine Güterwagen. Nur eine einsame Gestalt in Schwarz war in Sicht, die auf den Steinen saß und eine Zigarette rauchte. Draußen auf dem See ruderte jemand vor einem Ausflugsdampfer her, die weißen Plastikstühle auf dem leeren Oberdeck leuchteten in der Sonne. Von der Brücke neben dem Hafen aus konnte ich unzählige Geschichten sehen, nicht nur von Tegel, sondern von Berlin als Ganzem. Sie alle helfen uns dabei zu verstehen, wie wir von dort nach hier gekommen sind; sie helfen uns dabei, die Szene zusammenzufügen – die Bäume, die Villa, die Wohnhochhäuser, die Fabrikgebäude, den Hafen, den See und das zur Landung ansetzende Flugzeug. Die Szene, die ich in diesem speziellen Augenblick am frühen Nachmittag eines Tages gegen Ende März erlebte.

Das war das eine gewesen, das ich mir vorgenommen hatte, als ich Anfang Januar von Tegel aus aufgebrochen war. Die Spaziergänge hatten mir dabei helfen sollen, Berlin besser zu verstehen, insbesondere durch die Geschichten der Randgebiete, der *edgelands* und Außenbezirke. Auf diese Weise wollte ich der Vergangenheit noch etwas hinzufügen. Auf einer persönlicheren Ebene hatte ich mich selbst tiefer hier verwurzeln wollen – zu einer Zeit, in der ich infolge des Brexit-Referendums viel über Identität, Heimat und Zugehörigkeit nachdachte. Als ich mich der Greenwichpromenade in Tegel näherte, die ihren Namen einem Londoner Stadtteil verdankt und auf der sowohl ein roter Briefkasten als auch eine rote Telefonzelle steht, war die damalige britische Premierministerin gerade dabei, mit Artikel 50 den Prozess des Rückzugs des Vereinigten Königreichs aus der Europäischen Union einzuleiten. Wenn ich jedoch gedacht hatte, mir mit meinen Spaziergängen Klarheit über meinen eigenen Platz in dieser Stadt verschaffen zu können, dann hatte ich mich leider getäuscht. In England hatte ich mich nicht mehr heimisch gefühlt, als ich mein Heimatland im Sommer nach dem Referendum erstmals wieder besuchte, und fühlte mich auch hier, in der Stadt, in der ich jetzt lebte, nicht wirklich zuhause. Vielleicht, so dachte ich, war das einfach mein Schicksal.

Ich hatte, als ich ganz zu Beginn über den Borsighafen geblickt hatte, ein paar Stichpunkte in meinem Notizbuch festgehalten, Worte, die mich daran erinnern sollten, was mich auf den letzten ein bis zwei Kilometern bis Tegel beschäftigte. Die Dinge, die ich von meinen Spaziergängen um Berlin mitnehmen und hoffentlich in Buchform bringen würde.

Verkehrswesen.
Industrie.
Wohnen.
Infrastruktur.
Wo wir leben.

Dies war die Geschichte eines Ortes – wie eine Stadt sich entwickelt hatte, von ihren Ursprüngen an den Ufern der Spree, bis sie sich ausdehnte und die Städte, Dörfer, Seen und Wälder um sich herum schluckte, mitsamt den Geschichten, die sie enthielten, bis sie irgendwann alle Teil des »Stadtrands« waren.

Freizeit.
(Aus-)Flucht.
Anbindung der Stadt.
Teilung der Stadt.

Erinnerung.
Vergessen.

Zuerst hatte es sie an den Flüssen gegeben. Eine Reihe von Siedlungen, verbunden zu einer Zeit, als man zu Wasser stets schneller vorankam als zu Land. Dann die Eisenbahnen und Straßen. Fabriken und Rieselfelder. Villenkolonien für die Reichen und Gartenstädte für die Träumer. Wohnsiedlungen der Moderne und sozialistische Lösungen kriegsbedingter Wohnungsnot; die Großwohnsiedlungen zur Lösung ganz alltäglicher Probleme auf beiden Seiten der ideologischen Trennungslinie. Dazwischen füllte man die Lücken. Gewerbegebiete und Pferdestallungen. Schrotthändler und Megamärkte. Neue Siedlungen vorstädtischer Einfamilienhäuser, die die Visionen der Villenkolonien und Gartenstädte im 21. Jahrhundert fortführen. Die S-Bahn, die die Menschen haufenweise ins und aus dem Zentrum transportiert. Und mit jedem neuen Bau wird die Vergangenheit wiedererweckt. Die Überreste sowohl vergessener Dörfer als auch von Internierungslagern. Die halb verschütteten Grenzanlagen der Berliner Mauer. Es gibt definitiv mehr Geister am Stadtrand von Berlin als nur den Tegeler Poltergeist, der uns dank Goethe im Gedächtnis bleibt.

Ich war mittlerweile an der Greenwichpromenade angekommen, wo auf jeder Bank dichtgedrängt Menschen saßen, um die Sonne zu genießen. Der letzte Spaziergang war vorüber, doch nach Hause wollte ich nicht. Noch nicht. Am Kiosk, der an diesem Januartag auf meinem ersten Spaziergang verschlossen und verrammelt gewesen war, liefen die Kaffee- und Biergeschäfte jetzt bestens. Mit einem ersten Feierabendbier kann man das Ende des Winters mindestens genauso gut feiern wie mit jedem Faschingsumzug. Ich setzte mich an einen freien Tisch und ließ meinen Blick über die im Hafen Schlange stehenden Ausflugsdampfer hinweg schweifen. Ein weiteres Flugzeug befand sich im Landeanflug über den Wäldern und dem

Wasser. In der Ferne zeichneten sich immer noch die Schornsteine von Ruhleben ab. Über mir am Himmel ein Graureiher, den Hals elegant gebogen, die Schwingen beständig schlagend.

Tegel war auch lauter als letztes Mal. Nebelkrähen, Enten und Gänse. Fahrradklingeln und zugerufene Grüße. Ein paar Jungs erfreuten ihre Umgebung mit blechernem Hip-Hop aus einem Smartphone. Das Pärchen am Nachbartisch unterhielt sich auf Polnisch. Junge Eltern schoben einen quietschenden Kinderwagen vor sich her. Noch eine Bestellung am Kiosk. Michael Jackson auf dem Lokalsender, gefolgt von Wir sind Helden und einem oft gespielten Konsumverweigerungssong, der mich in einen frühen Sommer hier in Berlin zurückversetzte. Ich fühlte mich jetzt heimischer als zu Beginn meiner Wanderung, das war unbestreitbar. Und es war nicht nur die seit damals vergangene Zeit, die mir dieses Gefühl bescherte. Ein Teil dieses Gefühls hatte sich sicherlich auf meinen Spaziergängen am Stadtrand von Berlin eingestellt, doch das sollte mir erst in den Tagen und Wochen danach bewusst werden, als ich mit dem Schreiben begann. Mein Berlin ist jetzt weiter, sowohl mein Wissen über diese Stadt als auch mein Gefühl für sie – mein persönliches Berlin, das nicht mehr nur von Prenzlauer Berg, Mitte und Wedding geprägt ist, sondern auch durch die Straßen von Marzahn und Lichterfelde, vom Uferweg in Kladow und der Greenwichpromenade mit Blick über den See.

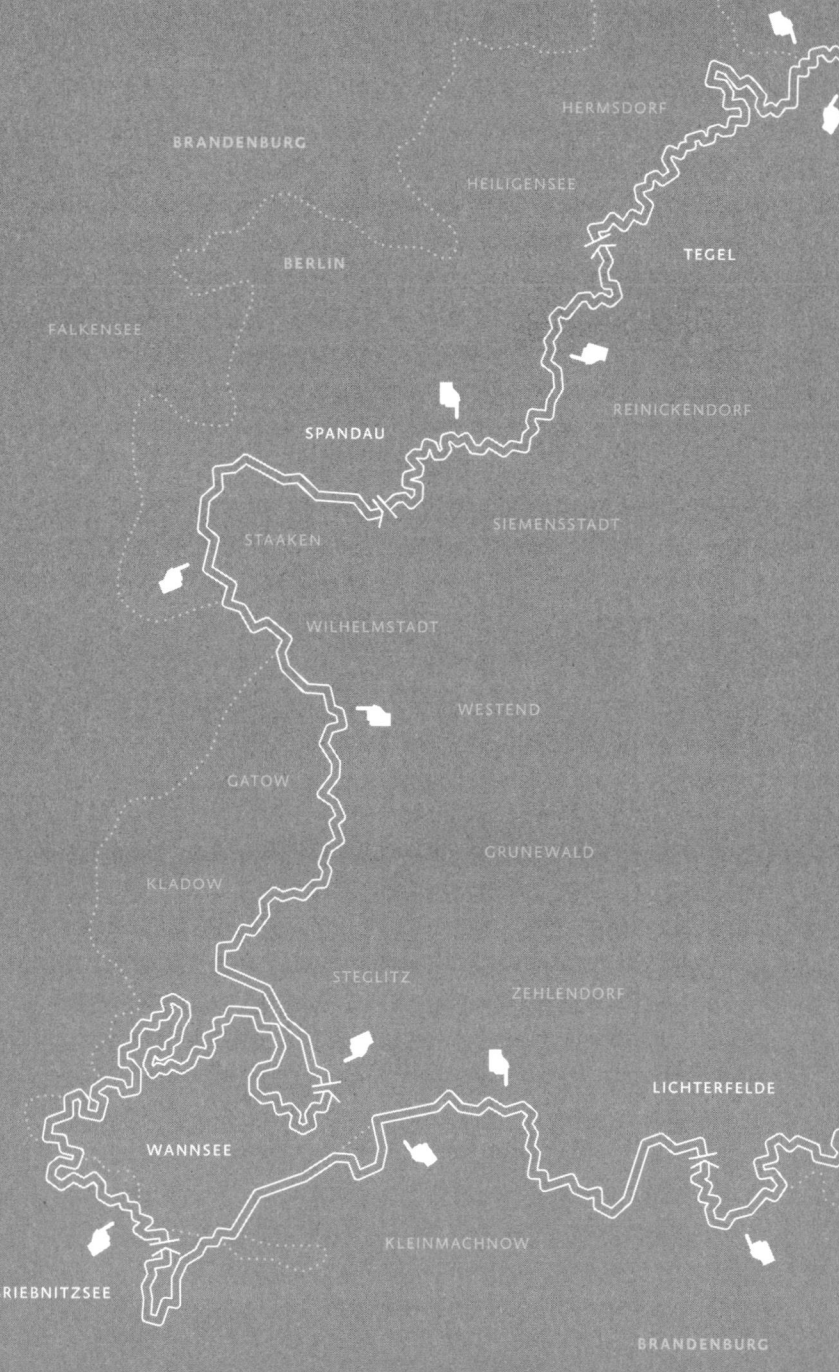

BRANDENBURG

HERMSDORF

HEILIGENSEE

BERLIN

TEGEL

FALKENSEE

REINICKENDORF

SPANDAU

SIEMENSSTADT

STAAKEN

WILHELMSTADT

WESTEND

GATOW

GRUNEWALD

KLADOW

STEGLITZ

ZEHLENDORF

LICHTERFELDE

WANNSEE

KLEINMACHNOW

GRIEBNITZSEE

BRANDENBURG

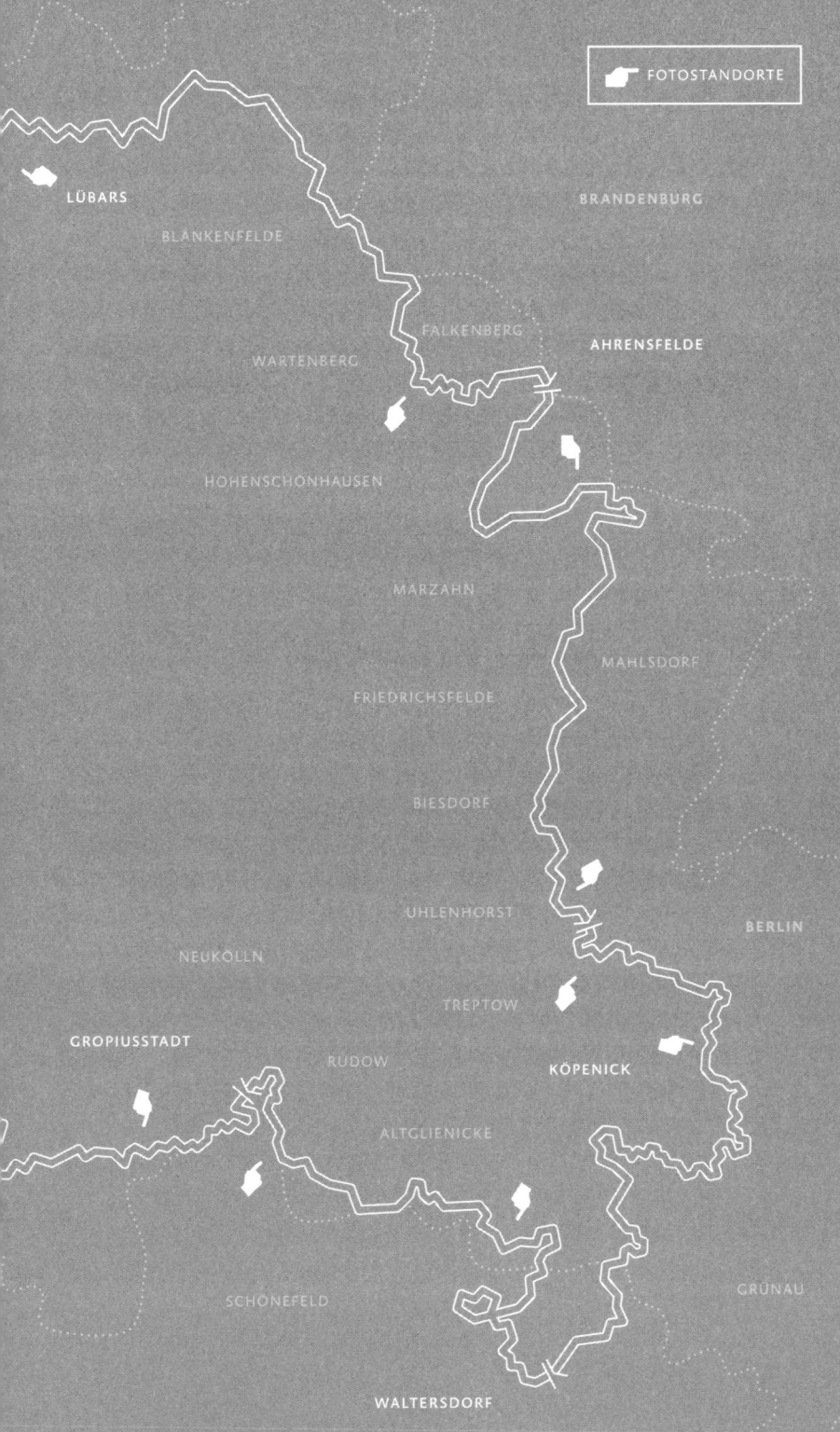

FOTOSTANDORTE

LÜBARS

BRANDENBURG

BLANKENFELDE

FALKENBERG

AHRENSFELDE

WARTENBERG

HOHENSCHONHAUSEN

MARZAHN

MAHLSDORF

FRIEDRICHSFELDE

BIESDORF

UHLENHORST

BERLIN

NEUKÖLLN

TREPTOW

GROPIUSSTADT

RUDOW

KÖPENICK

ALTGLIENICKE

SCHÖNEFELD

GRÜNAU

WALTERSDORF

Anmerkungen

1. Robert Macfarlane, *Alte Wege*, Berlin 2016, S. 21.
2. Simón Bolívar, zitiert nach: Nicolaas A. Rupke, *Alexander von Humboldt: A Metabiography*, Chicago 2008, S. 136. (Übersetzung: Ulrike Kretschmer)
3. Trevor Rowley, *The English Landscape in the Twentieth Century*, London 2006, S. 203. (Ü: Ulrike Kretschmer)
4. Stendhal, zitiert nach: Giles MacDonogh, *Berlin: A Portrait of Its History, Politics, Architecture, and Society*, New York 1997, S. 203. (Ü: Ulrike Kretschmer)
5. Helmut Qualitz, zitiert nach: *Berliner Zeitung*, 16.06.2001.
6. Neil MacGregor, *Deutschland – Erinnerungen einer Nation*, München 2017, S. 34.
7. Peter Schneider, *Der Mauerspringer*, Reinbek bei Hamburg 1995, S. 4.
8. Zitiert nach: Antony Beevor, *Berlin: The Downfall 1945*, London 2002, S. 262. (Ü: Ulrike Kretschmer)
9. Zitiert nach: Ebd., S. 273.
10. Auf Deutsch etwa: »Wir müssen dem Terror der Arbeit und des Konsums entkommen, der unser ganzes Leben beherrscht ... SCHEISS POLIZEI ... Packe deinen Frust und kanalisiere deine Energie und deinen Zynismus so, dass sie etwas Positives bewirken, um den Planeten für unsere Kinder und Kindeskinder zu retten ... NAZIS VERPISST EUCH ... Schluss mit der Grausamkeit gegen Tiere, hört auf, die Meere zu vergiften, verstopft eure Ohren vor den Lügen der kapitalistischen Medien ... TRITT DEINER ANTIFA VOR ORT BEI!«
11. Paul Farley und Michael Symmons Roberts, *Edgelands: Journeys into England's True Wilderness*, London 2012, S. 39. (Ü: Ulrike Kretschmer)
12. Auf Deutsch etwa: »Wir riskieren das Sterben der Bäume, das Sterben der Bienen und das unserer eigenen Zukunft, wenn wir

nicht schnell handeln, wenn wir nicht bald handeln ...
GUTE NACHT WEISSER STOLZ«

13. *Illustrated London News*, 10/1906, zitiert nach: {www.wunderkammertales.blogspot.com/2015/01/wilhelm-voigt-der-hauptmann-von-kopenick.html}, letzter Zugriff am 10. Januar 2020. (Ü: Ulrike Kretschmer)
14. Brian Ladd, *The Ghosts of Berlin: Confronting German History in the Urban Landscape*, Chicago 1997, S. 1. (Ü: Ulrike Kreschmer)
15. Theodor Fontane, *Wanderungen durch die Mark Brandenburg, Vierter Teil: Spreeland*, Berlin 2005, S. 113.
16. Günter Kunert, »Nachruf: Stefan Heym«, in: *Der Spiegel*, 52/2001.
17. Stefan Heym, zitiert nach: Ebd.
18. Thorsten Metzner, »BER-Start am 30. Juni 2018? Kaum zu schaffen!«, in: *Der Tagesspiegel*, 12. Februar 2017.
19. Zitiert nach der Ausstellung »Erinnerungsstätte Notaufnahmelager Marienfelde«.
20. Stefan Zweig, *Länder, Städte, Landschaften*, Frankfurt a. M. 1981, S. 35.
21. Rose Macaulay, *Zauber der Vergänglichkeit*, München 1996, S. 28.
22. Philip Hensher, *Die Stadt hinter der Mauer*, Frankfurt a. M. 1998, S. 11.
23. Darran Anderson, *Imaginary Cities*, London 2015, S. 517. (Ü: Ulrike Kretschmer)
24. Zitate von Kleist und Vogel von der Gedenktafel am Eingang des Kleistgrabs am Kleinen Wannsee.
25. Rebecca Solnit, *Wanderlust*, Berlin 2019, S. 29.
26. Lucas Vogelsang, »Berlin bei Spandau«, in: *Der Tagesspiegel*, 7. Mai 2012.
27. Iain Sinclair, »The Last Lodon«, in: *London Review of Books*, 30. März 2017. (Ü: Ulrike Kretschmer)

Ausgewählte Literatur

o. A., *Die Olympische Spiele 1936: Band 2*, Altona-Bahrenfeld 1936.

Darran Anderson, *Imaginary Cities*, London 2015.

Marc Augé, *Nicht-Orte*, München 2010.

Elisabeth Baake und Ingo Peters, *20 Years since the Fall of the Berlin Wall: Transitions, State Break-up and Democratic Politics in Central Europe and Germany*, Berlin 2011.

Steven Bach, *Leni: The Life and Work of Leni Riefenstahl*, London 2007.

Antony Beevor, *Berlin: The Downfall 1945*, London 2002.

Carl Bruhns und Julius Löwenberg et al., *Life of Alexander von Humboldt*, London 1873.

Christiane F., *Wir Kinder vom Bahnhof Zoo*, Hamburg 2009.

David Clay Large, *Berlin: Biografie einer Stadt*, München 2002.

Brian Dillon, »Ruin lust: our love affair with decaying buildings«, in: *The Guardian,* 17. Februar 2012.

Paul Farley und Michael Symmons Roberts, *Edgelands: Journeys into England's True Wilderness*, London 2012.

Bernd Fischer (Hrsg.), *A Companion to the Works of Heinrich von Kleist*, Rochester 2003.

Theodor Fontane, *Wanderungen durch die Mark Brandenburg Vierter Teil: Spreeland*, Berlin 2005.

Mary Fulbrook, *The People's State: East German Society from Hitler to Honecker*, New Haven, London 2008.

André Görke, »Spandau, du kannst so hässlich sein …«, in: *Der Tagesspiegel,* 18. Februar 2016.

Johann Wolfgang von Goethe, *Faust: Eine Tragödie (Erster und zweiter Teil)*, München 1997.

Jill Grant, *Planning the Good Community: New Urbanism in Theory and Practice*, London 2006.

Frédéric Gros, *Unterwegs: Eine kleine Philosophie des Gehens*, München 2010.

Wassili Grossman, *Leben und Schicksal*, Berlin 2008.

William B. Helmreich, *The New York Nobody Knows: Walking 6 000 Miles in the City*, Princeton 2013.

Philip Hensher, *Die Stadt hinter der Mauer*, Frankfurt a. M. 2002.

Stefan Heym, *Die Architekten*, München 2000.

Anne Kaminsky, *Orte des Erinnerns: Gedenkzeichen, Gedenkstätten und Museen zur Diktatur in SBZ und DDR*, Berlin 2016.

Andreas Kopietz, »Gedenktafel erinnert an Mauerdurchbruch 1990«, in: *Berliner Zeitung,* 16. Juni 2001.

Günter Kunert, »Nachruf: Stefan Heym«, in: *Der Spiegel,* 52/2001.

Brian Ladd, *The Ghosts of Berlin: Confronting German History in the Urban Landscape*, Chicago 1997.

Gustav Landauer, *Die Revolution*, Münster 2003.

Rose Macaulay, *Zauber der Vergänglichkeit*, München 1996.

Giles MacDonogh, *Berlin: A Portrait of Its History, Politics, Architecture, and Society*, New York 1997.

Robert Macfarlane, *Alte Wege*, Berlin 2016.

Neil MacGregor, *Deutschland – Erinnerungen einer Nation*, München 2017.

Rory MacLean, *Berlin: Imagine a City*, London 2014.

Ian McEwan, *The Innocent*, London 2001.

Thorsten Metzner, »BER-Start am 30. Juni 2018? Kaum zu schaffen!«, in: *Der Tagesspiegel,* 12. Februar 2017.

Matthias Oloew, »Zwei Leben im Sand«, in: *Der Tagesspiegel,* 6. Mai 2007.

Mark Roseman, *The Villa, The Lake, The Meeting: Wannsee and the Final Solution*, London 2003.

Trevor Rowley, *The English Landscape in the Twentieth Century*, London 2006.

Eli Rubin, *Amnesiopolis: Modernity, Space, and Memory in East Germany*, Oxford 2016.

Nicolaas A. Rupke, *Alexander von Humboldt: A Metabiography*, Chicago 2008.

Ralf Schmiedecke, *Reinickendorf: Berlins grüner Norden*, Erfurt 2003.

Peter Schneider, *Der Mauerspringer*, Reinbek bei Hamburg 1995.

Meinhard Schröder, *Tegel: Zwischen Idylle und Metropole*, Berlin 2015.

F. A. Schwarzenberg, *Alexander von Humboldt: Or, What May Be Accomplished in a Lifetime*, London 1866.

Will Self, »Walking is Political«, in: *The Guardian*, 30. März 2012.

Marion Shoard, »Edgelands«, in: *Remaking the Landscape*, hrsg. von Jennifer Jenkins, London 2002, S. 117–146.

Thomas Sieverts, *Zwischenstadt: Zwischen Ort und Welt, Raum und Zeit, Stadt und Land*, Wiesbaden 1997.

Iain Sinclair, »The Last London«, in: *The London Review of Books*, 30. März 2017.

Rebecca Solnit, *Wanderlust: Eine Geschichte des Gehens*, Berlin 2018.

Paul Sullivan, Marcel Krueger, *Berlin: A Literary Guide for Travellers*, London, New York 2016.

Frederick Taylor, *Die Mauer: 13. August 1961 bis 9. November 1989*, Berlin 2009.

Lucas Vogelsang, »Berlin bei Spandau«, in: *Der Tagesspiegel*, 7. Mai 2012.

Peter Watson, *The German Genius*, London 2010.

Peter Wensierski, »Endstation Vorstadt«, in: *Der Spiegel*, 9/2011.

Stefan Zweig, *Länder, Städte, Landschaften*, Frankfurt a. M. 1981, S. 35.

Erste Auflage Berlin 2020
© 2020 MSB Matthes & Seitz Berlin
Verlagsgesellschaft mbH
Göhrener Str. 7, 10437 Berlin
info@matthes-seitz-berlin.de

Umschlaggestaltung und Satz: Laura Fronterré
Druck und Bindung: Pustet, Regensburg
ISBN 978-3-95757-843-3
www.matthes-seitz-berlin.de